U0024435

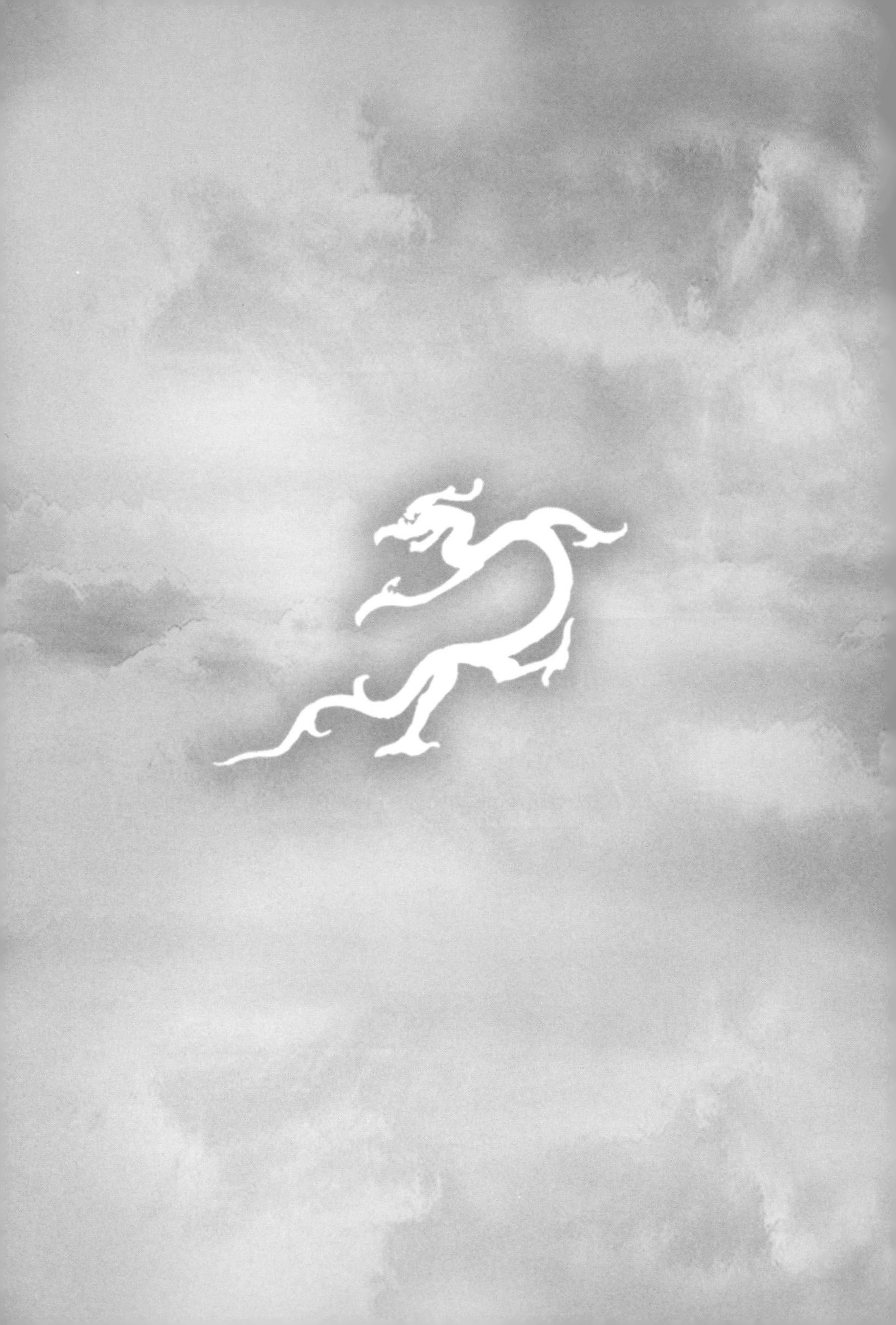

有華人的地方就有

龍人的作品

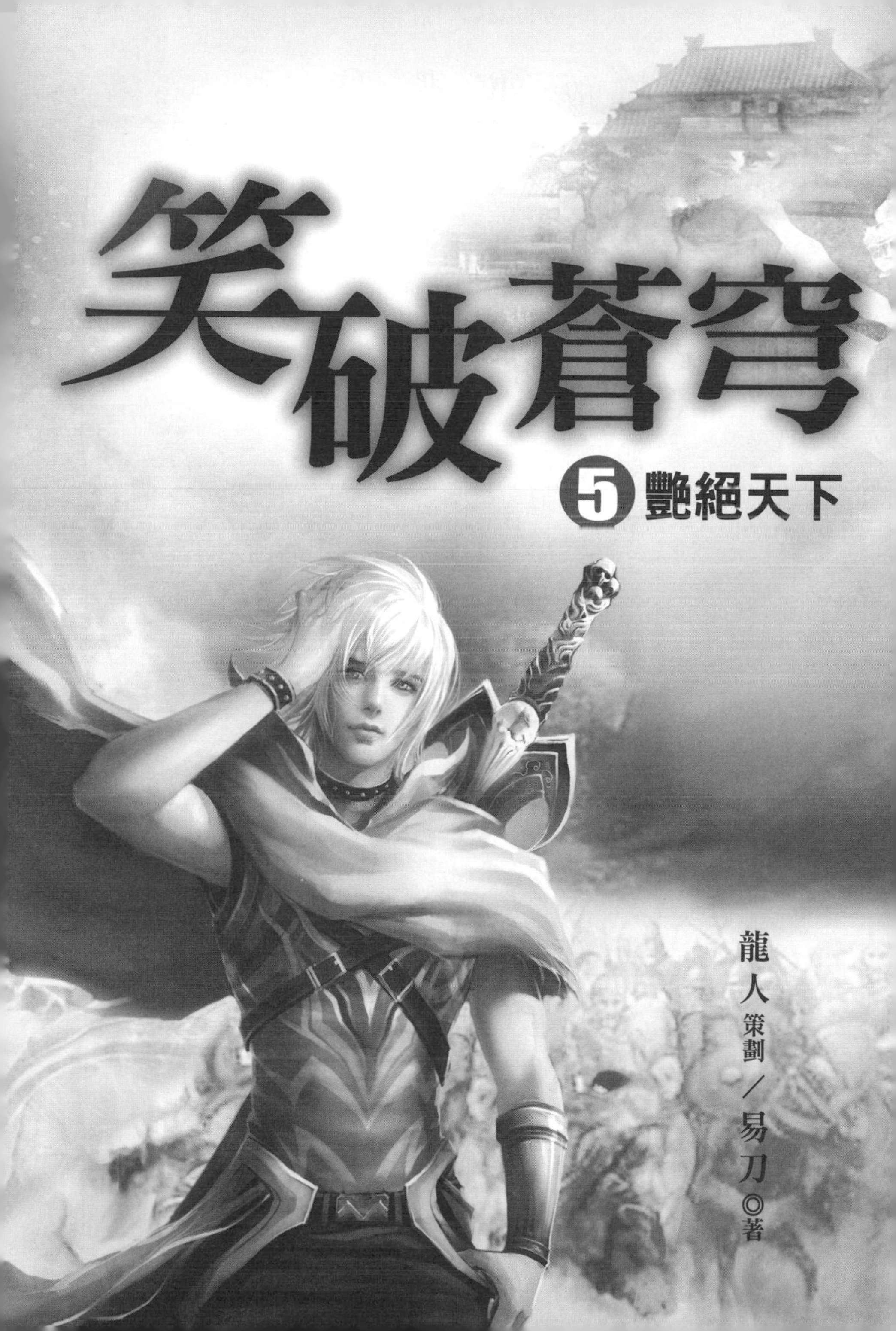
笑破蒼穹
5 艷絕天下
龍人 策劃／易刀◎著

故事背景

大荒紀年。天鵬王朝。

大鵬王死後不到三年，古蘭叛亂。後五年，大荒群賊蜂起。

天泰帝繼位後，勵精圖治，平定大荒局勢。後來繼位數帝，窮奢極欲，民怨載道。

景河繼位，雖欲中興天鵬，但帝國積弱已久，又逢天災連連，盜王陳不風登高一呼，

大荒亂賊四起。

大荒三六六一年，天鵬瑞吉十年，陳不風率奇兵攻破大都，天鵬帝國宣告滅亡。

次日，河東慕容無雙起兵，誓言復鵬，天下群雄紛起響應。

大荒史上，一個延綿兩百多年的戰國亂世就此拉開了序幕。

笑傲小辭典

＊十面埋伏——源自兩百年前，當時的四大宗門之主並稱爲大荒四奇，爲對付魔族第一高手燕狂人合創了這個困魔大陣。此陣已達天衣無縫之境，即使是武聖金仙也休想逃出。全名爲「十面埋伏九州聚氣八荒六合五行四相三才陰陽歸一必殺誅魔大陣」！

＊四大宗門——指禪林寺、正氣盟、玄宗及天巫四大宗派。每派各有所長，俗稱「武出禪林，劍歸正氣；法看玄宗，術落天巫。」而四派則各以龍吟霄、文笑、諸葛小嫣、陸可人爲其代表人物。

＊天機——蕭國的情報網路，無孔不入。

＊霄泉——無憂軍所屬的情報機關。由秦鳳雛帶領，直接對柳隨風及李無憂負責。

＊雪夜三戰——意指雪夜中的三場重要比鬥：一是無情門門主柳青青和劍神傳人葉十一的決鬥；二是大仙慕容軒和冥神獨孤千秋二人的交手；第三戰則是兩個武術雙修者龍吟霄和李無憂之間的比鬥。堪稱江湖上最具代表性的三場大戰。

＊玉門天關——又稱玉門走廊，是處於蕭、陳、新楚、西琦四國中間的一塊長達三百里的狹長戈壁。因此地以前盛產良玉寶石，因此得名。

＊城下之盟——大荒三八六五年七月十四，李無憂率軍五萬逼到梧州城下，與陳國三皇子陳羽於棲鳳樓達成口頭盟約，後世稱之爲「城下之盟」，結束了兩百多年的大荒亂世。

人物簡介

◎驚世帝王榜

＊大鵬王忽必烈——

天鵬王朝開國之君。駕崩後，帝國即陷入動盪不安的局勢。

＊景河——

天鵬王朝亡國之君。本欲東山再起，卻時不我予，只能抱憾以終。

＊陳不風——

人稱「盜王」，義軍首領。亦爲造成天鵬王朝亡國之人。具有木水二性的金風玉露神功，打遍天下無敵手；與「大荒四奇」齊名。

＊慕容無雙——

風州王。天鵬瑞吉十年，陳不風率奇兵攻破大都，天鵬帝國宣告滅亡，慕容無雙起兵復鵬，率八十萬大軍與陳不風決戰於天河。

＊楚問——

新楚國當今皇帝，號稱「龍帝」。對李無憂青眼有加，屢屢賜封李無憂爵位及各種恩賞。

＊蕭如故——

蕭國皇帝。統領煙雲十八州。弱冠之年即削平叛亂，一統蕭國。絕世用兵天才。

＊蕭如舊——

蕭國南院大王。蕭如故的哥哥，又封攝政王，蕭如故南征其間，國內一切軍機國事都由他代理。

＊珉王——

楚國四皇子。玉樹臨風，具有讓人臣服的帝王之相。文武雙全，一身武藝出自禪林無相禪師門下，一套般若神掌於京城罕逢敵手。

＊靈王——

楚國大皇子。年約四十，身形粗壯，雙手過膝，環眼圓睜，狀似鄉下農夫，與珉王氣度截然不同。頗具野心。

＊劉笑——

天鷹的兆帝。

＊陳羽——

陳國文帝之三皇子。吃喝嫖賭樣樣通，文武學識卻無一會。

人物簡介

◎異界英雄榜

＊李無憂——

如彗星般崛起的傳奇人物，五行齊備的千年奇才。號稱「大荒雷神」。原是市井無賴，絕處逢生時誤食五彩龍鯉，更得隱世高人傳藝，從此使他脫胎換骨，逐漸步上至尊之路。

＊龍吟霄——

禪林寺弟子。武術雙修，小仙級法術高手。正氣譜十大高手中排名第九。

＊柳隨風——

江南四大淫俠之首。身具江湖第一神偷柳逸塵的獨門絕技「如柳隨風」。與寒山碧爲生平摯友。

＊蘇慕白——

昔年江湖第一風流才俊，人稱「風流第一人」。十二歲就做到新楚宰相。著有膾炙人口、傳頌一時的《淫賊論》。與魔門古長天共稱絕代雙驕。《鶴沖天》爲其獨門內功心法！

＊古長天——

百年前一統魔門的魔皇，燕狂人的傳人。爲魔道第一高手，曾經一日夜間盡屠十萬楚軍，讓黑白兩道聞名喪膽。當時唯一能與他抗衡的只有正道第一高手蘇慕白。

＊文治——

正氣盟盟主文九淵的獨子，年僅十九，官居平羅國的正氣侯。正氣譜排名第十九位。與李無憂比武後，甘願拜李為師。

＊謝驚鴻——

人稱「劍神」。天下公認當世第一高手，胸懷俠義，重然諾，輕錢財。

＊慕容軒——

當世四大世家之一慕容世家的家主，慕容幽蘭之父。大荒三仙之一。十大高手排名第六。屬大仙級的法師。

＊司馬青衫——

新楚國右丞相，最大特點是好色如命。看似毫無鋒芒、才能平庸，卻被柳隨風認為是心中第一英雄。

＊獨孤羽——

「邪羽」之稱，地獄門弟子。名列妖魔榜第十。冥神獨孤千秋的嫡傳弟子。

＊任獨行——

人物簡介

擁有「劍魔」之稱。天魔門弟子。名列妖魔榜第十一。

＊獨孤千秋——

三大魔門之一地獄門的門主，有「冥神」之稱。其兄獨孤百年為蕭國國師。

＊宋子瞻——

妖魔榜排名第一的神秘人物。

＊吳明鏡——

有「大荒第一刀」之稱。

＊厲笑天——

有「刀狂」之稱。與劍神謝驚鴻齊名。正氣譜排名第二。

＊任冷——

人稱「天魔」，與冥神獨孤千秋，妖蝶柳青青並稱為三大魔門宗主。

＊古圓——

文殊洞住持，人稱「封狼小活佛」。

＊夜夢書——

與王定、喬陽、寒士倫共稱「無憂四傑」。

*王維——
軍神王天的孫子。年僅十六，但膽略非凡，隱有一代名將風采。王天逝後，由其繼任統兵大任。

*賀蘭缺——
賀蘭凝霜之父。

*陳過——
平羅大將。曾匹馬戍梁州，一劍削下平羅十五將腦袋。

*東海葉十一——
謝驚鴻唯一公開承認的入室弟子。其貌不揚，卻有驚人氣勢。

*蕭天機——
蕭國的情報網路「天機」的領導人。

*師蝶雲——
四大世家之一的師家的大少爺。

*師蝶秋——
即左秋。師家的四少；蕭如舊麾下七羽大將。

人物簡介

◎絕色美人榜

＊寒山碧——

風華絕代、國色天香。武術雙修，人稱「長髮流雲，白裙飄雪」。邪羅刹上官三娘的弟子，行事極爲狠辣。江湖十大美女中排名第三。妖魔榜排名第九。

＊程素衣——

菊齋傳人。人稱「素衣竹簫，仙子凌波」，江湖十大美女中排名第一。正氣譜排名第十。

＊諸葛小嫣——

玄宗門掌門諸葛瞻的獨女。人稱「一笑嫣然，萬花羞落」，江湖十大美女中排名第二。身懷玄宗法術之外，更自創獨門法術「彈指紅顏」。正氣譜上排名十五。

＊師蝶舞——

人稱「蝶舞翩翩，落霞秋水」，江湖十大美女中排名第五；正氣譜上排名第二十。一身「落霞秋水」劍法極是了得。

＊師蝶翼——

師蝶舞的妹妹，師家的三小姐。貌美無雙，傳言比師蝶舞還要美艷動人。素有「冰玉女」之稱。

＊慕容幽蘭——

十大美女排名第六。胭脂馬和火雲裳爲其獨門標誌。其父即正氣譜十大高手排名第六的慕容軒，法術獲其父真傳。與李無憂一見鍾情。

＊唐思——

大荒四大刺客組織之一「金風雨露樓」排名第一的刺客，從無失手的記錄。妖魔榜排名第十四。與慕容幽蘭互爲表姐妹。

＊朱盼盼——

人稱「羽衣煙霞，顧盼留香」；十大美女排名第七。

＊劉冰蓮——

柳隨風對其曾有救命之恩，因之與柳展開一段情緣。

＊芸紫——

天鷹國的三公主，有「天鷹第一才女」之稱。性喜遊歷，常年輾轉於大荒諸國，豔名亦播於四海。

人物簡介

＊賀蘭凝霜——
西琦國女王。

＊柳青青——
妖魔榜排名第四。無情門門主。有「妖蝶」之稱。

＊石依依——
超萌正妹，石枯榮之妹。爲了行動方便，在無憂軍團中變身成粗聲粗氣的壯漢謝石。

＊秦江月——
絕世美女。憑欄關外庫巢的守將，有「玉燕子」之稱。

＊若蝶——
異界妖女，原被封印於溟池之中，意外被李無憂打開封印而出。前世與莊夢蝶有過一段驚天動地的孽緣。

＊陸可人——
四大宗門年輕一代最傑出的四人之一。與龍吟霄、諸葛小嫣、文治齊名。行蹤神秘，極少露面。

＊蘇容——

「捉月樓」頭牌美女，亦爲金風樓主的二弟子。

＊朱如——

金風玉露樓樓主。朱盼盼的母親。

＊上官三娘——

妖魔榜排名第五的邪羅刹，學究天人，武術雙修。寒山碧的師父。

＊葉三娘——

馬大刀的老婆。雅州王王妃。

＊秦清兒——

一代奇女子。對夜夢書情有獨鍾。

＊清姬——

獨孤千秋的寵妾。

＊葉秋兒——

天資過人，爲十二天士之首。對藥草身負特殊靈識。

＊郁樓湖——

菊齋淡如菊的師姐，突然失蹤，五十多年杳無音訊。「歸去來兮」爲其代表劍法。

人物簡介

◎超級仙人榜

＊諸葛浮雲——

道號青虛子。玄宗創始人。已兩百多歲。與禪僧菩葉、真儒文載道、倩女紅袖並稱「大荒四奇」，李無憂的結拜大哥。水滴石穿爲其獨門法術。

＊菩葉——

異界禪門的得道高僧。李無憂的結拜二哥。

＊文載道——

正氣門的創始人。也是李無憂的結拜三哥。獨門武功爲天雷神掌。

＊紅袖——

貌美無雙，聰慧過人。李無憂的結拜四姐。

＊莊夢蝶——

曾一人獨對三千高手，折劍而還，毫髮無損；與若蝶有過一段孽緣。

＊大鵬神——

掌管異界溟池之神。原形爲修煉千年的大鵬。最得意的絕技爲三千須彌山。

＊雲海、雲淺——

禪林寺高僧，年齡已在一百八九十歲之間，長年隱匿潛修，傳其功力已臻至白日飛升之境界。

人物簡介

◎奇人異士榜

＊王天——
憑欄關守關元帥。用兵如神。人稱「軍神」。

＊張龍、趙虎——
楚國斷州城大將。後為李無憂吸收，納為手下。

＊段治——
善於製鐵的奇人，後追隨李無憂，忠心不貳。又稱「匠神」。

＊朱富——
既無資歷又不懂兵法、不會武功卻被李無憂任為航州參將。

＊秦鳳雛——
楚軍梧州六品游擊將軍，卻幫助李無憂將百里溪殺死。

＊韓天貓——
盤龍寨山寨老大，法力高強。妖魔榜上排名第九十三。

＊張承宗——楚國斷州軍團最高統帥。

＊石枯榮——潼關總督。其妹石依依為絕色美女。

＊耿雲天——楚國太師。以小氣出名，實則城府極深，為靈王人馬。

＊王戰、王猛、王紳、王定——結義兄弟，王門四大戰將。軍神王天手下。

＊馬大刀——土匪頭子。以「除奸黨，靖敵寇」的旗號揭竿而起，起義暴動。自號平亂王。

＊馬大力——馬大刀之弟。

＊宋義——楚國大將軍。因收復流平關而讓蕭軍聞風喪膽。

＊虛若無——

平亂王馬大刀的軍師。

＊蕭承、蕭未、哈赤——

蕭國鎭守庫巢城頭的大將。

＊柳逸塵——

號稱「空空神偷」。爲空空一派的高人。

＊唐鬼——

之前在崑崙山上將李無憂逼入懸崖、被李無憂暗自命名爲「天下第一醜」的男子。

＊玉蝴蝶、冷蝴蝶、青蝴蝶——

淫賊公會眾成員。對李無憂佩服的五體投地。

＊師七——

大荒四大世家師家在潼關的總部「捉月樓」中的大當家。

＊陳眉——

陳國大將。

＊司徒不二——

陳國宰相。好大喜功，剛愎自用。

＊陳水——

亦爲陳國大將。司徒不二即爲其舅。

＊沈浪——

陳國守將。

＊耶律楚材——

蕭國鎮南元帥。正氣譜排名十八。

＊耶律豪歌——

耶律楚材手下大將。

＊完顏破——

蕭國攝政王麾下大將。

＊莫天奇——

鎮守蕭國煙州城的守將。

＊小紅——

葉三娘貼身奴婢。

目錄

第一章　替天行道

星斗滿天，月色灑滿征途。

夜色寂寂，蹄落無聲，將軍夜帶刀。

夏夜的長風吹拂在柳隨風的臉上，癢癢的，竟微微有些涼意，說不出的舒服。

「軍師，庫巢一戰，我們大獲全勝，已然對蕭如故那五萬人馬形成了最後的合圍之勢，何不等士卒休息一夜，待聯絡好王定將軍，明日再行出戰？」與他並肩而馳的趙虎問道。

「病貓，要知兵貴神速，而且此刻我們士氣正盛，怎麼可以不乘勝追擊？若是能趁蕭如故不備，將其活捉，我們立刻就能飲馬雲河了！」說這話的卻是張龍，這傢伙是個戰爭狂人，一天不上戰場就不舒服。

雲河是蕭國首都雲州附近的一條大河，張龍言下之意是要滅了蕭國了。

「雲河豈堪飲馬？」柳隨風心頭笑了一下，卻沒作聲。知我者謂我心憂，不知我者謂我何求。普天之下，真正知我者，怕也只有那個渾蛋了吧。天河尚且不堪飲馬，何況雲河？我柳隨風要的是提鐵騎十萬，張弓雪蘭城，飲馬齊斯河，重復我大鵬盛世。士為知己者死，柳隨風雖然未必肯為李無憂死，但白髮傾蓋，早日投鞭齊斯河卻是二人共同的志向。此刻大勝可期，為何要再拖半刻？這些心思，又能與何人說？

「軍師，你說是賀蘭凝霜先攻下憑欄，還是我們先擒住蕭如故？」見柳隨風沒作聲，趙虎知趣地轉移了話題。

「那還用問嗎？」張龍顯得很沮喪，「憑欄只有五萬蕭軍，西琦兵力二十萬，又剛得到了匠神支援他們的二十架攻城梯，再加上梧州那邊有陳過的十五萬精兵夾攻，庫巢就在憑欄眼皮底下，這樣的情形下，賀蘭凝霜要不能比我們先獲勝，那老子就半年不進明月樓！」

值得一提的是，匠神就是段冶。他的土木機關之學在這次庫巢保衛戰中大展神威，贏得了全軍上下的尊敬，因此以匠神呼之而不名。

「切！別說半年，臭蟲，你要是半個月不進窯子，哥哥我就給你寫個服字！」

做兄弟這麼多年，趙虎對張龍這色鬼哪還能不瞭解。

「嘿嘿！可我又怎麼會輸呢？」張龍腆著臉道。

趙虎笑道：「那可未必！憑欄關的險峻，你是沒有領教。當日戰神曾憑三萬人馬，將忽必烈百萬大軍拒於關外達一月之久呢！」

「那又怎樣？」張龍依舊不服，「你以爲蕭五是戰神轉世啊？還有，不能力敵，難道不能智取嗎？陳過可不是個笨蛋，現在蕭人還不知道他也和我們達成協議，難道他不會詐取嗎？」

「你以爲陳過真的和我們達成協議了嗎？」柳隨風忽然插了一句。

「這是老寒當著我們的面親口說的，難道還能有假？」張龍一愣。

「他是親自說過！」柳隨風眼光閃爍，「但這是說給賀蘭凝霜聽的。當日李元帥派他秘密出訪梧州，希望能和陳國和西琦都達成協議。這傢伙梧州是去過了，但卻沒把握說服陳過那個老頑固，於是去之前以重金買通了陳過的僕人，打聽清楚了陳過的喜好，他回去就仿造了一只陳過最喜愛的茶杯，和談的時候，他順手牽羊就將陳過的杯子給偷龍轉鳳，並假裝失手將那只假的杯子給摔碎。和議失敗後，他就帶著那只杯子去見賀蘭凝霜，謊稱自己已然和陳過達成協議，呵呵，賀蘭凝霜本就對蕭如故不滿，哪還不一拍即合？」

「啊！」張趙二人都是大驚，「那也就是說，陳國依舊還是我們的敵人了？」

柳隨風點頭：「目前算是。」

趙虎恍然，難怪軍師要連夜出征了。

張龍卻沒聽出弦外之音，只是道：「老寒這傢伙，可真是會偷奸耍滑！」

「偷奸耍滑？」柳隨風冷笑起來，「你以爲在十五萬敵軍營中，敢當面打碎敵軍主將的心愛之物並且能全身而退的人，偷奸耍滑四字就能形容的嗎？」

「不錯！」趙虎也點了點頭，「那需要莫大的勇氣和卓絕的智慧。」

「沙場征戰，江湖爭雄，哪樣不是步步詭譎，死中求活？也只有這樣敢玩險弄詐的人才能化險爲夷，笑傲天下。幸好寒參謀是自己人，若是爲敵的話……你被他算計了，還得把他當大恩人供起來！」

柳隨風淡淡幾句話，卻讓張趙二人全身都是寒意。卻也正因爲這絲寒意，他們沒能領會到柳隨風話外之意：能讓寒士倫這樣一個人甘心爲他賣命的人，豈非更可怕嗎？

從庫巢到潼關的路，雖然有百里，但由於是群山環繞中的平原，柳隨風又只帶軍中輕騎精銳，所以他們黃昏出發，子時的時候已然離潼關不足五里。無憂軍的士卒出發前都將馬掌加厚，並以棉花包裹，在靜夜裏，竟是聲息全無。

「殺啊！」一個高亢的聲音如一柄利劍，忽然劃破了寂寂長夜。

緊接著，胡笳鳴響，一隊白盔白甲的蕭國騎兵忽然從封狼山上冒了出來，彷佛是一道白色的閃電，猛然襲向柳隨風的隊伍劈來。

「糟糕！中埋伏了！」趙虎低喝了一聲。

柳隨風卻淡淡道：「蕭如故和獨孤千秋倒沒讓我失望。」手一揮，下達了迎敵的命令。

卻在此時，右面的單于山下密林中蹄聲濺雷，如從天降！

又是一聲胡笳響起，一排紅色的騎兵猛衝過來，彷彿是赤色的紅潮，滾滾捲來，竟然是左右夾攻。

「停下，準備變陣！」柳隨風將手中令旗舉起。

此時左右的蕭軍離楚軍兩翼前鋒已不足二十丈，長夜裏，忽有一尾白光疾閃，彷彿是天際的流星，劃破這寂寂夜空，猛地朝柳隨風射來。

他舉旗時，這一箭才射出，但他旗舉起時，這一箭卻已然近在咫尺。

「鏘！」一道同樣燦爛的白光猛然從柳隨風的背上跳了出來，堪堪抵住那道白光。

下一刻，流光溢彩，金鐵交鳴聲中，那道射來的白光忽然分作三道，繞著柳隨風的身周旋轉，後起的白光卻化作了一條長龍，不分先後地再次擊中那三道敵光，發出三聲驚天動地的銳響，所有光華同時消失。

「好個柳隨風！」

「好個蕭如故！」

林驚草濕，長夜裏，月色下，蕭如故收弓，柳隨風回劍，卻同時喝了聲彩。

這兩聲才一落，柳隨風手中的令旗已然揮了下去，而同一時刻，蕭如故卻也將手中的一枚煙花直射長空。

煙花爛漫，弓弦聲卻也同時大作，天空忽然同時一亮，鋪天蓋地的白光，彷彿是一場壯闊的流星雨，朝無憂軍落了下來。

「這就是名震天下的流星箭雨了嗎？」柳隨風雖然早有心理準備，卻依然驚得目瞪口呆。

但這陣流星雨的效果，卻也讓蕭如故同樣目瞪口呆。

箭雨發出的剎那，眼前那三萬楚軍竟然已然迅速變陣——奇怪的「二」字陣形，看來似乎是某個太極卦相，將無憂軍分作兩個直隊，而在中間騰出了一大片空地，加上楚軍將士幾乎人人帶著一面盾牌，由三萬支箭組成的流星箭雨，殺傷力達到了不足三十人的歷史上第二低點（第一低點是被李無憂全數移上了石壁）。

蕭如故不敢相信自己的眼睛，說停就停，說變就變，能在如此短暫的剎那完成變陣，這些人真的是李無憂那無賴訓練出來的新軍？他以前一直搞不清楚爲何蕭未和蕭承，甚至賀蘭凝霜都無法奈無憂軍何，此時真的正面交鋒，這才領會到這支軍隊的可怕。

同一時間，柳隨風卻是嘆了口氣，看起來，那渾蛋當初讓士兵們操練八卦陣並非是爲了某種宗教信仰。

雙方主帥這一驚一嘆，不過瞬息間事，雖然注定不會在大荒三八六五年七月的這次潼關會戰後記入史書，但卻正是從這一驚一嘆開始，日後縱橫天下的無憂軍終於正式登上了歷史的舞臺，並將隨著李無憂的傳奇而爲後世人津津樂道。

蕭軍這雷霆一擊不中，氣勢不泄，再次拈弓搭箭，從兩個方向，鋪天蓋地一般，朝無憂軍捲了過來。

前方鐵騎帶刀，後方箭雨傾盆。無憂軍臨陣不亂，一面用段冶發明的特製軟盾抵抗敵軍箭雨，一面也放箭還擊。

蕭如故自然不會讓自己的部隊按原式衝擊到中心讓對方反包圍，長劍一揮，左右兩軍頓時合擊一處，專攻楚軍「二」字陣形的前路。但柳隨風卻在他合擊未成之前，又將軍隊變作了坎位卦行，三隊平行，獨留中間斷開，蕭如故的軍隊終於自己撞到了一起，隱然反被楚軍包圍。

這當然是蕭如故所不允許的，硬是以流星箭雨開路，破出一線，變作一字長龍之陣。

「好個流星箭雨！我若是也有這樣一隊輕騎就好了！」柳隨風暗自讚嘆一聲，令旗一揮，再次變作坤卦陣形。

兩位深知陣形於野地作戰之重的絕代名將，就這樣在這片廣闊的草原上，開始了針鋒相對的陣勢爭奪。雙方的部隊也都是精銳中的精銳，二人指揮起來也是如臂使指，每個人都總能出現在他們需要的位置上。

最後還是蕭如故憑藉蕭國鐵騎的流星箭雨和不計傷亡的硬闖，打破了柳隨風的陣勢，搶得了微弱的優勢，而兩軍也終於開始了混戰相持。

進入這個階段之後，無憂軍單兵作戰能力強的特點終於得到了爆發，而蕭國將士顯然對這一現象缺少心理準備，在他們的印象裏，南方的士兵性格懦弱，擅長守城，善於在山林作戰，但不擅長平原戰法，在單對單的個人能力上，也顯然不能和強悍的北方人相比，但此時這些人非但憑藉陣勢的巧妙，抵抗掉了蕭國騎兵天然的機動優勢，而在短兵相接中，人數出於劣勢的情形下，這些楚兵竟然勇悍異常，以一敵二甚至敵三，並且越戰越勇，他們的氣勢頓時一滯，這讓楚軍漸漸扳回劣勢，勝利的天平終於出現了暫時的平衡。

張龍和趙虎這才明白，當日前來潼關的途中，李無憂爲何剿匪剿得不亦樂乎，原來他所要的就是這些土匪的悍勇和單兵的作戰能力。

當然，經過訓練淨化之後的土匪，也不再是原來的流寇，而組成了一支有紀律同時不失野性的鐵軍，守城則固若金湯，出擊則如野火燎原，銳不可當。

戰爭打到這種程度，雙方的主帥也都暗自互道了聲佩服。

蕭人久處塞外，習慣的是來去如風，長弓帶刀，以鋪天蓋地的箭雨先打擊敵人的氣勢，然後以彎刀割去膽寒的敵人的首級。誰知在蕭如故手中，這些人陣形嚴密而靈活，長短結合得非常好，達到了各盡其才，充分發揮了蕭騎的優勢。這讓柳隨風不得不道個服字。

蕭如故既佩服又鬱悶的是這支楚國軍隊的陣勢，先是一個漂亮的變陣躲開了流星箭雨的伏擊，這尙且可以理解爲柳隨風可能算到了自己會在路上埋伏，預先作了安排。但楚軍之後的多次變陣，先是充分化解了蕭騎的機動性，然後在混戰的時候，楚軍的每個百人隊又組成了一個個小小的太極圖式樣的陣法，而八個百人隊又合成一個大的太極圖，從而形成了局部的以多打少，充分的瓦解了蕭國兵多的優勢。這個柳隨風果然是不簡單啊，難怪能將蕭未和蕭承他們耍得團團轉，最後還成功策反了西琦人。

心頭雖然各自惺惺相惜，但沙場征戰，哪裏容得半點其他？兩人見戰爭成膠著狀態，都是惱火至極。

「看來你今天跟老子是幹上了！」蕭如故將射日弓放下，挽袖提劍，龍行虎步，朝柳隨風走了過來。

「春風吹戰鼓擂，將軍陣前誰怕誰？」柳隨風當然不是省油的燈，當即也將長劍拔出，勒韁下馬，擺了個拽拽的Pose（就是很欠揍那種），一晃一晃走了過來。

「大家住手，要單挑了！」有人大聲嚷了一聲，於是所有的人都看到了蕭如故和柳隨風的動靜。

「嘩啦啦！」掌聲響起，剛才還在交戰的兩方戰士各自後退三步分開，鼓起掌來，有的甚至還乘機友好地握了握手，盛情邀請對方下次有空再來玩。

兩方的士兵自動退回本方陣地，中間空出一塊大約五丈寬的空地。

單挑這種野蠻戰法通常只出現在江湖事件中，但大荒的江湖和朝廷中是有著千絲萬縷的關係，所以在戰場上，偶爾也會零星地出現一兩次這樣的情形。當雙方的主將都認爲這場戰鬥異常慘烈，自己獲勝也只是慘勝的時候，就會有可能選擇單挑，不死不休。

接下來就簡單了，一方的主將都掛了，這場仗就失去了指揮者，就好打多了——基本上是選擇逃跑，勝負立分。所以單挑，一直是極其受士兵們歡迎的。

卻見蕭如故和柳隨風這兩個惡棍，各持一把明晃晃的長劍。同時擺了個懷中抱月的架勢，氣勢洶洶地向對方衝了過去。

金鼓齊鳴，胡笳悠悠，喝彩如雷。士兵們都是熱情高漲，還有比看主帥單挑更過癮的事嗎？

五丈，四丈……

彩聲如雷。

三丈……

彩聲震天。

兩丈，一丈……

人群沸騰至極點，喝彩聲，喊殺聲和鼓聲胡笳聲混在一起，只驚得波哥達峰深山中的野獸都是心驚膽戰。

九尺，八尺，六尺……雙劍近在咫尺。

猛然站定，四目相交的方向，空中似乎有閃電激蕩！

山雨欲來風滿樓，所有聲響忽然消失，人人屏住呼吸，握緊了雙拳，等著這決定大荒歷史的一戰。

兩柄長劍針鋒相對，兩人足下緩緩移動，不規則地劃著圈，四隻眼睛都是大如銅鈴，緊緊盯著對方，深怕對方有一根頭髮掉在地上自己沒看見。

良久，誰也沒有動手。

「兄弟！看見了沒？高手過招，講究的就是不動則已，一動必殺。」一名老兵對新兵說。

「嗯，多謝大哥指點！」新兵抹了把額頭上的冷汗，緊張地點頭。

又不知過了多久，場中那兩個人忽然同時笑了起來，同時將長劍向後一拋。

「大哥，他們這是做什麼？」新兵迷惑道。

「完了！不得了，他們連兵器都扔了，想直接用內力較量，這兩人都是絕世高手，他們這一過招，方圓幾百里內的跳蚤臭蟲還不都得灰飛煙滅啊？兄弟，準備後事吧！」老兵臉上露出悲壯神色。

「啊！不好了，大哥，他們兩人的手怎麼握到一起了！」新兵驚呼一聲，暈了過去。

老兵冷汗：「我不過隨便說說……」

場中，兩個人雙手溫柔互握，卻是談笑風生。

蕭如故：「原來柳兄和蕭某一樣都是諾貝爾和平獎的有力競爭者，真是幸會！」

柳隨風：「呵呵！安全第一，我們又不是禽獸，沒事動刀動槍的做什麼？」

「我靠！」、「操你媽！」罵聲四起，口水滿天飛。

蕭如故：「你們楚國人真是浪費，口水這種含有高蛋白的東西，怎麼可以隨便亂吐呢？」

柳隨風：「你們蕭國人真是奢侈，像『操你媽』這樣的高級罵人語句已經被列入屬於國際通用語，居然張口就是一大堆，明顯是要讓我們這些落後國家嫉妒嘛！」

兩人同時轉身，一臉嚴霜：「都他媽給我安靜點！」

鴉雀無聲。

再轉身，兩張臉一般陽光燦爛。

見一切太平，蕭如故笑道：「呵呵，柳兄不遠百里，半夜三更地跑來陪兄弟聊天，這份濃情厚意，蕭某真是受之有愧啊！只是柳兄啊，你一個人來就可以了嘛，幹嘛帶這麼多兄弟來呢？你帶這麼多兄弟來也不要緊，但是你聲音就不能小點嗎？我這好幾十萬人，都要睡覺呢，你看，現在給吵醒了，怎麼收場？」

柳隨風忙道：「哎呀，真是不好意思。我來得太急，沒注意，請蕭兄和眾兄弟多擔待一下。那個……地上這麼多馬，剛殺的，正新鮮著呢，蕭兄千萬別嫌棄，都搬回去，給眾兄弟做下酒菜，就當兄弟給你們賠禮了。只是蕭兄，你們這一共加起來也不過四萬人，這麼多馬匹，未必搬得動吧？」

「沒事，沒事！」蕭如故忙擺手，「這兩邊的林子裏都各還有我萬來號兄弟呢！本來打算等會兒你們走的時候給你們送行的，如果人手不夠，我一會兒會將他們叫出來的。」

還有伏兵？你他媽唬誰啊？柳隨風暗罵一聲，卻笑道：「更深露重的，這封狼單于二山別的沒有，多的就是毒蟲猛獸，這些兄弟要是有個三長兩短，一會兒我潼關那邊的王兄弟再送肥羊好酒過來，沒人搬，這可怎麼是好？」

王定又怎樣？你當朕沒有後著嗎？蕭如故忙笑道：「沒事，沒事，我出發之前剛派了蕭雷才向王兄弟收保護費呢，肥羊美酒讓他順便送過來就是。只是柳兄，你來的路上有沒有發現一路上草色有些異常呢？唉！都怪我這兩天總是頭疼，國師他體恤我，四處幫我找草藥醫治。你也知道他這個人，又懶又不講衛生，鼻涕眼淚什麼的掉在草上也不肯去擦一下，混在空氣中臭得很，要是不小心被柳兄吸進肚子裏，拉稀尿血什麼的，多不好意思啊！諸位兄弟都還沒事吧？」

使毒？你當我是傻子？今夜風向一直偏南，毒你自己還差不多。

柳隨風笑容不減道：「蕭兄多慮了。李元帥一直對獨孤國師關愛有加，你也知道他們倆是老朋友了，有國師的地方就有我們元帥，這點小事還能不幫他擺平？」

「哦，是這樣啊？那我就放心了。只是不知道李元帥對一種叫藍毒的東西有沒有研究呢？唉！你也知道了，國師和李元帥交情那麼好，剛才我過來的時候，他非要加一些鬼枯藤送一點進潼關，說是祝賀柳冗庫巢大捷，我攔也攔不住，你看這真是……」

蕭如故說到最後，說不出的難過。

什麼？又是藍毒瘟疫！潼關，潼關……我怎麼就沒想到是潼關呢！柳隨風直覺全身都在冰窖當中。自己什麼都算到了，可偏偏就忘了世上有一種叫鬼枯藤的催化劑，可以讓藍毒瘟疫發作時間不超過一刻鐘，今夜的風向正是偏南啊！

蕭如故在這裏等自己，就是要防止自己過去破壞他在潼關下面幹的好事。潼關若失，馬大刀必然乘機再亂，蕭國的軍隊也隨時可以繞過張承宗，直接與蕭如故會合……是以此處無論勝敗，今夜自己都注定是一個失敗者。

自己竟然會輸？

柳隨風心念一轉，忽單膝跪倒在地，道：「陛下神人，隨風敗得心服口服。今日願率所部歸降，今後追隨陛下左右，共成不世之業！」

蕭如故大喜，忙上前攙扶，道：「識時務者爲俊傑，柳將軍果然人中龍鳳，放心，朕……」

「陛下小心！」忽有一個聲音高呼。

蕭如故頓時一凜，眼前忽地精光暴起，一道逼人寒氣已然迎面逼來，忙自側身一閃。他避得雖快，但柳隨風這一劍乃是預謀已久，起得又是突兀至極，長劍正中他胸口。

「噹！」的一聲鈍響，蕭如故整個人被震得後退三丈，墜到蕭軍陣前。

所有人都是一呆。

「哈哈！柳兄，你雖然智計過人，但怎知天不絕我蕭如故？」蕭如故忽地站了起來，輕咳兩聲，右手心攤開，露出一塊幾乎碎成粉末的玉珮來。

方才那驚天一劍，竟然正中玉珮。

「天意弄人！」柳隨風見此長嘆一聲。

忽聽南面一陣馬蹄聲響，月色下，一騎絕塵而來。

「莫非……」蕭如故和柳隨風對視一眼，一喜一憂，心頭都想到了同一個念頭。

近了，卻是蕭軍探馬。

柳隨風暗自將一枚柳葉掏出，左手手中令旗舉起，直待那人近得五丈，便將其擊殺，然後帶領這兩萬五千無憂軍作最後一搏，趕在蕭國援軍到達之前，將蕭如故擊殺。

「陛下，大事不好！」那騎方近十丈，卻已然大喊起來，「李無憂帶領五百人忽然現身潼關，大破我軍，蕭雷將軍殉國！國師落荒而逃，一萬兄弟無一生還！」

啊！形勢逆轉得太快，所有人同時大驚。

那探馬剛喊完這句話，口噴鮮血，「撲通」一聲從馬上墜下，同一時間，二十丈外一點藍光閃爍著，由遠而近。

「呵呵！蕭兄別來無恙，真是想煞小弟了！」藍光斂去，一人已經傲立馬上。

「李無憂！」蕭如故驚叫一聲，驚鴻過眼身法使出，猛朝封狼山林中掠去。

「想走，哪那麼容易？」李無憂冷笑一聲，人劍合一，御劍便追。

但就在這個時候，蕭軍陣中箭雨如流星般射了過來。李無憂大駭，揮劍格擋，去勢頓時一止。

待箭雨射過，再看時，遠方蕭如故的身影已然消失在遠方的密林裏，只能轉頭看著那四萬蕭國士兵，恨恨道：「靠！這麼多人你都能丟下，算你狠！」

四萬蕭軍見國主逃脫，最後的士氣已然消失無蹤，不是作鳥獸散，就是紛紛跪地請降。

望著密林的方向，柳隨風再次長嘆道：「只差那麼一線，天意弄人啊！」

「弄你大爺！趕快給老子滾到潼關去。」李無憂一拳狠狠砸在他頭上，「獨孤千秋還在那邊呢！」

「你不是已經擺平了嗎？」柳隨風迷惑不解。

李無憂回頭喝道：「人都走了！花蝴蝶，你他媽還詐死啊？」

那名本已死去的蕭國探馬一翻身，跳了起來，笑嘻嘻道：「小人花蝴蝶，參見柳軍師，不知軍師能否替小人引薦一下你們李元帥？我對他十分仰慕的說！」

柳隨風愕然。

柳隨風率領兩萬無憂軍到達潼關的時候，月色忽然躲進了雲層，蒼穹似也為人間的殺氣洞穿，狂風塞滿了天地間每一寸地方，捲著沙子，打到士兵的頭盔上，撲撲脆響。漆黑的夜，伸手不見五指。無憂軍的士兵們只得都亮出了水晶風燈，但除了一些高明的將領外，方圓十丈內，卻依然是看不清楚人跡。

從庫巢出發的時候，天空還是月華明明，才這麼一會兒工夫，怎麼就變了天呢？

柳隨風暗自搖了搖頭，這鬼天氣……

猛然見前方火影晃晃，隱隱更有陣陣喧鬧喊殺聲傳入耳來。

張龍興奮地請令：「軍師，讓我帶人過去將獨孤老兒宰了！」

「等一等！」

「還等？再等獨孤老兒就將藍毒布滿潼關，生靈塗炭啊！」雖然言辭切切，但要說張龍這好戰分子是悲憐蒼生，鬼都不信。

柳隨風沒有作聲。

「靠！來了又不讓打仗，早知道還不如和病貓一起去收拾俘虜呢！」張龍小聲嘀咕，但他卻不敢違背柳隨風的命令，只好策馬向後，大聲吆喝，「全軍停下！」

不同於某個好戰分子的狂熱，柳隨風卻冷靜得有些遲疑：「離潼關應該還有三里吧，怎麼就在這打起來了？我明明讓王定堅守，吸引敵軍注意的……」

卻在此時，前方忽有一騎濺泥而來，馬上人翻身落馬道：「稟報軍師，前方確是王定將軍與蕭國的軍隊正在交戰，我方形勢岌岌可危。」

柳隨風哦了一聲，問道：「雙方都還有多少人，獨孤千秋在不在？」

「我軍一萬，陷入了三萬敵軍的包圍。場中雖偶有火團閃電的痕跡，但殺傷力都不大，獨孤千秋應該不在陣中。」

「不在？」

「是的！潼關那邊的消息傳來，城中未發現任何可疑，若蝶姑娘說她可以保證不讓獨孤千秋入城。」

「若蝶姑娘既然保證了，那就好辦多了！」柳隨風點了點頭，這位若蝶姑娘不知道是李無憂這臭小子從哪裏找來的強援，前幾日，總是能從情報上得知她大顯神威，打得獨孤千秋不敢踏進潼關半步的消息，她說獨孤千秋進不了城，那就是一定進不了的，當即道，「你以最快的速度給我找到獨孤千秋，在大風轉向之前！」

「是！」那人領命去了。

柳隨風看著那人的背影慢慢隱入夜色，輕輕道：「勝敗在此一舉，鳳雛，希望這次你也別讓我失望才好！」

前梧州軍團長百里溪麾下副官秦鳳雛，當日在航州叛亂一役中親手斬下了主帥百里溪的人頭而立下大功，本來是被楚問派到了無憂軍中當監軍，卻被李無憂大耍無賴手段，監軍雖然還是監軍，但出現在軍中的身分卻由三品龍騎將軍變作了一名馬夫。

同李無憂一樣，雖然理智上都認同秦鳳雛的做法，但感情上，柳隨風卻並不喜歡這名可以親手斬下自己主帥的反覆小人，是以無論守城還是出戰，柳隨風必然讓他衝鋒到最前線，美其名曰是「給年輕人一個鍛鍊的機會」，實際上後者比他還大了三歲，這麼做無疑是讓其直擋敵軍鋒銳送死。

但秦鳳雛的運氣卻似乎是好得讓人羨慕，這近兩個月的戰役打下來，這人非但奇蹟般地活著，甚至連毫毛都沒少一根，死在他手下的敵軍千夫長以上大將卻已不下十名。

柳隨風當然知道這不是運氣。

忽有一日，他這樣問道：「你恨不恨我？」

「當然恨！你明明看到我將是顆光芒奪目的明珠，你卻偏偏因爲我身上微小的瑕疵，而將我投進糞堆！」堅忍了幾個月的秦鳳雛第一次不客氣起來。

「你能認明時務，能忍匹夫之辱，能有自知之明……那好吧！咱們既往不咎，既然你是個人才，我就重用你。至於你若再有什麼差錯，那可別怪我不客氣。」柳隨風拍了拍他肩膀。並打算升他做千夫長。

但感動得熱淚盈眶的秦鳳雛卻拒絕了他的好意：「鳳雛雖然不敢妄自菲薄，但若說用兵詭道，計算人心，鳳雛這一輩了都趕不上元帥和軍師，讓我沙場殺敵，乃是暴殄天物！」

「我明白了。」柳隨風點了點頭，從那一天起，秦鳳雛就成了無憂軍霄泉機構的頭子，直接對他和李無憂負責。

趙虎對此頗有疑義：「軍師，你讓這樣一個人擔任我軍情報機構的負責人，他若是稍有反覆，我軍豈不是……」

「用人不疑，疑人不用。元帥在此，必然也是一般說法。」柳隨風淡淡一句話，封住了所有人的嘴。李無憂臨去前，交代一切由柳隨風做主，若是懷疑他，就是懷疑李無憂了。

投桃報李，秦鳳雛果然也沒有讓柳隨風失望，此後庫巢攻防戰期間，整座庫巢城都被他經營得如鐵桶一般，蕭國和西琦原來布在城內百姓中的奸細，被他很快連根拔起不說，還被他利用過來讓敵軍吃過好幾次大虧。

之後，獨孤千秋兄弟潛入城中，秦鳳雛雖然不能擋，卻依然是發覺了，並且通知柳隨風，才有了石依依的冒充程素衣嚇退獨孤千秋的好戲。

昨日，他與寒士倫的聯絡，更是讓蕭軍神不知鬼不覺，讓柳隨風和賀蘭凝霜得以成功聯合，讓蕭承十餘萬精兵全軍覆沒。可以說，柳隨風挑選的這個情報頭子，算是大爲成功。

此時聽到秦鳳雛親自回報的消息，柳隨風終於證實了自己的猜想，王定果然是收到了李無憂的命令，但剛才李無憂才交代完就急匆匆去追蕭如故了，他的戰略意圖到底如何呢？

一低頭，卻看見了那隻花蝴蝶：「李元帥都交代你們做了些什麼？」

花蝴蝶道：「我也不大清楚。他之前說要帶領會中兄弟前往擒殺蕭如故，但剛走到一半，就發現你們在這交戰，他交代我繞了個圈子，去弄一匹馬和蕭國士兵的衣服，我回來的時候就只剩下他一個人了，會中的兄弟都不見了。」

「這渾蛋又搞什麼鬼……」柳隨風微一沉吟，隨即叫道：「張龍！」

「末將在！」張龍猛地從他馬後竄了出來，顯然已是躍躍欲試多時。

柳隨風冷聲道：「你領五千人，換上蕭國士兵的軍服，肩上都繫上白巾，從左側翼給我狠狠地打。」

「太好了！」張龍大喜而去。

柳隨風又道：「寒天貓，葉青松！」

「末將在！」

「寒天貓你帶五千人，與張將軍一般裝束，從右側攻擊；葉青松，你帶兩千人，繞到蕭軍後面埋伏，待會兒蕭雷若從那裏經過，你將他給我拿下吧。」

「末將遵令！」二名萬夫長領命而去。

見四人各帶本部兵馬而去，柳隨風隨即將剩餘八千人分成百人一小隊，各帶弓箭，散到這片廣袤的土地，幫忙尋找獨孤千秋的行蹤。

狂風依舊，柳隨風望了望漆黑的夜空，喃喃道：「謀事在人，成敗在天。無憂，我能做的就是這些了，能不能在風向改變之前找到獨孤千秋，咱們就憑老天爺來做主吧！」

大風捲起沙石，打在帳篷上，時密時疏。

蕭天機將手中一粒白色的棋子，輕輕落在棋盤的一角，看了一眼外面，說道：「這七八月的風向就像少女的心情，變化無常啊！也不知道陛下如何了……」

獨孤千秋看也不看棋盤，隨手扔出一顆黑子，笑道：「天機老弟，我看你擔心陛下是假，擔心風向影響藍色風暴實施是真吧？」

蕭天機看他這看似隨意的一子無巧不巧地落在自己必爭的一個險角處，將手中的棋子扔回棋盒，笑道：「看來什麼都瞞不了國師你啊。恕天機愚昧，國師數次襲擊潼關，都被李無憂那個丫頭所阻，這一次，爲什麼那麼有把握闖進關去放毒？」

獨孤千秋微微一笑：「天機不可洩露！」

「連我也要瞞？」蕭天機先是詫異，隨即露出不悅之色，「國師，你是看不起天機，還是覺得天機不可信任？」

「不，不，都不是！蕭老弟你千萬別誤會！」

「那你這是？」

獨孤千秋看了看四周，將嘴湊到蕭天機耳邊，壓低了聲音：「不是不告訴你，是因爲連我都還沒有想到啊！」

「不會吧?!」蕭天機大驚失色，「可是藍色風暴計畫當初明明是你提議的啊？」

「我當時只是隨便說說，誰知陛下當了真……」

蕭天機只覺得一道冷汗順著脖子直流到了背心。

獨孤千秋拿出一個透明的玉瓶，裏面隱有藍色氣體流動：「這瓶就是曾經三次肆虐大荒，每次都引起滅族之禍的藍毒了，這東西古怪得很，放入空氣中五個時辰不到就能死得乾乾淨淨，但如被人吸入體內，則能令人一月內死亡；而通過呼吸飲食，毒性卻能如野火燎原般傳播。可惜上次王戰行動失敗，搞得現在潼關人都有了防備，這玩意怕是不靈了。」

他又拿出一根褐色的枯藤，道：「不過加上這根鬼枯藤的話，藍毒的毒性變得更加猛烈，聞到的人立時就能斃命。蕭老弟，這關係到國家榮辱民族興衰的寶物，我這就交給你了，希望你能善加運用。」

「國師，你的意思，天機不是很明白。」蕭天機當然不能太明白。

「天機，我將這大荒僅存的一瓶寶物都給了你，你怎麼可以讓我如此失望？」獨孤千秋覺得自己很受傷，「要知道別人求都求不來這個機會的！」

「走火了！」

蕭天機還想說什麼，忽然有人高喊了一聲，彷彿是寂夜裏的驚雷，在狂風呼嘯聲中，竟然清晰無比。

「開什麼玩笑，這個時候失火？」蕭天機吃了一驚，掀開帳篷掠了出去。

帳外果然火光熊熊，而且不是一個帳篷，全軍上千個帳篷至少有一半起火，而且火勢尚有連綿之勢。

「是敵軍縱火！」這個念頭才閃過蕭天機的心頭，東南方向忽然喊殺聲不絕於耳襲來。

「劫營！有沒有搞錯？潼關和柳隨風的軍隊都已經被阻在路上，這又是哪裏來的部隊？難道陛下他們……」

蕭天機不敢再想下去，這次出擊，所有的軍隊都已傾巢而出，這下怎麼能抵擋得住？對了，不是還有國師嗎？他慌忙掉頭，掀開布簾。

「靠！我就知道……」

營中燭火對棋，桌上藍赤相映，卻哪裏還有獨孤千秋半點影子？

火借風勢，越發的驚天動地，剎那間已成燎原之勢。黑夜裏，只聽見風聲，馬嘶聲，帶著塞外口音的慘叫聲不絕於耳，大風裏鬼影幢幢，不知有多少敵人來襲，少說有千軍萬馬。

留守的五百蕭軍心膽俱寒，蕭天機雖然武功不錯，但自然不會以爲自己已達到李無憂那種一挑一萬的境界，自沿著獨孤千秋的偉人足跡逃命去也。

留守的殘兵本就六神無主，二人這一去，更如喪家之犬，四處奔逃，不是被火燒死，就是被來人宰殺。

不久，大風竟然已經停了，但火勢運綿，這數里聯營卻已被一把火燒了個乾淨。只是劫營的好漢們，卻一個個大眼瞪小眼，驚訝得半天沒反應過來。

「玉……玉大哥，我們真……真的將將蕭國的兵營……全給燒……掉了？」青蝴蝶一緊張，居然口吃起來。

「而且一點都不剩？」冷蝴蝶此時真的是全身發冷。

「我靠！在會主大哥的英明領導下，產生這樣的奇蹟乃是理所當然的了！」玉蝴蝶覺得這幫人真是沒救了，被這麼一點點小小的勝利就沖昏了頭腦。

「可……可是，玉大哥，要……要是……要是讓讓蕭如故發現我們燒了他的軍營，那麼我們公會以後還還能在江湖上立……立足嗎？」

「我頭好暈！」玉蝴蝶雙足一軟，便要倒下。

「玉大哥你要挺住啊！」青蝴蝶忙將他抓住。

「兄弟。我雖然挺住了，但你這麼用力，我的命根子很快會斷的。」玉蝴蝶苦著臉道。

「天啊！江湖傳聞玉大哥你神功蓋世，今日經我一抓，果然非同凡響！我對您的崇拜又加深……」

「深你大爺啊，再不放開就斷了！」

「啊，好！」

「渾蛋！你跟老子有仇啊？」驟失平衡的玉蝴蝶與地上堅硬的花崗石進行了一次親密接觸。

冷蝴蝶卻沒理這兩個活寶，只是嘆道：「唉！大哥明明交代我們稍微放點小火，烘托一下氣氛以配合楚軍的行動就可以了，這下倒好，軍營全燒了，楚軍半個人影沒見，這筆賬肯定算在我們頭上了！」

「不用怕，一切有大哥呢！」玉蝴蝶微笑，眼神中充滿了對李無憂狂熱的自信。

「對！只要會主大哥在，就一定能將蕭如故殺死！」青蝴蝶也看到了希望。

「錯！是只要有大哥在，這個黑鍋就不用我們背了！」

「玉大哥說話總是一針見血，我喜歡！」青蝴蝶做崇拜狀。

玉蝴蝶巨寒，慌忙翻身站起。

這時候，一名小弟手捧著個藍瓶屁顛屁顛地跑了過來：「玉大哥，我們在一個帳篷裏發現這瓶藍色的寶貝。」

玉蝴蝶一看就火了：「有組織，無紀律！我們是淫賊沒錯，偷香竊玉作爲一項基本會策，要長期堅持也沒錯，但你們這幫小子，會主這次叫你們來放火，你們卻打劫！沒事亂翻人家的東西幹什麼？」

「可這東西很香啊！兄弟們這鼻子也都是練過的，聞到這東西哪能不給挖出來啊？」那小弟覺得很委屈。

「咦！真的啊！」玉蝴蝶一把揭開了蓋子，嘖嘖讚嘆起來，「算了，饒了你這次，下次除了美女的芳心和貞操，不准亂偷了。做人要厚道嘛！」

那小弟千恩萬謝的去了。

青蝴蝶和冷蝴蝶忙搶過瓶子聞了聞，都是讚不絕口。

唯有玉蝴蝶望著那小弟遠去的方向，一抖摺扇，露出悲傷神色，嘆道：「淫賊職業化之路真是漫漫其修遠啊！」

第二章　驚鴻再現

李無憂將天眼打開，身法提至極限，黑夜裏，初時還能看見一道藍光激射，到得後來，竟是連光影也無。

他一面飛掠，一面朝左掌心看。方才在流星箭雨射出那一刹那，他曾神不知鬼不覺的以精神力在蕭如故衣服上種下了一個追蹤符，只是由於後者身懷謝驚鴻的照影神功，使得這個符法的威力從三里削弱到了二十丈，一旦錯過二十丈之距，那就是似水無痕了。

上山少說也追蹤了上百里了，但還是沒有見到蕭如故的身影。奶奶的，算了，臭小子運氣不錯，今天就放過你回老家好了。

他正打算停下腳步，忽見掌的邊緣一個紅點晃了一晃！哈哈，真是天意如此，蕭兄，這可怪不得兄弟我了。

漸漸向北，紅點越來越大，跳躍得也越來越快，看樣子蕭如故應該就在附近休息了。

「呵呵，親愛的蕭兄，你功力沒我深，就不要像兔子一樣亂兜圈子嘛，這下好了，自己跑不動了不是？」

李無憂一邊想著和蕭如故見面的第一句話，一邊隱去了身形，收斂全身的氣息，務必要給蕭如故一個驚喜。

近得十丈，天眼穿過林木，果然看見蕭如故正躲在一棵巨大的菩提樹下大口地喘氣。慢慢貼近，元氣貫注卜無憂劍，人劍合一，直奔蕭如故。這一式劍招是他領悟御劍飛行之後，融合落英十三劍所創，以他此時功力，普天之下正面能避過的人也是寥寥可數，何況是背面？

但李無憂這一劍卻根本沒存殺意，他只是想生擒蕭如故，很快的，他開始後悔自己這個決定，因爲他錯失了一生中第一個而且也可能是唯一一個殺死蕭如故的機會。

斜刺裏一道劍光驀然冒了出來，直取李無憂胸膛。

這一劍也不甚快，但如果李無憂堅持要制住蕭如故，那麼他自己必然會在一劍擊中蕭如故時，自己也必然會被長劍穿心。

雖然明知對方是圍魏救趙。李無憂無奈下還是只得回劍一架，雙劍一交，劍上所附雄渾內勁一撞，使劍的兩人同時一驚，各自後撤。

「李無憂！」

蕭如故見身前忽然冒出兩個人，先是一驚，隨即大喜，「大師兄，你怎麼來了？」

大師兄？李無憂吃了一驚，眼前這個身穿粗布麻衣，亂髮草鞋，賊眉鼠眼，手持一柄破破爛爛的鏽鐵劍的傢伙，難道竟就是謝驚鴻唯一公開承認的弟子葉十一？

當日雪夜三戰，葉十一力敵無情門主柳青青，名動天下，風頭之盛，與隻劍刺殺獨孤千秋的李無憂不相伯仲。

「這個人絕對是個勁敵！」這樣想時，李無憂將精神力投射而出，落到那把看似腐朽平常無鋒無芒的爛劍上，但那劍上渾無半絲殺氣反應，整把劍的劍氣已然是藏而不露，難知深淺……

「鏘！」的一聲龍吟，那劍似乎感覺到有人靈氣掃描，竟然自鳴起來，而同時李無憂射出的精神力也全數反彈回來。

葉十一手指觸劍，龍吟頓止，訝道：「李兄真是好本事，此劍已然十年未鳴，不想你人未動，光憑精神力竟然就激起他的殺意，果然是英雄出少年啊！」

「師兄，你和李兄多多親熱，小弟有要事在身，先走一步！」蕭如故見機不可失，忙溜之大吉。

感覺到葉十一氣機已然將自己鎖定，李無憂壓下追蹤的念頭，暗嘆一聲：「今天放走蕭如故，不知何日再有機會了。」卻倒持長劍拱了拱手，笑道：「好說好說！當日航州一會，葉兄力敵無情門主柳青青，於我大楚實有大恩，今日卻爲了蕭天子要和小弟動手，實讓小弟搞不清楚你的立場啊。」

葉十一笑道：「李兄看見我手中這把劍了沒有？」

李無憂心道：「老子又不是瞎子，怎麼會看不到？」口中卻恭敬道：「名震天下的驚鴻劍原來是這般模樣！」

「不錯了，這就是驚鴻劍。」葉十一手指輕撫長劍，眼神中有著一種說不出的熱情，「李兄想必也知道，普天之下，武功能與家師抗衡之人，並非沒有，但爲何偏偏家師能贏得天下第一高手之名？只因這柄驚鴻劍，這柄驚鴻劍啊……從來都是只救人不殺人。」

「真的從來沒有一個人死在驚鴻劍下？」李無憂雖然聽過這個傳說，但對此卻一直充滿了懷疑。

「當然是假的。」葉十一露出一絲苦笑，「確切地說，驚鴻劍下只殺過一個人，那個人就是我娘……」

「什麼！」李無憂再也想不到自己會得到這個答案，「你竟然拜了自己的殺母仇人爲師？」

「這也是沒有法子的事！」葉十一嘆了口氣，隨即面上愁容盡去，笑道：「這驚鴻劍存在於世間的目的，就是爲了要替天行道，讓人間得到太平。所以，到了必要的時候，驚鴻劍依然是會殺人的。」

「譬如？」

「現在。」葉十一微微一笑，緩緩向前，落足之處，無聲無息，但李無憂卻知自己已然被罩在他殺氣籠罩之內，看似無風無浪，但只要自己一動，氣機牽引下，一觸便如奔雷萬鈞而來，當下將浩然正氣提至第九重，與之相抗。

葉十一頓覺面前方抗之力變大，面上訝色更增，足下放慢，緩緩道：「李兄神功日進千里，再這麼拖下去，我怕異日相逢，葉某就不是李兄的敵手了。」

「知道不是敵手你這烏龜還來擋道？」李無憂暗罵一聲，卻笑道：「葉兄客氣了。死我並不怕，李無憂也不是婆婆媽媽的人，但你總得給我個殺我的理由吧？」

「呵呵！我剛不是已經說了嗎？替天行道而已！」

「替天行道？葉兄你是否搞錯了對象？」李無憂啼笑皆非。「李無憂大大的好人一個，似乎也沒做過什麼傷天害理的事吧？你這樣隨便安一個莫須有的罪名給我，還不如直接說你看我不順眼好了。」

「好人？呵呵，難道因爲你是個好人，我就不替天行道了嗎？」葉十一臉上的笑容更加燦爛，「何爲天道？天地不仁，以萬物爲芻狗；聖人不仁，以百姓爲芻狗，這句話李兄應該聽過吧？」

「《道德經》上的話吧？聽人說過。芻狗好像是古代祭祀時候用的一種草紮的狗，被祭祀的人當做有魂靈的天神，不可冒犯。祭祀完畢，芻狗也就沒有了作用，可以任人踐踏了。天地大仁，不偏私，以萬物爲芻狗。聖人大仁，認爲所有的百姓都是芻狗，對他們也一視同仁，愛護他們，但當百姓變壞後，聖人就認爲他們是失去靈魂的芻狗，應該翦除。呵呵，葉聖人，莫非你以爲我就是那變壞的芻狗？」

說到後來，李無憂語聲中已然不無譏誚。

「李兄淵博。不錯，這句話即爲葉某所謂的天道。」葉十一終於停下，此時二人相距已不過五步，長劍一觸即至之距，「葉某不敢自比天地，也不敢說什麼自己是聖人，只不過所行所爲，卻均是存了三分仁心，所謂替天行道。仁者無敵，便是因爲這個『仁』字代表了天地，代表了聖人啊！呵呵，不好意思，扯遠了。說回來吧，天下大勢，分久必合，大荒分裂兩百餘年，此刻正是一統的大好時機了，而當今天下，平羅積弱，天鷹內訌，西琦國小，陳國偏安，能一統天下者，不外楚蕭，而區區和家師一般，都看好蕭師弟。」

「哼！他是你師弟，你當然看好他！」

「李兄誤會了。家師支持蕭如故，不是因爲蕭如故是他徒弟，相反，正因爲他支持蕭如故，蕭如故才是他徒弟。」

葉十一這話很拗口，但李無憂還是聽懂了：「我明白了。原來謝驚鴻在收他爲徒之前，就已經看好蕭如故能一統天下了。楚問老邁，諸皇子又一直明爭暗鬥，要是我，我也會選能在年少時就能平定叛亂而他本身又沒有任何羈絆的蕭如故了。至於我李無憂，橫空出世，打亂蕭如故一統天下的步伐，自然是那破壞你們大仁的不仁之人，不誅之怎能後快？」

「李兄弟如此聰明，倒省了我不少口舌。」葉十一欣然道：「其實在蒼瀾河邊，你初逢慕容幽蘭那次，我就在暗中觀察過你，雖然當時就覺得你不俗，但你那時尚無任何權柄，你雖聰明，也不過是在江湖上掀起一些風浪罷了。不想之後你因緣際會，竟然能以一人之力大敗蕭國一萬鐵騎伏兵，讓那次南征功敗垂成，當時我就知道你是個危險人物，只是可惜自己當時身有要事，不能親自出手，就不惜重金連聘江湖中最知名的殺手來對付你，沒想到居然全都功敗垂成。」

「我就說究竟是誰如此高明，一而再再而三，不挑我出外，卻偏挑我身在斷州二十萬大軍的森嚴保護下的時候行刺，原來是你啊！」

李無憂深深吸了口氣，全身都是寒意。他再也沒有想到一直以來處心積慮要自己命的人，竟然是個之前自己一直素未謀面的人，而這人竟然是正道象徵的天下第一高手劍神謝驚鴻的徒弟，謎底雖然解開，但他卻並未鬆一口氣：如果是這樣，和謝驚鴻的翻臉，那是無論如何避不開的了。

「但我還是低估了你。」葉十一嘆了口氣，眼神中卻露出了欣賞之意，「沒想到你除開武術不錯，還那麼聰明。我第一次還桃花社的人來，其實是故意讓他們失敗，雖然有打草驚蛇的效果，卻也是想收痲痹之效。」

「不錯。」李無憂點了點頭，「此計果然厲害。軍中確實有絕大多數人都會認爲你第一次的刺殺失敗了，已然打草驚蛇，在二十萬大軍環伺之下，絕不至於派第二波人來尋死。卻沒料到你當夜就派了第一組人。而當僥倖躲過第二波後，很多人也認爲你這第二次已然是最後殺機的時候，第三和第四卻次第而來。猜度人心上，你算是上上之選了。若非我運氣好，功力提前恢復，怕是已然著了你的道。」

「那不是你運氣好，是你的聰明救了你！」葉十一嘆了口氣。

李無憂不置可否地笑了笑，岔開話題道：「有件事情我一直不明白。你既然是一直支持蕭國，當日航州叛亂，你幫我們去抵擋柳青青，除了欺世盜名之外，難道沒有別的用意？」

「欺世盜名？呵呵，也算是吧！不過我敵住柳青青，主要還是不希望她殺了靖王，因爲那樣一來，楚國內部就只剩下珉王和靈王，很快就能分出勝負，對蕭師弟南征楚國非常的不利。當然，我這麼做，也有不想讓航州血流成河的原因。大仁大義雖然冠冕堂皇，但若因此搞得血流成河，那也非智者所爲。」葉十一緩緩道。

李無憂一身都是寒意，冷笑道：「少流些血也算是仁義，如此說來，當日憑欄關破，蕭如故兵不血刃地坑殺數萬降兵，豈不更是大仁大義了？」

葉十一笑道：「我就知道你要這麼問。但李兄，你可曾想過，蕭師弟坑殺那四萬降卒，其實是希望以後能更少流血呢？當日軍神已死，楚國軍心已散，你如不橫空出世，蕭師弟已破潼關，楚軍念及先前蕭師弟坑殺那些頑抗到底的降卒，必然引得沿途驚恐自退，此後直搗航州，則大事已定，這天下又可少多少兵災，少流多少血？」

「好，好！你這邏輯真他媽太好了！」李無憂只差沒破口大罵了，「老子保家衛國，你說是逆天行事，你要替天行道。蕭如故殺我兄弟，坑殺降兵，你卻說他大仁大義。天下之理，全在你嘴上了，所謂名俠，原來如此。這就動手吧！」說時無憂劍一指，一道無形氣勢已將葉十一遠遠鎖定。

葉十一負手看天，夜空如墨，月色漸隱，慢慢低頭，地上的塵土微微揚起，與空氣中浮動的花香混在一起，鑽入鼻息，神清氣爽，他忽地止住輕輕移踱的腳步，道：「李兄，其實我們之間也未必是非你死我亡不可。」

「哦？你不是要替天行道的嗎？」李無憂無驚無喜，似乎料定他會這麼說。

「只要你不逆天而行，我自然不必替天行道。」葉十一誠摯道：「你若有意蒼生，那就進，與蕭師弟攜手，讓人荒早日結束分裂，此後出將入相，領兵征服古蘭齊斯，再現我大鵬盛世，成就不世之名；無意則退。大可學蘇慕白前輩，於此時掛冠遠去，與你那許多紅顏知己笑傲山水，或者於江湖呼風喚雨，行俠仗義，不問興亡，你我便是友非敵，此後江湖相逢，杯酒言歡，不也是快事一件？李兄，舉世滔滔爾獨清，你又何必非要蹚這渾水，弄得滿身污濁，贏那後世罵名？」

「哈哈哈！」李無憂放聲長笑，「好，好，葉兄句句頂在小弟心坎上，果然是天生的說客啊！」

「李兄是答應退隱了？」葉十一大喜。

李無憂沒有答他，只是道：

「我大哥曾說過一句話叫『人只此人，不入聖便作狂，中間難立足』。我以前一直不明白那是什麼道理，今日得葉兄指教，總算是明白了。李某一直將自己當做個小人物，無足輕重，但下山以來，所行所爲，卻無一件事對不起我良心。但這世道，卻要我都做些什麼？我披堅執銳，衛我家國，你說是逆天，陷黎民於水火，也不無道理；但我如蘇慕白一般不負責任，拍拍屁股就走人，放任那敵寇入關，毀我家園，奴我百姓，我如何對得起將傾國兵馬交給我的楚王？如何對得起身後那些將兒子兄弟親手交給我的千萬百姓，這一輩子我心怎安？你是聖人，卻逼我做背信棄義拋家棄國的小人！別開口，我知道你又想跟我說小信不如大信，小家不如大家，那些全他媽都是屁話。我不如你，你可以拜殺你母親的仇人爲師，堅守你自己的大道大義，我李無憂只是這樣一個小人，只知道小家小國的小人。這個天下，幾家稱王，誰人問鼎，我都沒興趣。我只知道，誰興兵犯我家園，誰毀我富貴榮華，那就是敵人。我不相信你的天，也不相信你的道，你滿口大仁義，我心頭卻只有那點點蠅頭小利。如果你真的要做聖人，不讓我立足中間，那好，我就入狂。今生今世，不死不休。」

葉十一聽得癡癡呆呆，好半晌才道：「原來你不是小人，我們都弄錯了。雖然道不同，但我還是不得不承認李兄是名真漢子。可惜了！」

李無憂哈哈大笑：「錯了，我本來就是個小人。我剛才之所以大放厥詞，只是爲了暗自在周圍布下一個結界而已。」

「結界？這次怕你是枉做小人了。」葉十一失望地搖了搖頭，「你的法力很高，我知道，但那對我是沒用的。」

李無憂道：「照影神功，萬法皆空嘛，我知道！不過，我也是身懷浩然正氣的人，你以爲我會做無用功嗎？待會兒掛了，可別說我暗算你。」

葉十一雖然知道李無憂可能是在亂自己心神，但依然暗自一凜，道：「多謝提醒！只是仁者無敵，你劍法雖強，如何能勝我仁義之劍？」

「哈哈，是嗎？」李無憂大笑，忽將長劍還鞘，不知從何處拽出一把藍汪汪的大刀來，「那這個又如何？」

葉十一嘆道：「易劍而刀自然可以讓我失算，但你棄長用短，豈非更是自尋死路？」說罷再不廢話，手中驚鴻劍疾刺而出。

出乎李無憂意料之外，這一劍並沒有當日謝驚鴻那般的快，只是劍才一刺出，葉十一整個人已然消失不見，空氣中只剩下了一道似可洞穿九霄的劍光。

「有兩下子嘛！」李無憂嘻嘻一笑，忽將長刀朝那劍光的反方向電擲而出。

「你也不差！」葉十一自那長刀過處現身，長劍一挑，頓時將那激如電光火石的一刀抵住，同時驚鴻劍氣自刀劍相交處透出，想將李無憂和刀相連的無形真氣切斷。

他本以為李無憂這一式定然是禪林離手刀一類御劍招數，但出乎他意料之外，李無憂非但沒在刀上附任何真氣，而刀上所留餘勁也就在他長劍挑上時已是戛然而止，他這劍氣才一發出，那柄大刀頓時被激得射入地上。

「好小子，原來這一刀竟只是為了阻我攻勢，搶得先機！」葉十一這樣想時，忙小心戒備，等待李無憂這隨後的雷霆一擊。

但攻擊並未如願期而至，李無憂甚至看也不看他，整個人背轉過去，立於原地，絲毫不動。

搞什麼鬼？葉十一想不清楚李無憂葫蘆裏賣的是什麼藥，此時他明明已然憑棄刀一招奇兵而搶得先機，為何非但不攻，反背對自己，露出如此多的空門給我？是引我出擊的幻影？不可能啊，照影神功明明顯示那是個真人。

難道這是他在提聚功力？對了，禪林有種不知叫「立地成佛」還是「佛化金身」的法術，可以讓人的功力瞬間增加數倍，但運功時人必須站立原地，眼睛會呈金色，他轉過去就是為了不讓我發現。不過，玄宗似乎也有種無爭劍法，使動時候完全是以靜制動，料敵先機，難保他這不是誘我露出破綻……

霎時間，葉十一又驚又疑，神思幽幽，魂遊古今，從禪林玄宗，天巫正氣，想到江湖中最近很有名的藍毒，又從藍毒想到上古時候李太白的青蓮劍訣，李無憂卻只是負手背裏，嘴裏哼著某種五音不全的淫調，右腳跟點地，腳尖很有節奏地一上一下。

明月已然全都消失不見，大風起兮，撩著李無憂的袍袖亂飛，看上去更添一分神秘。

「啊……啊嚏！」李無憂忽然打了個噴嚏，轉過身來，鼻涕掉了老長，滿臉不耐煩道：「喂，老兄，你到底還打不打，再不打我先閃……他媽的，你這廝怎麼偷襲……」

卻是他話音未落，葉十一手中長劍已然帶著疾刺而來。

這一次，沒有任何異樣，人還是人，劍還是劍，只是這一劍才一刺出，卻已然落在李無憂咽喉處，這中間似乎根本沒有任何過程。名震天下的驚鴻劍法，果然是快若驚鴻！

「喂！你這算什麼！葉兄，偷襲，你知道不，你這是偷襲！」李無憂看著抵在自己咽喉的劍尖，惱羞成怒，「老子剛才明明在和你說話，你卻乘機出招，你……你簡直是太不要臉了！」

葉十一淡淡道：「李兄又不是第一天在江湖上混，怎麼淨說這些廢話？輸了就是輸了，輸了卻不肯認輸，你太讓我失望了。」說時長劍猛然向前一遞。

但詭異的事情立時發生了，那柄鐵銹斑斑的長劍忽然從劍尖開始石化，迅疾蔓延到長劍的尾柄，葉十一大驚，慌忙棄劍，運氣相抗，但他整個右臂已然全部被石化，以他功力之深，也僅僅是保存了身體其餘部分的正常而已。

大風一吹，他整條右臂都化作石粉，飄散無蹤，可怕的是，右臂斷開處，渾無半絲疼痛！驚鴻劍墜地，沒入山石，明月星光下光華濯濯，照得他一張臉說不出的蒼白。

李無憂虛虛一抓，將驚鴻劍抓入手中，嘻嘻笑道：「葉兄，現在是誰輸了？」

「不……不可能的！」葉十一踉蹌後退數步，跌坐在那棵菩提樹下，看李無憂的眼神彷彿是地獄的魔鬼，「照影神功，萬法皆空。你，你怎麼可能把我石化，不，這都是假的，全他媽是假的！」

他聲嘶力竭地大吼，左手一拳狠狠砸在地上，整個人委頓地半跪下來。

李無憂搖了搖頭，道：「相信自己是個好習慣，但千萬不要迷信任何武術，因爲這天下沒有任何一種武功法術是無敵的，任何時候，只有聰明的腦子才是最重要的。葉兄啊，你就是太相信照影神功了，不然又怎麼會被我一劍未出就打敗了呢。」

「你……天下真有能破照影神功的結界？」

「自然沒有。我不知道你們照影神功是如何讓法術全皆失效，但浩然正氣號稱能破盡天下法術，不過是因爲練到極致之後，它本身就能與天地融爲一體，而天下所有的法術，力量來源其實都是來自天地的五行之氣，自然對它形不成任何作用。我不知道照影神功的特點，就在擲出的那柄刀上加了一些不能攻擊的浩然正氣，並同時用上了天巫獨門法術『火盡薪傳』，呵呵，你雖然將那刀擊入地上，但卻已然有一絲合併了『火盡薪傳』靈氣的浩然正氣鑽入了驚鴻劍內。呵呵，聽上去很矛盾是嗎？專破法術的浩然正氣居然能和法術的靈氣並存？這個是小弟的秘密，恕難奉告。好了，現在你的驚鴻劍內就有了一絲我的真靈二氣，而你注入劍內的驚鴻劍氣實在太強，讓你根本無法察覺這一絲異常氣息，呵呵，之後的就簡單多了，隨著你運氣轉折，那絲已然和你驚鴻劍氣融爲一體的氣息慢慢地透入了你的身體，之後，我使用這石化大法去石化的真氣就是我自己的了，呵呵，哪能不成功？」

「你……真是個天才！只怕是陳不風在世，大荒四奇復生，也不可能是你這奸詐小鬼的對手！我若放手，你十年之內必能一統天下。」葉十一嘆了口氣，「只是可惜蕭師弟卻只需要五年，可惜了！」

「可惜？呵呵，你不會以爲你憑一條殘臂還能勝我吧？」

「我說過，我不會輸的！」葉十一獰笑一聲，站了起來，一掌拍在身後那棵菩提樹上，磨盤粗細的菩提樹頓時被打得一震，齊根飛了出去，原地露出一個大坑，坑裏一個大布口袋。

李無憂笑了起來：「呵呵，看來你還有秘密武器啊？好，我倒要見識一下謝老兒還傳了你什麼法寶。」反正老子現在勝劵在握，怕得誰來。

口袋委地，繩索解去，裏面卻是一個人——一個昏迷的女人。

「小蘭！」李無憂再也沒有想到裏面並非什麼秘密武器，而是多日未見的慕容幽蘭。之前他天眼掃描過一次，並未發現周圍有人埋伏，顯然慕容幽蘭的生命氣息是被那菩提樹的生氣所遮掩了。這一招真狠！

「別過來！」葉十一左掌成爪抓在了慕容幽蘭咽喉處，「李無憂，今日你若不肯自廢武功，退出江湖，我這就殺了慕容幽蘭！」

「你真卑鄙！」李無憂大怒，他不是沒有想到那些所謂名門正派也會做出如此卑鄙齷齪的勾當，只是沒有料到謝驚鴻的傳人也會這麼做。

「爲了這個天下，葉某一人毀譽何足道哉？」葉十一淡淡一笑，聲音中卻不無苦澀，也許不到最後，他也不願意出這一招的吧。

李無憂忽然哈哈大笑：「好，葉十一你真是有種，有種你就殺了她，老子最多殺了你給她報仇就是！」

「你就一點不心疼嗎？」葉十一冷笑道，「你和她的感情，你以爲我不知道？別以爲裝得滿不在乎，就能騙得了我。」

「女人嘛，不過是洩欲的工具而已，老子多的是！這個女人老子早就玩膩了，你儘管殺好了！喜歡的話，你也可以先玩玩再殺！」李無憂也是冷笑。

「你……你夠狠！」葉十一只聽得毛骨悚然，這傢伙簡直不是人，但他隨即冷笑道：「不過你有沒有想過她的身分？嘿嘿！我現在就用你留在我體內那絲浩然正氣將她置於死地，然後我就去告訴慕容軒知道，你說他是相信我這個劍神傳人，還是相信你這個小人？到時候他必定找你報仇，你依然無法統領大軍，我的目的依然可以達到！」

「好！說得好！你不說我還沒有想到呢！」李無憂嘻嘻一笑，忽然一劍刺了過來。

葉十一大驚，待要對慕容幽蘭加重手法，卻發現李無憂這一劍所指並非是自己而是慕容幽蘭，他這是殺人滅口？驚疑之間，靈光驀然一閃：「糟糕！他手上拿的是我的驚鴻劍！」

李無憂這一劍決絕無回，快若驚鴻，從出劍的姿勢到劍路的運行，都完全是剛才葉十一所使那招「雪泥鴻爪」的路子，而他手上拿的正是驚鴻劍，殺了慕容幽蘭，慕容軒自然會將賬算在葉十一身上。所以，無論現在李無憂能否立刻擊殺葉十一，這個黑鍋就全扣在後者身上了。

這千鈞一髮之際，葉十一已然想清楚李無憂的打算，他猛然將慕容幽蘭朝旁邊一推，自己挺胸朝那劍路迎去。

「撲！」這一劍正中他心臟。

「你……」在李無憂的算計裏，葉十一應該不會讓自己殺了慕容幽蘭，但沒料到他竟然自己迎上劍來。

「李無憂，這一招算你贏了！」葉十一踉蹌倒地，口中鮮血噴了出來，慘笑道：「我的劍法或者能趕上你，但心計卻勝不了你。你也確實夠狠，最後連反嫁禍這一招你都能想到，我輸得心服口服……只是你有沒有想過，剛才我若是不推開慕容幽蘭，讓她和我一起死呢？」

「我連你肯自殺都沒算到，又怎麼會算到你會選她和你一起死？」李無憂嘆了口氣，「只不過我知道你雖然什麼卑鄙手段都肯用，但依然是個君子，你可以冷靜地看著千萬人死，但絕不會多傷一個無辜的人。看來，這一把算我賭對了！」

葉十一愣了好半晌，道：「連最愛的人的性命你也敢賭，你果然是個狂人！只不過，有件事你永遠也沒想到。謝驚鴻不僅僅是我師父，他還是我父親。當日他錯手殺了我娘，內疚欲死，他將所有的心血和補償都放在了我身上。」

「你……我明白了！」李無憂全身冰寒，嘆道：「你才是個真正的狂人。爲了達到目的，不惜以犧牲自己的性命爲手段。我這一招雖然贏了，但整個這一局卻是輸了。唉！其實，你我立場若非不同，倒可以做個朋友。」

葉十一這一死，謝驚鴻自然和李無憂不死不休，半點迴旋餘地也沒有，那麼他的目的也算達到了。

「也許是吧！」葉十一說話的聲音漸漸小了，「只是還有一件事，你是絕沒想到的。」

「什麼事？」

葉十一凝聚最後的力氣，一掌拍在慕容幽蘭肩上，後者頓時睜開眼來，卻早已是熱淚盈眶。

「小蘭你……」李無憂大吃一驚。

「李無憂，今生今世，我再也不想見到你！」慕容幽蘭嗚咽一聲，奪路狂奔而去。

「哈哈！李無憂，你再也想不到吧，我剛才只是點了她的合眼穴，並不是點了她的昏睡穴。」葉十一仰天大笑，「慕容軒這一招棋，你始終……始終還是要落在我算計……」

聲音漸小，終於再不可聞。

李無憂癡癡呆呆，慢慢軟倒，眼淚順著臉頰默默流淌，濺到驚鴻劍上，激起一串碎玉。

狂風驟大，掃遍了整個波哥達峰，滿山樹鳴，盡帶嗚咽之聲。蕭如故的身影在山間密林中忽隱忽現，他並不擇路，只是一味朝著西北方飛掠。

他自己也不知道掠了多久，只是知道自己已經翻越過波哥達峰的山脊，開始走下坡路。此時他無暇思索李無憂究竟是如何策反賀蘭凝霜的，也顧不得獨孤千秋放毒能否成功，身後那數萬蕭國士兵的生死，因爲他知道葉師兄武功雖然超卓，心計也頗深沉，只是他卻有些迂腐，未必是李無憂的對手，自己當前的要務就是趕快下山，不然自己將是蕭國歷史上第一個埋骨異鄉的皇帝。

不知何時，忽然刮起了大風，直將他身周一片聲息全變作了樹葉哀鳴，聽到耳中，全是風聲鶴唳，全像是在嘲笑他。

當日自己揮軍七十萬，破梧州，過蒼瀾，入憑欄，跺一跺腳，六荒八合無不震動，何其風光無限，眨眼之間，卻是兵敗如山倒，若非葉師兄及時現身，連孤家寡人在這山野裏奔命的機會都沒有。

蕭如故這樣想時，卻沒有想到自己已經喪失了生平第一次殺死李無憂的機會。此時失去慕容幽蘭並且被葉十一算計的李無憂也同樣是個失敗者，正委頓在遍野山風裏，脆弱得一個尋常農夫都能要了他的命。

「呵！其實這樣也未嘗不好，至少我終於知道李無憂這個人的存在，不至於將來受更大的創傷！」

蕭如故最大的好處就是在任何時候都能保持樂觀的心態，冷靜而審慎地分析問題，「憑欄關雖然還有五萬兵馬，但那裏已經被二十萬西琦人完全困住了，如果陳過再叛變的話，自己到時候就真的插翅難飛了。當然，陳過也有可能沒有叛變，不過這個可能性是非常小的，賀蘭凝霜不會傻得讓西琦陷入幾面是敵的絕境。好了，那麼唯一的去路，就是前往雷州與耶律楚材會合。」

想通這一關節的時候，蕭如故已經到了波哥達峰的山腳，隱隱聽到前面濤聲疊浪，再走幾步，卻已然是蒼瀾河到了。

此時天色已明，隱隱可見河灘上人影渺渺，連一葉漁舟也無，他方自一呆，忽聽身後喧譁不絕，掉頭回顧，不禁長嘆：「莫非真是天亡我也！」

卻是一個千人隊的楚軍如飛趕來，口中大嚷：「活捉蕭如故！」喊殺聲震天，群鳥亂飛。

忽聽一聲清厲的鶴唳，鳥群散去，一羽白鶴從天際飛來，落到他身邊。

「清羽！你怎麼來了？」蕭如故手撫鶴羽，滿是歡喜。

白鶴長短不一地鳴叫了數聲，蕭如故訝道：「你說師父急匆匆地去了東面，卻不讓你跟去？」

白鶴又叫了一聲。

「他老人家行事總是神龍見首不見尾，我們不管他了！」蕭如故搖了搖頭，回頭見追兵漸近，微微皺眉，白鶴清唳一聲，張嘴便要撲上前，蕭如故忙輕輕一拍鶴頭，翻身上了鶴背，道：「你先帶我回雲州吧，我不想和這幫傢伙糾纏！」

白鶴不甘地叫了一聲，振翅欲起，但剛升三丈，忽地全身一重，再難上衝半寸，在空中一個盤旋，硬生生被壓回地上，匍匐不動。

「蕭王來我楚國殺完人放完火，連殘局都沒收拾這就想走，未免太也小覷我楚國了吧？」

蕭如故大驚之際，忽有一個聲音鑽入耳來，驀然回首，卻見身後不知何時已站了個銀髮長衫手中持摺扇的中年文士。

「閣下是？」

文士一搖摺扇，笑道：「青州慕容軒。」

「原來是大荒三仙之一的慕容先生，失敬失敬。當日菊齋齋主面前，先生不是已立下誓言不問沙場是非了嗎？今日又在此攔截朕，又作何解釋？」

蕭如故表面雖然鎮靜自若，心頭卻又是吃驚又是叫苦：一出手居然就將師父的神獸清羽給壓得動彈不得，這是何等神功！老傢伙不好好地在家養老，怎麼跑到這裏來了？

慕容軒道：「說來也巧，與獨孤老弟一樣，楚王剛剛已經聘我爲楚國的國師，這才敢冒昧前來請蕭天子到我航州去作幾天客。蕭王是明事理的人，沒必要非和區區動手不可吧？」

蕭如故直覺自己已經被慕容軒精神力鎖定，望了望山上追兵，再看身後大江，記起慕容軒所精擅的正是水系法術，別說自己照影神功並未大成，就是師父謝驚鴻在此，和他勝負也只是五五之間，不禁苦笑道：「一著不慎，滿盤皆輸。楚問既然能請動你，這盤棋我早就輸了一著了。好，我跟你走。」

「人言蕭如故人中龍鳳，是個絕不輕言放棄的好漢子。唉！現在看來我是選錯人了！」忽有一個嘆息聲響起。

這聲音本也不大，似是遠遠傳來，隨著大風盤旋，卻又凝而不散，那滿天的大風似乎都在說：「選錯人了，選錯人了……錯人了！」

慕容軒一驚，深怕夜長夢多，忙透過精神力使出一個千水凝冰，想將蕭如故凍住，哪知他才一發動，眼前已是一片黑光暴閃，一道鋒銳到了極端的無形刀氣已然當頭砍了下來，他忙自御風避開，先前立足之處，卻已經被砍出一道五尺寬的丈長裂縫。

「好強的刀氣！」慕容軒駭然，精神力展至極限，四處搜尋出刀人的所在。

「呵呵！慕容先生是找我嗎？」隨著這聲音響起，那滿天的大風竟忽然消失得乾乾淨淨，而慕容軒二人卻也看出那人的所在。

水波淼淼，蒼瀾河的彼岸，一名白衣中年人正負手望天，意態悠閒，一柄黑漆漆的長刀正插在他足前的地上。

慕容軒和蕭如故同時大吃一驚：這……這傢伙還是不是人，這河少說有十丈寬，他竟然隔了一條大河還能劈出如此強的刀氣！

「何方妖魔，裝神弄鬼？」慕容軒大喝一聲，猛朝那蒼瀾河擊出一掌。

下一刻，狂風呼嘯，無數條閃電從天空降下直劈那白衣人，蒼瀾河內飛出五條青色巨龍，直朝白衣人噬去。

「還不錯嘛！」白衣人笑了笑，地上那柄黑刀忽地自己彈出地面，化作一個黑色的光球，罩在了他的身上，只聽見「鏗鏘」之聲不絕，閃電和巨龍擊在黑光上後迅疾彈開，消失不見。

「好厲害的光罩！」、「好厲害的刀法！」蕭如故和慕容軒同時叫了起來，只不過前者只看到光，後者卻看出那個光球其實還是那柄圍著那白衣人快速旋轉的黑刀，黑刀先是磕飛那滿天閃電，緊接著連出五刀，每一刀都正中巨龍前胸，直將起打成碎冰，再瞬間蒸發成水氣，消失不見。

普天之下，竟然有這樣的刀法？若非親眼所見，慕容軒絕對不會相信。

「看來今日一戰，比起當日西湖大戰獨孤千秋，更艱難十倍了。」這個念頭在他心頭一轉時，九龍擊天大法便要使出。

卻見那黑刀又已插入地上，那白衣人道：「慕容軒，你不是我的對手，我也不想傷你，你還是走吧！」

慕容軒道：「閣下就憑一句話，就叫我走，未免有些太瞧不起我慕容軒了吧？」

那人卻沒答他，只是虛空一抓。蕭如故立時覺得全身再不能動彈分毫，隨即身不由己地朝蒼瀾河飛去。

慕容軒反應過來時，蕭如故已然安然落在白衣人面前。

這十丈之距，百餘斤重物，居然在他虛虛一抓間就完成了置換。這是何等樣神功，這人究竟是誰？

他正自大驚，直覺空氣中一股不同尋常的波動傳來，忙飄身閃避，黑光暴射，滿天刀氣擦身而過，人在空中，猛然一凜，才覺不好，身後一陣撲通之聲不絕，擰身回頭，那追殺蕭如故而來的一千士卒已然全數倒地，喉嚨上無一例外地有一道淡淡的紅痕。

一千人，臨死前卻連慘叫都沒來得發出一聲！

這究竟是什麼樣的刀法！慕容軒一生之中，從來沒有如此恐懼過，呆呆落地，竟不知道是進是退。

對面那白衣人卻似乎並未注意到他的尷尬，只是看著蕭如故道：「不錯，不錯，比老夫初時想的好多了。我打算收你為徒，你可願意？」

蕭如故癡呆半晌，終於搖頭，道：「這個不行，先生你雖然神功蓋世，又救了我的性命，只是我已經有師父了，不能改投別派。」

「唉！看來你始終都趕不上李無憂了。要是他，我還沒發話，他大概已經給我磕頭了。」白衣人嘆了口氣，「罷了！看來你我是沒有那個緣分了！你走吧！有我在，慕容軒奈何不了你！」

蕭如故聽到李無憂三字，彷彿有什麼東西鑽進了他的身體，全身的血液頓時沸騰起來，忽地跪倒在地，大聲道：「師父在上，請受弟子一拜！」

「哈哈！好極了！知錯能改，善莫大焉！」白衣人大笑，忽然朝地上一抓，那柄黑刀頓時落到他手中，「既然你肯拜我爲師，這柄刀就送你做見面禮吧！」

蕭如故大喜，忙接了過來，入手處刀柄冰冷，說不出的寒徹心扉，他正自一驚，那冰冷感觸忽然鑽入，順著手心流入他手臂，迅疾走遍他全身經脈，最後融入丹田。

蕭如故頓時只覺全身充滿了無窮的力量，忍不住朝蒼瀾河揚刀一揮。

「哧！」的一聲輕響，那河面竟生生被分作兩半，滔滔奔騰的河水頓時爲之斷流，過得片刻，才又再次流動開來。

河對面的慕容軒頓時失色。

「啊！」蕭如故身體脫力，倒在地上，隨即掙扎著爬了起來，欣喜若狂，「哈哈，太好了！師父，這柄刀叫什麼名字？」

「破穹，破穹！這把就是天下人夢寐以求的魔刀破穹了！」那白衣人哈哈大笑，再不看蕭如故一眼，揚長而去。

走得數步，憑空消失不見。腳步過處，大風再次鋪滿蒼瀾河兩岸。

慕容軒只看得目瞪口呆，這人不動聲色間，竟然能將那來去無痕如虛空一般不可捉摸的大風收放自如，他究竟是誰？

「破穹刀！破穹刀！」蕭如故握著那把刀如癡如狂，揮刀亂砍，那滿天的風，一河的水，只被他劈得分分合合，嗚咽作響。

慕容軒隔河向望，癡癡呆呆，只是念叨：「破穹，破穹！魔刀又回來了！」

大荒三八六五年，七月十二，破穹刀重歸大荒，蕭如故持刀狂舞於蒼瀾河畔，一河水止。

——《大荒書・蕭如故本紀》

第三章　情關難過

李無憂渾渾噩噩了良久，終於有一刻知道心痛，霎時驚醒，滿山尋找慕容幽蘭，只是山風呼嘯，夜色如墨，任他踏破封狼山，又哪裏能找到慕容幽蘭半分影子？

東方破曉，天色已白，林中禽獸先是看到眼前藍光暴閃，之後是一個藍影在山間飛掠，再後來卻見是一個藍色的人在那山間狂奔，片刻後，卻只見那人在那山間小路上跋涉，口中亂叫，最後，那人似乎再無力氣行動一步，躺在原地，大笑大哭，嗓音嘶啞艱澀，禽獸雖然無知，但也覺那聲音聽在耳中竟是說不出的酸楚，幾欲淚下。

北溟之時，他驟失慕容幽蘭，只道佳人遇難，生死兩隔，悲痛難以自止，此時明知慕容幽蘭尚在人世，此後卻是形同陌路，那般痛楚比之當時更甚千萬倍。

自己十一歲那年已能洞悉世情種種，此後與四奇學藝七年，爾虞我詐之事從此也得心應手，卻獨獨堪不透一個情字，英雄難過美人關，老子並非英雄，難道也有此弱點嗎？他又悲又痛，又疲又倦，不時竟席地沉沉睡去。

也不知過了多久，悠然醒轉，已是黃昏時分，回到原地，葉十一屍體宛在，人雖已死，嘴角依然帶著一絲笑意，彷彿是在譏誚李無憂機關算盡，最後還是脫不出自己掌心。

李無憂越看越怒，一劍將葉十一人頭砍下，對著無頭屍舉劍亂刺，只將那屍體弄得千瘡百孔，兀自不能解恨，猛地手掌一揚，一團烈火射到那屍體之上，只燒成一團灰，之後再一揚掌，頓時死灰亂飛，墨煙孀孀，竟是將葉十一焚骨揚灰了！

隨即，他一腳朝葉十一的人頭踢去，人頭飛出十丈之外，隨即炸成無數小塊，一幫藍羽鷹飛來，吞噬了個乾淨。

看群鷹將那人頭連毛吞噬一盡，兀自盤旋不休，李無憂縱聲長笑，其聲高亢入雲，穿雲裂石，鷹群大恐，振翅欲走，卻哪裏能夠？片刻後悉數墜落山崖，殞命當場。

李無憂笑了一陣，終於倦怠，怔怔看著手中那柄驚鴻劍，心頭漸漸驚恐：「以前聽人說某人將仇家恨到極處，連仇家死了也不肯放過，鞭屍揚灰，沒想到老子今日卻做了。四姐曾說愛與恨乃是人世間最強的兩種力量，我將葉十一焚骨揚灰，究竟是因爲對小蘭的愛多些還是對葉十一的恨多些？」

想了一陣，終究無解，他嘆息一聲，大步走到一處絕谷，於那柄驚鴻劍上刻下無數禁制封印，猛地朝對面山崖一擲，長劍齊柄沒入石中，他手指一劃，化石大法使出，那新出的石洞頓時封閉，宛然如舊，再無半絲痕跡。

望著那山崖，他從乾坤袋中取出一壺酒，灑在地上，祝道：「葉兄，你我道雖不同，死後尚要算計我，但你一生為民，最後亦為民而死，此風朗朗，山高水長，無憂傾服。此生種種，就此煙消雲散，希望來生，你我能把酒言歡。」語罷拜了三拜，揚長而去，再未回顧。

此時他心緒已平，心想小蘭不過是氣憤而走，待找到她時耐心解釋，總有挽回之機，當即下了波哥達峰。

下得山來，戰事已平，一群打掃戰場的士兵見了他，忙丟下瑣碎，上前行禮致意，有人喜道：「元帥你終於回來了！大夥都在找你開慶功宴，大喝一頓美酒呢！」

李無憂笑罵道：「奶奶的！你們這幫臭小子，打仗不行，一提到美酒女人就來勁。」

那士兵頓時急了：「才不是呢！元帥，此次在你和軍師的領導下，我們從庫巢到潼關連夜作戰，共殲敵十萬，俘敵八萬，逼得蕭如故那狗頭落荒而逃，乃是交戰以來最大的勝仗，怎能說打仗不行呢？」

「呵呵！算我說錯了！大家辛苦了，統統有賞！」李無憂笑了起來。

眾士兵歡聲雷動。

李無憂要了匹馬，奔向潼關，馬蹄生風，景物轉換，但那些士兵樸實的喜悅、看自己眼神中那熾熱的感激和尊敬在腦中揮之不去，心情莫名地一片沉重。

葉十一要讓蕭如故一統大荒，自是認爲讓蕭國一統大荒，百姓能少流些血，用心不可謂不良苦，只是眼前這些人又何辜？如果統一的路途一定有人要犧牲，憑什麼就是他們，而不是蕭國人？

他是聖人，百姓都是芻狗，不偏私，沒有貴賤之分，自然認爲少些人流血就是大仁大義，可我李無憂是小人，是狂人，我不能讓自己的兄弟、自己的女人的流血來換取大多數人的流血。

他自幼流浪，見慣世態炎涼，漸漸養成凡事言利的性情，只是崑崙山中七年，日受文載道菩葉等人仁義慈悲感化，心胸漸漸開闊，下山之後漸漸有了幾個心愛女子，又多了些擔待，行事之間，也多肯爲旁人作想，只是那也只局限在他自己和自己所愛的人，此後誤入天地洪爐，得遇那白衣人，後者卻在他心頭種下一粒大善的種子，如今受葉十一所感，心胸自是更寬闊一步，想到了追隨自己的兄弟，想到了楚國的百姓。

駿馬電馳，他心思也是如電飛馳，想起自己的改變，不禁苦笑起來：「呵，李無憂啊李無憂，你可是越來越不像自己了。葉十一不惜自死，看來不僅僅是爲了要算計你的性命，甚至連你的心也算計了，古人所謂『誅心』便是如斯境界吧。這一招確實夠狠，有空一定要研究一下。」

後世人在論及李無憂時，多讚嘆他的驚才羨豔，一生奇遇不斷，卻罕有發現李無憂之所以能成就不世之偉業，其實最主要的還是因爲他善於學習，無論何種陽謀詭計，他都能一一吸收，並加以創新。

鐵蹄錚錚，勁風撲面，李無憂的思緒似乎也漸漸發散開來：「提到改變，北溟有天地洪爐，能煉化五行之物，乃是最大的改變吧，但這滔滔人世豈非就是個更大的洪爐？任你是如何了得的鬼神，如何堅硬的頑石，只要進了這個洪爐，都會被那世情所煉化，變得神不是神，石不是石，何況我區區一個小人？但，什麼才是小人，什麼是狂人，又什麼才是君子？爲達目的不擇手段，卑鄙無恥，那就是小人了嗎？藐視世間人情，刀劈天地，尿澆鬼神，就是狂人嗎？如果是這樣，葉十一爲達目的，連性命都可以不要，豈不是個比我更卑鄙的小人，比我更狂的狂人？可他……心中所想的卻是這天下的蒼生，他確實是個頂天立地的大丈夫大君子啊！」

「對了！以前江湖上那些名門正派爲了對付魔教，卑鄙手段無所不用其極，我當時只是鄙視，罵他們是僞君子，現在想來，其實他們又何辜？人生在世，行事的手段本來就沒有一定。誰規定了君子就該木訥迂腐墨守成規，而小人就可以不擇手段卑鄙下流的？手段就是手段，不能代表人心，古代帝皇治國都講究『內聖外王』，那些為坐上皇位弒父殺兄的皇帝，不也將天下治理成一代盛世的嗎？對了！這君子聖人與小人之別，其實只在一個『心』字。李無憂啊李無憂，你千萬莫要以為只真小人和偽君子才會用卑鄙手段，那些心懷蒼生的聖人們其實更加精善此道，舉世滔滔，人心唯危啊！人只此人，聖賢畜生其實並無任何分別！」

想通這些，他頗有今是昨非之感，放聲大笑，打馬快進。

天下所有的人都不知道，李無憂這馬上一段苦思，為他日後改變天下打下了雄實的思想基礎，從這一刻起，大荒乃至整個縹緲大陸歷史的車輪已悄然變向。

剛到潼關城下，若蝶和葉秋兒已從城樓上飛了下來，輕輕握了握二人的手，緊緊將兩人擁入懷裏，相對無聲，李無憂生出恍入隔世之感。

緊接著，柳隨風親率無憂軍主要將領，王定和石枯榮帶領潼關救國軍將領，還有無數百姓，列隊在城門口歡迎，鼓樂喧天，歡聲如雷。

李無憂放開二女，一步步走到王定面前，使勁拍了拍他的肩膀，笑道：「你果然沒有讓我失望。」

王定想起當日這個少年統帥初來時候，那個夏夜，自己等人在月華軒定計，自己兀自心存懷疑，之後他卻委自己這個百敗將軍以重任，今日終於大獲全勝，聽到李無憂的話，他眼眶頓時一熱，覺得有什麼東西在喉中流動，哽咽著想說什麼，李無憂卻又已轉頭對柳隨風道：「你果然也沒有讓我失望。」

眾將見他話雖是對柳隨風說，眼光卻明顯地落在那些出迎的歌姬舞女身上，顯然李元帥所說的，並非是指軍師平定蕭如故的赫赫戰功，而是於戰火之中幫他保全了從帝都一路帶來的歌舞樂隊，當即便有張龍模仿著李無憂的腔調道：

「嗯，以我泡妞多年的經驗看來，這些歌女都還是處女，完璧歸趙，好啊，好得很，軍師你果然沒有讓我失望！」

眾將大笑。

柳隨風笑罵道：「他媽的，你這臭小子可是越來越沒規矩了！不過說真的，才幾天不見，元帥身邊就又多了兩位絕色大美女，泡妞手段與日俱增，又怎麼會在意奴家這等庸脂俗粉？」

最後一句話卻是尖著嗓子，模仿女人腔調說的，同時他還拈了個蘭花指，臉上神情亦是欲說還休，哀怨滿滿，便是葉秋兒見了，少不得也生「我見猶憐」之感。

眾人狂笑。

卻有玉蝴蝶道：「非也，非也。像葉姑娘和若蝶姑娘這樣的絕色，自然是天下男人夢寐以求，但庸脂俗粉有庸脂俗粉的好處，我輩男兒行事的宗旨其實是多多益善，數量上先提上去，品質上再慢慢……」

「嗯哼，嗯哼！」李無憂聽這廝越說越不像話，再說下去非扯出淫賊公會不可，忙乾咳兩聲，制止他繼續胡言亂語。

但有花蝴蝶這等不識相的傢伙卻關心道：「大哥，你嗓子不舒服嗎？要不要二位姑娘給你一個香吻，給你滋潤一下？」

這話自然引得眾人又是一陣大笑，葉秋兒嬌羞無限，作勢欲打，若蝶卻只是淡淡一笑，千年修持，這些世俗塵埃早已難動她心了。

李無憂狠狠瞪了始作俑者一眼，後者嚇了一跳，慌忙閉嘴。

之後石枯榮、韓天貓等將一一上前給李無憂見禮。

閱兵完畢，眾人一起進城，百姓長街夾道相迎，李無憂高立馬頭，微笑致意，但念及此情此景，最好熱鬧的慕容幽蘭卻不在，便是笑容也疲憊，失去往日張揚。百姓不知，只道這位元帥大勝之後竟然如此沉穩，毫無一絲得色，少不得要稱讚一下這位元帥勝而不驕，謙遜有禮，實在是國家棟梁、軍中柱石云云，好評如潮。加上柳隨風令手下人刻意宣傳，李無憂的聲望在民間幾達敵軍聞之膽寒、百姓聞之鼓舞的境界。

回到石府，屏退左右，房中只剩下李無憂和柳隨風二人。

兩人自上次潼關一別，至今已是月餘，別後各自東西，遇合離奇，此時重逢，柳隨風本有千言萬語欲問，卻也不問，只是頻頻舉杯，一切盡付杯酒一笑中。

兩人雖刻意盡揀風月閒言下酒，最後話題卻終於扯到眼前戰局上來。

柳隨風道：「我聽寒士倫說，當日你們潼關定計，曾有個什麼西瓜計畫，呵呵，我問他究竟如何，他卻不肯詳談，這個人似乎對你忠心得很啊。」

「切，想問什麼是西瓜計畫就明說，幹嘛兜這麼大個圈子？」李無憂笑罵道：「其實西瓜計畫說穿了一文不值，大方向上不外乎是內聯馬大刀，外聯西琦和陳國，同時派一支奇兵直搗蕭國京城，逼蕭如故撤軍而已。當時看來這似乎有點與虎謀皮，異想天開，呵呵，只不過在聯西琦和陳國若是都不能成功，則使離間計，分而化之，而馬大刀如是不就範，我就用擒王計直接將他擊殺。所幸夜夢書很能幹，馬大刀也很識相，沒有逼我用出殺招，而寒士倫則更是不簡單，居然能幫我擺平西琦人，不然離間計雖然一定能夠得逞，戰果怕也沒有今日這般輝煌。」

柳隨風何等樣人，李無憂雖然沒說細節如何，但他已猜了個八九不離十，擊節讚嘆不已：「好計，其中這離間一計最妙，根本不怕敗露，因爲一旦敗露，你的計策成功的可能性更大！妙啊！我柳隨風自負智計過人，今日才知與你相差實不能以道理計。」

李無憂笑道：「這些骯髒齷齪的勾當，你即使想得到，也未必肯去做的，你服我，不過是服我居然可以如此不擇手段罷了。對了，我聽說你將秦鳳雛升做了霄泉的頭子，可有這回事？」

柳隨風道：「是的。這個人雖然以前有過反覆，不過還是頗有才能。」

「當得起你柳隨風一讚，他應該是不簡單了。只不過這樣一來，我答應某人的事，怕就做不到了。」李無憂嘆了口氣。

柳隨風大訝：「誰？夜夢書嗎？我倒覺得他在外交上更合適些，而寒士倫若不用在運籌帷幄上，怕也是暴殄天物吧？至於其他的，我看潼關這邊似乎沒有什麼傑出的人才適合這個陰暗的職業了。」

李無憂搖了搖頭：「算了，那個人我另外安排。霄泉就交給秦鳳雛吧，不過他是直接由皇上提拔的，你自己多留點心吧！」

柳隨風點頭應了，又道：「剛才來了戰報，賀蘭凝霜在寒士倫的幫助下，昨夜已經成功詐取了憑欄關，鎮守憑欄的五萬蕭軍全部被殲滅。不過西琦方面的損失也很慘重，目前尚有十六萬騎兵，而且賀蘭凝霜對寒士倫騙她陳國已經和我們達成和議極為不滿，已經將寒士倫下獄，事情有些棘手。」

李無憂笑道：「賀蘭凝霜是聰明人，自然明白沒有回頭草可吃的道理，現在這麼做無非是想和我們講條件，你派人告訴她，打下蕭國我們會多給她一個州，反正是慷他人之慨，我們何妨大方些！」

「哈哈，好句『慷他人之慨』，就這麼辦。」柳隨風大笑，但隨即眉頭卻皺了起來，「只是陳過那邊，又該怎麼解決？」

「奶奶的，我聽人說，現在軍中的士兵平時都管你叫諸葛二亮了，怎麼現在什麼都要老子出主意？自己想！」李無憂沒好氣道。

柳隨風知道自己裝得有些過分了，忙道：「好，好，我自己想。咦，有了，天下熙熙，皆為利來，我看不如就再慷一次他人之慨，也多分一個州給陳國，而且此時陳過也正被西琦軍隊兩面夾攻之下，他想不答應合作都難。」

「正合我意，這事你交給寒士倫去辦吧！」李無憂點頭，「對了，那兩位打算趁火打劫的兄弟怎樣了？」

柳隨風笑道：「這兩人都莫名其妙得很，天鷹初時藉口黃州軍包庇正氣盟叛徒，出兵二十萬猛攻黃州，打了一陣，前天忽然說自己已經找到了人，賠了十萬白銀給我們，自己灰溜溜跑回家去了，而平羅那邊拉了三千怒龍戰艦南下天河，駛近渤海灣，大家都以為他們出兵柳州是早晚間事，誰知道這幫人先是大搖大擺地在渤海灣轉了個圈，和柳州軍打了個招呼，昨日施施然地又跑回家去了，不知道的還以為他們是來旅遊的呢！」

李無憂喝了杯酒，悠悠道：「隨風啊，我現在終於相信你的話了，這司馬青衫還真算得上是位了不起的英雄。」

柳隨風卻搖頭道：「我明白你的意思。只是平羅那邊還好說，天鷹卻有些蹊蹺，他們和蕭國都是遠交近攻的政策，兩家關係一直很好，這次在蕭軍沒有任何敗相的時候忽然撤兵，這似乎有些說不過去。」

「你又想到什麼了？」李無憂隱隱有些不好的預感。

果然，柳隨風曖昧笑道：「聽說那位才女公主芸紫自從航州一別後，對你可是想念得茶不思飯不想，她這掌上明珠要是在老頭子身邊說兩句好話，司馬丞相再暗自多送些銀子，劉笑還不連下十二道金牌將趙固召回？」

「滾！」李無憂作勢欲踢，抬至一半，卻沒了興致，「算了，老子今天心情好，饒你一遭。我看多半是他們內部出了亂子。我聽說他們天鷹這個正氣盟，以前好像只是平羅那邊的一個分舵，最後雖然在劉笑的支持下發展起來了，但這兩年卻只剩下個空殼子了，江湖上人對這個南正氣根本就不感冒，大家提到正氣盟，似乎說的都是平羅那個北正氣。我看他們這個藉口或者真帶了些麻煩給他們也不一定。」

柳隨風沉吟道：「這也未必沒有可能，不過具體的情形，還是得回去問司馬丞相才知道。唉，這江湖中四大宗門，四大世家，八大門派，哪一個不是和當地朝廷有千絲萬縷的關係，朝中大老們動一動腳，他們自然要顫兩顫，但他們要是嚷一嚷，朝中的人也不能等閒視之。畢竟如今的江湖早已不是江山一角，而是整個撐起了江山啊。說起江湖，對了，你最近一直四處浪蕩，有沒有見過碧丫頭？」

「見過！不過又分開了。」李無憂嘆了口氣，隨即眼前一亮，「我明白了！天鷹這事多半和她有關！」

「和她有關？」柳隨風不解。

「對。呵呵，我們這位碧小姐可是越來越厲害了，這次竟然幫著古長天重出江湖了。」李無憂雖然在笑，卻是說不出的苦澀。

「等等，你，你是說……魔驕古長天？」柳隨風只疑自己聽錯了。

李無憂無奈，將遇到寒山碧後，被騙解開十面埋伏大陣的事說了一遍。

隨即是一片安靜。

良久，柳隨風道：「你懷疑是古長天在暗自影響天鷹的政策，想坐山觀虎鬥，然後坐收漁利？如果是那樣，事情就難辦多了。」

李無憂道：「是啊。不過古長天想要完全重掌天鷹，還需要一段時間，這件事你知道就可以了，謀劃的時候把他算計在內，但別傳出去，免得人心惶惶。」

柳隨風臉色凝重地點了點頭。

李無憂道：「如何趁這個千載良機滅掉蕭國，你有什麼良策？」

柳隨風笑道：「涼策沒有，熱策你要不要？」

「熱策？你熱豆腐去吧！」李無憂也笑了起來。

柳隨風見他笑得雖然歡暢，眉宇間卻隱隱有一絲憂色，道：「無憂，你當不當我是朋友？」

李無憂不明白他的意思，笑嘻嘻道：「若無你這樣的狐朋狗友，誰與我酒肉與共，狼狽爲奸？」

柳隨風卻沒有笑：「可你有太多的事瞞著我，有的事我不該問，也不能問，但我看你從進潼關始，就一直是強顏歡笑，有什麼事情，即便我不能幫你，但你說出來，也許會好受些。」

「咦，你什麼時候變得這麼三八了？」李無憂笑罵起來，「英雄無奈是多情啊。你那麼聰明，難道還能猜不到？」

柳隨風道：「我猜和小蘭有關。進潼關這麼久都還沒見她……到底是怎麼回事？」

「你還真是囉唆得可以，我看你哪天因公受傷後，完全可以去應徵保姆！」李無憂雖然是口中作罵，但還是將遇到葉十一的事細細說了一遍。

柳隨風只聽得眉關緊鎖，忍不住也罵了句粗話：「這個葉十一果然夠狠！不過你放心，小蘭只是一時氣憤，慢慢就會想通的，我一會兒就讓秦鳳雛秘密派人去找。」

說到這裏，他頓了一頓，才又道：「其實當初我就勸過你，早點將那丫頭弄上床去。只要你得了她初夜，在床上將她征服，再加點甜言蜜語，那便一切搞定，以後無論你犯什麼錯，她都會死心塌地的跟著你！現在好了，有得你煩了！」

「你知道個鳥啊！這道理老子會不懂嗎？」李無憂恨恨道：「還不是碧丫頭搗的鬼，女兒香你聽過吧？」

「哈哈！算你倒楣！」柳隨風哈哈大笑，見李無憂雙眼中幾乎沒冒出火來，忙道：「其實她肯給你用這毒，說明她心裏已經有了你，你們早晚會在一起的。不過無憂啊，妻子豈應關大計，至此重要關頭，兒女私情的事能放就先放一放。」

「靠！你小子說得輕巧，說放就能放的嗎？情與義值千金，想我李無憂乃是情義兩全的傑出好男人……」

「你這無情無義的傢伙要是有情義，母豬也會上樹了。」柳隨風笑罵一聲，推門去了。

「咦！那邊又沒樹，隨風你跑那去做什麼？」

「替你栽樹！」

送走柳隨風，王定來見，將朝廷晉封他爲無憂公的聖旨送上。

李無憂看了看，皺眉道：「這麼快就封公了，這次大敗蕭如故的大功再奏上去，皇上還不頭疼死了？」

王定笑道：「如此大功，皇上還有什麼好頭疼的？當然直接封您爲王，再賜黃金百萬，加一千個風騷美女。」

「去！幾天沒見，你這小子說話也如此沒規矩了！」李無憂笑罵了聲，隨即想起自己第一次得到受封無憂公的消息還是從師蝶翼那裏，當即道，「說到風騷美女，好久沒去逛窯子了……走！陪老子去捉月樓逛逛！」

「不行啊，元帥！」王定嚇了一跳，「末將還有好多善後工作要做呢！」

李無憂嘿嘿一笑：「天大地大，嫖妓最大。有什麼比逛窯子更重要的？」

「不，不，不行啊元帥，要是被秋兒姑娘知道了，你還能活嗎？」

「嘿嘿，我一個人去，當然是活不了，但是如果是你硬拉著我去……」

「砰！」

李無憂話音未落，王定已經重重摔在地上。

「哦～～你小子慘了，這地上鋪的乃是極品白玉石，你看你這一摔已經砸碎了一、二、三……一共十八塊，每塊五萬兩白銀，一共是八百萬兩，這些都是公物，大家熟歸熟，本帥向來一心爲國，鐵面無私的，最多打個八折給你，還有六百四十萬兩，你賠吧……」

最後的情形是，有人看見李無憂元帥滿臉痛苦狀地被王定拉進了捉月樓，李元帥一邊走還一邊大聲地喊：「王定，我也很想休息一下，但還有那麼多公務等著我處理……」

於是整個潼關的百姓都知道了李元帥一心爲國，大勝後，連逛窯子休息的時間都沒有，真是個公而忘私的好官，百姓的代言人啊。

這次逛窯子的直接後果是軍中收到褒揚的錦旗、燒雞、茶葉蛋之類的東西無數，民眾示威遊行，強烈要求給李無憂元帥假期。

奇怪的是，作爲提出「給李無憂元帥休假」的王定將軍，在回到軍營後很快被人扁成豬頭，而經過霄泉負責人秦鳳雛將軍根據蛛絲馬跡順藤摸瓜明察秋毫的偵察後，作案凶徒卻一直未能成擒，此案後來終於成爲大荒十大疑案之一，而王定本人更莫名其妙地入選年度「誰是最可憐的人」大獎提名……

進得捉月樓，剛打發王定自去尋樂子，主事的師七就親自迎了上來，並安排他進了蘇容的房間。

問起師蝶翼，師七說今日凌晨已經回黃州了。李無憂大是愕然：「上次的生意還沒談好呢。我剛進潼關，她怎麼就走了？」

師七道：「這個小人也不是很清楚，不過三小姐臨去前吩咐小人，務必將這封信親自交給元帥。」

李無憂接過信，拆開一看，上面卻只有一行娟秀小字，抄了一聯古詩：

相見時難別亦難，東風無力百花殘。

「這是示愛？」李無憂先是嚇了一跳，隨即卻想這不該是師蝶翼的作風，只是沉吟良久，一時卻參不透其中玄機，便道：「七長老，你們有沒有蕭如故的消息？」

師七豎起三根指頭：「三萬兩！」

李無憂搖頭：「不行！一萬！」

「兩萬！」

「我靠！不行，不行，太貴！你當我李無憂是三歲小孩嗎？一條消息賣那麼貴！」

「那大人您說多少？」

「怎麼著，怎麼著……怎麼著也得少一萬兩！」

「……成交！」收了銀票，師七道：「我們最新的消息是，昨天晚上他全軍覆沒，李無憂追趕他進了封狼山，之後行蹤成謎，估計正在安然無恙地逃命中。」

「他媽的，你耍我啊？」李無憂大怒，一把抓起師七的衣領，將他提了起來。

師七雙足懸空，卻不緊張，笑容可掬道：「呵呵！無憂公何必動氣，您剛才只問有沒有蕭如故的消息，沒說你知道不知道的啊？我沒說他老爹是誰，家住何處，已經算是對得起你了。」

李無憂狠狠瞪了這滿臉肥肉的奸商一眼，隨即笑了起來，將他頭腳倒轉，溫柔放下，道：「七長老果然是個妙人，希望以後我們能合作愉快。你去將蘇容姑娘叫來，我要和她做另一筆生意！」

師七揉了揉頭，笑嘻嘻去了。

不久蘇容煙視媚行地轉進屋來，退去左右，關上房門，口叫拜見樓主，嚶嚀一聲撲了上來。李無憂被她怪異舉動嚇了一跳，慌忙避開，道：「你這是做什麼？」

蘇容撲了個空，嗔道：「人家自幼便是個孤兒，師父他老人家就當我們是親生女兒一般，以前沒有外人在的時候，我們三姐妹見了樓主都是這樣行見面禮的嘛！現在你是我金風玉露的樓主，這見面禮當然照舊啊！」說時又撲了上來。

李無憂啼笑皆非，將她抱入懷裏，一巴掌重重打在她豐臀上，說道：「你這小妮子，心眼就是多！那下次我見到你們三姐妹，你們一起撲上來，我就算左擁右抱也顧不過來啊！」

蘇容笑道：「現在和您有關係的女人不知道有多少了，您還不是一樣都兼收並蓄了嗎？我們三人又算得了什麼？」

聞到話裏的酸味，李無憂頓時想起了正事：「容容，如姨那邊有消息了沒有？」

蘇容嗔道：「我還以爲你都將盼盼師妹給忘了呢！師父他們中間遇到些耽擱，不過還算順利，出海已經有兩天了。」

想起朱盼盼，李無憂心頭又是一痛，喃喃道：「不會的，這一輩子我也忘不了她的。」

蘇容在他臉頰親了一口，笑道：「這還差不多！不過你有沒有忘掉奴家呢？」說時身子上下輕微蹭動，不老實地擠壓著李無憂的胸膛。

李無憂小腹一熱，立時就有了生理反應，呻吟道：「死妮子，又挑逗老子。小心老子給你，給你……」

「君子一言，給你一鞭。好哥哥，你就給奴家一鞭吧！」蘇容這句話一說完，李無憂再也忍不住，抱起她就朝床上飛去。

也許隨風說得對，要征服一個女人，除了要征服她的心，還要征服她的身體。這一場好戰……

雲收雨歇，蘇容枕著李無憂的肩膀，有氣無力道：「上次看你沒反應，還道你不正常呢。沒想到原來是深藏不露，居然這麼厲害！我要不叫投降，一會兒怕是下不了床了。」

李無憂嘿嘿一笑：「老虎不發威，你當我是病貓啊！」

蘇容使勁掐了他胳膊，嗔道：「你這傢伙壞死了！」

李無憂尖叫道：「奶奶的，怎麼你們女人都會這一招啊！」鬧了一陣，蘇容道：「對了樓主，正值一舉滅蕭的緊急關頭，你卻來找我，不會是良心發現，忽然想起了奴家吧？」

「呵呵，良心發現當然是有的，不過還有點事情要你幫我去查。」李無憂嘻嘻一笑，「不過先說好，不許吃醋。」

「奴家哪敢啊？」蘇容幽怨道，「是不是要查你那些老婆的行蹤啊？」

「呵呵，好容容，你可真是聰明！難怪老子越來越喜歡你了。」李無憂笑了笑，隨即將慕容幽蘭和寒山碧的特徵說了一遍，最後正色道：「記住！將小蘭的事通知慕容世家，另外，一切要秘密進行，不要和霄泉和師家的人起衝突，其次幫我留意一下蕭如故的行蹤，這傢伙才是心腹大患啊。」

第四章　鳳舞九天

回到軍中，已是正午時分，諸將問起行蹤，李無憂只說是上師家探了些消息，眾人不疑有他，各自退去。

未幾，秦鳳雛來報，憑欄關飛鴿傳來好消息，賀蘭凝霜得到李無憂蓋印的親筆允諾後，已將寒士倫釋放，後者已孤身再往梧州去說服陳過。

到了黃昏的時候，寒士倫再次傳書，說已與陳過初步達成和解協議，不過提到撤出梧州，陳過卻有些不甘，多方推諉，而攻取蕭國一事，也說自己師出無名，不願就範。

看完傳書，李無憂笑了起來：「隨風，兵家言利，陳過不肯出兵，是不是你將我給他的好處私下給吞了？」

「我也要有那麼大的胃口才行啊！」柳隨風沒好氣道。

「沒有？看來是我冤枉你了。其實臨陣倒戈這麼大件事，陳過他自己怕也做不了主，我們確實有點爲難他了。」說到這裏，李無憂沉吟起來，「對了，這個陳過有什麼弱點沒有？」

「聽說這位老人家已經七十多歲了，身體雖然很好，不過女色方面已力不從心；家財萬貫，怕財寶也收買不了他。雖然好酒貪杯，但在戰時從來都以茶代酒，以前有個手下將官犯了錯，私下裏拿美酒賄賂他，卻被他當即推出去斬了首。酒色財氣，這前三樣他都沒有，真要說能利用的弱點，怕就只有最後這個『氣』字了。這人很有些傲骨，頗有些堅持，呵呵，當然換個說法就是太傲氣，迂腐固執，我們可以從這一點入手。」

李無憂點了點頭：「不錯，這點確實可以利用，看來這次得我親自去一趟。庫巢那邊還有多少兵馬？」

「可用的大約五萬……你不是想硬來吧？」

「對付這種人，不給他點苦頭吃，他還以為你只會講大話呢。」李無憂淡淡一笑，但柳隨風卻看見他眼神中一絲厲芒閃過，心頭已然替陳過暗自祈禱，什麼時候不好，偏偏挑這個李無憂最鬱悶的時候惹他。

雖然李無憂很想即刻就趕赴庫巢，只是打掃戰場，處理俘虜，糧草後勤等積壓了許久的事也都需要處理，當然和許多人別後重逢，也不能片刻歡聚都沒有就散的，譬如說若蝶、葉秋兒、張龍和趙虎，另一方面，雖然有柳隨風襄助，但石枯榮、秦鳳雛、王定和夜蓼書等人也是有些事要交代的。

雖然是快刀斬亂麻，但當這些一一交代完畢，最後送走石枯榮的時候，已經是入夜時分，李無憂就在石府擺下慶功酒，大宴軍中眾將。

席間諸人少不得向李無憂頻頻舉杯，更拿若蝶和葉秋兒說笑。

正自酣暢，忽聽外面喧鬧之聲不絕，隨即有秦鳳雛跑了進來，朝李無憂附耳道：「元帥，有位義士調戲百姓的女兒被抓住，這會兒那百姓的家人鬧到府門口來了！」

「有調戲民女的義士嗎？」李無憂愕然。

「對，就是幫我們燒掉蕭如故軍營的那些義士。」

「是他們！」李無憂只覺得頭忽然大了。

當時他叫這幫淫賊去燒蕭軍軍營，本來是打算讓他們送死，順便吸引蕭如故的注意力以配合王定的奇襲，哪知道由於柳隨風的突然出現，事情發生了巨大的變化，而這幫淫賊卻運氣好得自己都不信，居然輕而易舉就將蕭如故的軍營燒了個乾淨，當時軍中將士問起這些人的來歷，李無憂自不好說是淫賊公會，只說是一幫見義勇為的江湖好漢。

卻不知這幫淫賊聽說他們的會主居然就是大荒雷神，先是大驚，繼而大喜，只覺有此強硬後臺，此後當可橫行天下，雖然得到李無憂不許暴露身分的暗示，不敢明目張膽地採花，但此時都自覺立了不世奇功，暗地裏哪裏還按捺得住，除了幾位被李無憂請來喝酒的頭目外，其餘人則隨風潛入夜，採花細無聲去了，只是樂極生悲，有一名手腳很不俐落的兄弟不小心被抓了起來。

李無憂笑了笑，對望著他的眾人道：「各位將軍，你們慢慢吃，我有點事去去就回。」

玉兄、花兄，你們兩位陪我出去一趟。」

走出院子，李無憂對玉花兩隻蝴蝶道：「玉蝴蝶，花蝴蝶，你們立刻去將會中兄弟給我集合到城外的亂葬坑，不得怠慢！」

玉花二人領命去了。

一直沒作聲的秦鳳雛忽道：「元帥，你是不是打算出去殺了那人，平定民憤，然後回來再殺了其餘那三百人滅口？」

李無憂早知道瞞不過某些有心人，也不打算掩飾，笑道：「難道你有更好的建議？」

「呵，元帥要是信得過我，這事屬下倒確實有個主意。」

出得門來，圍觀人群數量之多遠遠超出了李無憂的想像，門口裏三層外三層，黑壓壓的一片，而石府門口整條街都幾乎給堵住了，守門的衛兵正和一個粗布麻衣的老漢說著什麼，老漢身旁立了一個衣衫凌亂的少女，正哭得肝腸寸斷，大有不哭倒石府不甘休的架勢，而作為元凶的某人垂喪著頭，正可憐兮兮地跪在少女一旁。

李無憂瞥了那少女一眼，肥頭大耳，遠看是個人，近看是頭豬，不遠不近就人豬了，不禁暗自嘆息：「這種貨色也上，這位兄弟的品味未免太差了些吧！」

眾人見李無憂來了，頓時歡呼，要求他主持公道。

「大哥救我！」那人大叫救命，抬起頭來。

雖然一臉血污，但李無憂已然看出卻是唐鬼，卻裝作不識：「你哪位啊？」

「小弟唐鬼啊！」

「唐鬼？不是吧，唐鬼哪有你這麼帥？」

「小弟千真萬確是唐鬼啊！除了我，天下哪還有人比我長得更像鬼的？」

「這倒也是！」李無憂失笑。

細細問了一遍三人，李無憂終於搞清楚了情形。原來那老漢是這少女的大伯，平時並不住在一起。剛才唐鬼喝醉了酒，趁夜闖進了那少女的閨房，然後竟躺在少女床上睡著了，少女半夜起來見枕畔多了個人，於是放聲大叫，那老漢隨即帶人闖了進來，將唐鬼一頓暴打後，拖到了帥府來評理。

李無憂暗自鬆了口氣，這事多半是偷盜了，問那少女道：「你家裏沒丟什麼東西吧？」

少女哭道：「沒有！」

李無憂暗叫不好，難道還真的是採花，忙又問道：「那他沒有有對你做什麼事，比如非禮什麼的？」

少女哭得越發傷心：「沒有。」

李無憂大奇：「姑娘，他既沒有偷你的東西，也沒有非禮你，你傷心什麼啊？」

少女更加傷心：「正因爲他沒有非禮我，我才傷心啊！連這麼醜的男人都看不上我，我……我以後還怎麼活啊？」

圍觀眾人頓時大笑。

那老漢怒道：「笑什麼笑？人長得醜點有錯嗎？都給我閉嘴！」

誰知人群笑得更加大聲。

「大夥都別笑了！」李無憂揮揮手，眾人這才安靜下來。

老漢指著唐鬼道：「元帥大人，這傢伙闖進我侄女家裏，明顯是意圖不軌，雖然因爲我侄女的機智而未能得逞，但他這麼做明顯毀了我侄女的清譽，請大人做主！」

「這樣啊……」李無憂沉吟起來，「老丈啊，這位唐將軍呢，昨天晚上在燒毀蕭軍大營的戰役中是立下了大大的功勞的，可說對我們整個大楚的百姓都作了貢獻的，我還沒有好好賞他呢，當然了，不能因爲這個就放了他，他畢竟犯了錯，不過若是因爲他這一次酒後沒有構成任何實質傷害的事就殺了他，老丈，似乎也有些不合適吧？」

「嗯，是有些不合適！」「年輕人嘛，喝了酒總是難免做些錯事！」圍觀的人都紛紛應和。

那老者也知道這不可能，說道：「一切憑大人做主！」

李無憂點點頭，道：「這樣吧，唐將軍呢，容貌是那個……嘿，略有些對不起觀眾，不過人絕對是個大好人，本事很好，絕對的有爲……有爲中年，你這位侄女呢，長相也……嗯，脫俗，脫俗得很，正是郎才女貌，天作之合，我做主，將他們撮合成一對，我這就賞他三百兩銀子，你們今天晚上就將這喜事辦了。老丈，姑娘，你們可願意？」

那少女扭捏著看了唐鬼一眼，含羞點頭，用細如蚊蟲的粗亮聲音道：「妾身願意！」

那老漢見侄女都答應了，也道：「如此最好！」

忽聽唐鬼大聲道：「我不願意！」

李無憂比了個殺頭的手勢，狠狠向下一切，認真道：「唐兄，你真不願意？」

唐鬼打了個冷戰，忙道：「願意，願意，一切聽大哥做主！」

李無憂笑道：「這就對了！我就說這樣天下掉餡餅的事，你怎麼會不願意呢？來，來，老丈，你將他領回家去洞房花燭吧！他若要有半點對你家姑娘不好，你就來告訴我，我先斬他小頭，再斬他大頭！」

眾人大笑，紛紛誇李元帥說話風趣，貼近群眾。

李無憂將欲哭無淚的唐鬼交到那少女手裏，隨即高聲道：「各位父老，我無憂軍是為保護百姓而生的，斷不能容許有人危害百姓。今日之事，雖然情形特殊，而且沒有造成傷害，但此罪已成……」

說到這裏，他忽然拔出無憂劍，寒光一閃，已將自己一縷頭髮削下，「唐兄弟的事，李某先為他受這一過，但僅此一次。今後若再有人膽敢禍害百姓，李無憂定斬不饒。」說時一劍砍向石府門前左邊的一隻巨石獅，石獅頭齊頸而斷，「哐噹」一聲滾出老遠。

眾百姓歡聲如雷，大聲叫好。

李無憂回頭對秦鳳雛喝道：「秦將軍，傳我號令，軍中若再有人膽敢犯百姓者，有如此獅！」

「是！」秦鳳雛恭敬抱過那個獅頭，縱身一掠，飛上石府房頂，將那獅頭置於一顯眼處，之後幾個起落，消失在夜色裏。

百姓先是一愣，隨即彩聲不絕。

經此一事，李無憂秉公斷案愛護百姓的美名頓時傳了開去。送走唐鬼諸人，李無憂又進府和眾人繼續喝酒，早有衛兵將此事通報府內，眾將除柳隨風古怪一笑外，其餘盡皆佩服，大讚元帥處理得體，既平了民憤又保全了士兵性命云云。

酒席完畢，李無憂裝著回房睡覺，隨後上屋，迷失在夜色裏。

到得亂葬崗時，玉蝴蝶和花蝴蝶等人已然等候多時。

秦鳳雛過來附耳道：「所有的人都在了！」

李無憂點點頭，對眾人道：「潼關眼下兵凶戰危，這大半夜的，各位兄弟依然不忘本職工作，忙著爲公會四處揚名，可真是辛苦啊！」

眾淫賊均是神情嚴肅作悔過狀，卻有一人平時嬉皮慣了，居然應了一聲：「爲美女服務，不辛苦！」

「呵呵，是嗎？」李無憂笑了笑，忽然身形消失不見，再回來時，已將那人抓到他先前立足之地，手起劍落，血光噴出，人頭墜地，咕咕滾了老遠。

眾淫賊驚叫一聲，隨即噤若寒蟬。

李無憂再抬頭時，已是雙眼含冰，掃了眾人一眼，淡淡道：「我的身分，大家想必都清楚了？」

眾人呆呆傻傻，只知搖頭。

李無憂道：「我就是大荒雷神李無憂，但卻不是你們的會主李不淫，明白了嗎？」

眾人大驚，但爲他冷如刀鋒的眼光一掃，迅疾安定下來，紛紛道：「明白了！」

李無憂輕輕拭去長劍上的血，慢條斯理道：「我想有一點你們大概還不清楚，你們的會主已經被我殺了，有要報仇的儘管上來！有沒有人？」

眾淫賊面面相覷，卻沒有人敢上前。

良久，卻有玉蝴蝶大著膽子道：「李不淫這個惡賊，作惡多端，惡貫滿盈，李大俠殺了他，正是爲民除害，大快人心，我們兄弟都是被他逼得四處採花，爲江湖正邪兩道所不齒，乃是大大的受害者，眾兄弟恨不得寢其皮食其肉，對於大俠您感激都還來不及，又怎麼會替他報仇呢？大家說是不是啊？」

卻沒有人應聲，生怕說錯一句話，就會被李無憂所殺。

李無憂一臉寒霜地走到玉蝴蝶身邊，輕輕伸出手，在玉蝴蝶驚恐的神情中忽然用力拍了拍他肩膀，笑道：「玉兄弟，我就喜歡你這種愛恨分明的個性。」

眾人吊在嗓子眼的一口氣終於落下。

花蝴蝶大聲道：「玉人哥說得好，老子早看李不淫這個狗賊不順眼了！李大俠為民除害，非但伸張了正義，還替我們報了仇，血了恨，從今之後，我花蝴蝶唯李大俠馬首是瞻，一切聽從大俠你的號令，赴湯蹈火，在所不辭！」

「赴湯蹈火，在所不辭！」眾淫賊忙見風使舵。同時，一場別開生面的控訴李不淫罪惡過去的聲討會在不自覺中拉開了序幕。

在這裏，李不淫很快從一位領導眾淫賊起義的大英雄變成一位作惡多端逼良為淫的大敗類，而檢討人自己卻無一例外地變成了受害者，完美地詮釋了一個有為青年是如何從社會棟梁變成人間垃圾的全部過程。說到痛處，眾人皆是聲淚俱下，泣不成聲，好像全大荒受壓迫人民的苦痛全落到了他們身上。

一側，李無憂毫不避諱地問秦鳳雛：「你真的認為這幫兩面三刀反覆無常的人能擔當重任？」

秦鳳雛直視他的眼睛，說道：「元帥，須知這個世上有堅持的人其實不到百分之一，這些人都是強人。其餘的人都是風中草，河中水，順風而倒，隨波逐流，不知恥地說一句，鳳雛自己就是這樣的人。這樣的人只會屈從於強者，風向哪裏吹，河向哪裏流，他們就跟到那裏。歷史雖然不是偉人所創造，卻是由偉人所引導，而毫無疑問，您就是偉人，可以推動歷史的強者，而他們和我，只不過是跟在你身後的水，順著你漂的草而已。只要你能強過所有別的人，我們就永遠不會背叛你。你有這樣的自信的話，現在就可以收服他們；如果沒有，則最好立刻將他們殺個精光，免起後患。」

李無憂似乎是第一次認識秦鳳雛一般，仔細看了他良久，忽然笑了起來：「好！夠坦白，有自知之明，我很欣賞你！好好跟我，我不會讓你有叛變我的機會的。」

「謝元帥！」秦鳳雛大喜，低頭拜倒，自站到一邊，但後頸上的淋漓冷汗卻落到了李無憂眼中，也許他說這番話的時候也是冒著生命危險的吧。

李無憂收回目光，微微抬手，示意眾人安靜下來，才又道：「好了，各位兄弟不用再多說了。大家都是性情中人，見色起義，見了美女腳就走不動，這點李某清楚得很，因為我，李無憂自己也是這樣的人。」

語聲至此一頓，見眾人似都鬆了口氣，才又道，「昨天晚上，你們幫了我的大忙，李某不是恩將仇報的人，所以唐鬼我不會殺，你們我也不會殺，雖然你們其實早該死百次。現在，我給你們兩個選擇。第一，讓我廢掉你們的功力，送你們一筆路費，從此之後給我在江湖上銷聲匿跡，哪涼快哪待著去。第二呢，就是加入我無憂軍，絕對效忠於我，不得有半絲異心，否則嘛，我可以肯定地說一聲，他絕對會求生不得求死不能。當然，跟著我榮華富貴會有，而風險也比你們採花還大，自己考慮清楚。」

話音一落，李無憂猛地右手一揚，一蓬金色光雨激射而出，眾人無一例外地感覺丹田一麻，隨即卻又全然無事。

李無憂道：「我已經在你們丹田種下封印，現在想離開的，就可以從秦將軍那裏領了銀票上路，不願走的，我一會兒給你們解印。」

眾淫賊面面相覷良久，終於有約五十人起身站起，小心翼翼在秦鳳雛手中一一領過銀票之後默默離開，而剩餘的二百五十一人卻留在了原地。

李無憂臉上終於又露出了笑容：「各位，李無憂代表全大荒的百姓感謝你們，因爲從今天起，你們將脫離淫賊公會，開始從事一項異常艱辛但極其有前途的職業，從現在開始，你們將組成一支特殊的軍隊，名字嘛，就叫……就叫『鳳舞』吧，好，就是鳳舞！」

「鳳舞，鳳舞！」眾人大聲叫好。

秦鳳雛聽到這個名字心頭不禁　跳，隨即大喜，元帥這是暗示自己將是這支特殊部隊的直接領導人呢。

「元帥真是天縱奇才，居然能想出如此清雅脫俗而又不失霸氣的名字，屬下真是佩服得五體投地！」玉蝴蝶大聲喝彩，諂媚有加，「但不知元帥你所說的『異常艱辛但極其有前途的職業』究竟是指什麼呢？」

「淫賊！」李無憂輕輕吐出兩個字。

「淫賊？」眾淫賊目瞪口呆。

「沒錯！」李無憂大手一揮，激情澎湃，「從今天起，你們將走上『幼有所教，壯有所用，老有所養』的職業淫賊之路，你們將是『有追求，有才氣，有教養，有紀律』的創世紀四有淫賊，你們將是淫賊中的精英，精英中的淫賊，精英中的霸主，霸主中的淫賊！」

「切！還不是淫賊？」眾人同時鄙視。

李無憂恬不知恥道：「當然是有那麼點區別的！你們先跟秦將軍走，他會安排你們如何成爲一個四有淫賊。花蝴蝶留下。」

眾人散去，花蝴蝶媚笑道：「老大是不是有什麼特殊的事需要小弟幫忙？」

「咦！你怎麼知道？」李無憂微微詫異。

「我靠！我就知道……像我這麼出類拔萃的男人注定要勞苦功高！」花蝴蝶一臉瞭解

的神情，彎下腰去。

「同意……喂！你幹嘛脫我褲子？」

「我這不是滿足你的特殊需要嘛？」花蝴蝶一臉無辜。

「我滿你大爺的蛋！」李無憂哭笑不得，一腳將這廝踹上天。

三分之一炷香後，伴隨一聲巨響和一聲慘叫，地上多了一個大坑。

「花蝴蝶，沒死吧？」

「沒有，不過我右腿骨折，肋骨斷了三根，雙臂反轉，我強烈請求帶薪休假……」

「沒死就他媽給我趕快起來！再廢話，馬上讓你下面那根東西去帶薪休假。」

「別！」這一聲殺豬般的慘叫未落，花蝴蝶已經衣冠楚楚地再次站立在李無憂面前，渾身上下一絲傷痕也無。

「喲！剛才那一腳碎玉腿我至少用了一成功力，居然毫髮無損，不錯不錯！」李無憂笑了起來，「看來可以試試兩成功力了！奶奶的，好久沒有舒展筋骨了！」

花蝴蝶想起剛才要不是自己見機得快，用獨門心法蝶舞花間借上衝之勢化解了那一腳的力道，自己已經全身碎成粉末了，但饒是如此，現在全身依然痛楚不堪，聽李無憂說他只用了一成功力，只嚇得魂飛魄散，一把抱住李無憂的雙腿，放聲大哭：「老大饒命！你要有高難度的任務給我，直說就行了，小弟絕不討價還價。」

「乖！我就喜歡你這直來直去的性格！」李無憂摸了摸花蝴蝶的頭，面上露出人畜無害的笑容，「其實這件事也很簡單，我聽人說，天鷹那邊的軍隊最近正在招人，我打算派你去做臥底。」

「臥底？就是江湖俗稱內鬼、二五仔、中間人、騎牆人的那個？」花蝴蝶臉色頓時慘白，「被人發現會斷小雞雞然後點天燈的，老大你還是饒了我吧！」

「呵呵，小花你多慮了，有大哥我罩著你，你怎麼可能怎麼能夠會被他們發現？」李無憂笑道：「放心吧，我會派人暗中保護你的。還有，我現在在你背上畫一道符，可以救你一命，實在撐不住的時候就亮出我的字號，江湖上誰也不敢不買賬是不？」

「這也有理！」花蝴蝶心放下一半，不過還是道：「其實玉兄弟比我機靈百倍，武功又比我好，爲何大哥你不選他去呢？」

李無憂露出一個不屑的神情：「切！年輕人，嘴上無毛，辦事不牢，就是因爲他一看就太機靈了，很快就會被人發現的嘛。哪像小花你成熟穩重，憨態可掬，別人又不是都像我這麼聰明，怎麼會疑心到你呢？」

「說得也是！」花蝴蝶笑了起來，「好，這個關係全人類生死存亡的艱巨任務我接了。不過，大哥，你記得一定要罩我啊！」

「沒問題！」李無憂打了個一切ＯＫ的手勢，「那兄弟你這就上路吧，我會派人和你保持聯絡的！」

花蝴蝶點點頭，一掃剛才的猥瑣，挺了挺胸，臉上神情霎時悲壯慷慨，頓有大風蕭蕭壯士不還的氣概，大踏步朝東而去。

身後，李無憂感動得熱淚盈眶：「多好的兄弟啊，被我送進火坑，連句埋怨都沒有！」

話音剛落，已經走出十丈的花蝴蝶突然停下腳步轉過身來，李無憂嚇了一跳，自己這麼小聲，沒有理由他能聽到的啊！

「大哥，有件東西我忘了給你！」花蝴蝶手捧一只藍色的玉瓶，屁顛屁顛地跑了回來。

李無憂接過，道：「什麼玩意？」

「我也不知道！昨天晚上我們燒營的時候，手下的兄弟在主帳裏發現的。挺香的，送給你泡妞用！」

「靠！」李無憂聞過之後勃然變色，狠狠一掌拍在花蝴蝶頭上，後者慘叫一聲，頹然軟倒。

數日之後，有牧羊人在離潼關百里之外的某處密林發現五十具已經潰爛的屍體，報告當地衙門，仵作查爲中毒致死，疑爲凶殺，震驚一時，有名捕窮十年之功求兇手，竟不可得。

大荒三八六五年七月十三夜，李無憂在潼關城外亂葬崗成立無憂軍團之鳳舞軍，只是連他自己也沒有想到，這支日後被人譽為「鳳舞九天」的軍隊將給他帶來無窮利益的同時，也給他帶來了無盡的麻煩。

——柳隨風《萍蹤帝影——我在大帝身邊的日子》

大荒三八六五年七月十四，風高雲淡，天光微曦，李無憂留下柳隨風鎮守庫巢，等候夜夢書帶領馬大刀使者前來，自己帶著若蝶、葉秋兒二女、秦鳳雛、玉蝴蝶，加上王定、張龍、趙虎三人各帶本部兵馬三萬人，離開潼關，奔赴庫巢。

剛至城門口，新婚燕爾的唐鬼便奔了出來，死皮賴臉的要跟著前往一起「博個功名」，眾人多沒見過此君，先是被其醜陋模樣嚇了一跳，隨即紛紛露出厭惡神色。

李無憂笑道：「你這廝武功低微，連當個淫賊都會被人抓住，又憑什麼替我上陣殺敵？」

唐鬼道：「我武功低微是不差，但我面相儒雅骨骼清奇，生具一副羞死潘安氣活宋玉的絕世容貌，有我上陣，敵方女將自然對我投懷送抱，仗當然不用打了，而敵將若是個正常的男人，見了我還不羞愧而死，我方自然也可輕易獲勝！」

好在李無憂一行人都是人中精英，修爲出眾，這才沒笑死，但依然是笑得人仰馬翻，肚子叫疼。李無憂心想有這活寶一路，活絡一下氣氛也算不錯，這才勉爲其難地將其留下。

出潼關後，皆是坦途，唯路旁火痕宛在，血跡斑斑，觸目傷懷。

一路無事，眾人快馬加鞭，很快到達庫巢城外。

這是李無憂第一次來庫巢，卻見護城河中屍體尚未撈盡，一河流赤，城牆不足七丈高，斷壁殘垣，千瘡百孔，女牆箭跺已然破敗不堪，上面血痕淋漓，北風吹來，夏日裏竟也說不出的寒意逼人，當日種種慘烈不言自喻。

李無憂看到此處，想起柳隨風就是憑藉這一堆矮牆，一幫新兵，將那三十五萬聯軍打得聞名膽寒，不禁一嘆：幸好此人與我是友非敵！

正自感嘆，留守的玉燕子秦江月和吳明鏡已然率軍民出迎，氣氛熱烈至極，眾將劫後重逢，都是說不出的一番喜悅，只是李無憂見了秦江月容貌清麗，玉腿修長，大咽口水之餘，少不得要脫口感慨「一朵鮮花怎麼就插在了吳明鏡這堆牛糞上呢」，而此番黯然神傷的壯舉自然爲他贏得葉秋兒玉手「溫柔撫摸」和眾將哄笑白眼無數。

正自熱鬧，忽聽一人大哭道：「大人啊，大人，奴家盼星星望月亮，望穿秋水，肝腸寸斷，相思入骨，一顆等待大人的心碎了又補，補了又碎，今日終於得見大人，嗚嗚，真是蒼天無眼神女有心，襄王無夢大荒有情……」

「什麼亂七八糟的？」李無憂聽這聲音陰陽怪氣，卻依稀透著幾分耳熟，糊塗不已，抬眼看去，卻見人群左右散開，中間冒出一名髮髻高挽、身著一襲綠絲長裙的醜女來，正哭得梨花帶雨，只將兩頰胭紅弄得髒汙不堪。

「嗚嗚，大人啊，自那夜一別之後，已是數月，奴家想得你好苦啊！」醜女見到李無憂，頓時張開雙臂，飛步撲了上來。

「不會吧？」所有人同時張大了嘴，隨即齊刷刷地望向李無憂，豎起了大拇指，眼神中都透著高山仰止的佩服：這樣的貨色你也不放過！果然夠狠！

李無憂卻滿頭霧水，一臉冤屈：「美女哪位啊？」

「奴家豬……哎喲！」醜女話音未落，身上已中了三腳六掌，飛上雲霄。

「啊？」眾人張大了嘴。

「知道自己是豬，還不滾遠點？」若蝶、唐思和葉秋兒三位絕世美女同時甩下這麼句話，互相擊掌。

眾人合嘴，狂汗！

「乓！」盞茶之後，那人落下，將地上砸了個大坑。

半天沒有動靜。

唐鬼朝李無憂試探性地看了看，見後者點頭，立時歡天喜地地跑了過去，趴在坑口大叫：「喂！姑娘你沒事吧？」

「啊……」坑裏升起一聲長長的呻吟，「拳腳流香，舒筋活絡，好爽啊！」

「撲通！」三軍全倒。

忽聽一人嚷道：「姑娘，姑娘，我也是豬！你踹我吧！」朝三女撲了上來。

「不，不，三位姑娘，他不是豬，我才是豬！」「踢我吧，我是正宗的大荒花豬！」

「我是古蘭進口豬！」「打我吧，我是齊斯雜種豬！」「我是失傳已久的創世神豬……」

一人帶動下，人群爭先恐後地朝三女圍了上來。

——於是庫巢城外多了很多又深又大的坑，之後竟成了庫巢一景，成了著名的愛國教育基地。只是每每後世的先生們指著這些巨石砸出的大坑，口沫飛濺地對學生講當日庫巢一戰如何慘烈的時候，許多的史家卻在爲究竟這些石坑是無憂軍還是聯軍的投石機砸出而爭論不休，甚至大打出手。

鬧劇最後在李無憂的一聲大吼中結束，唐鬼很快將那醜女撈了上來。

「說！你是誰？是不是蕭如故派來的奸細？好！不用說了，看你冷酷得微微上揚的嘴角，不屑的眼神，凌亂得帥氣的髮型，肯定是了不起的英雄好漢，絕對不肯出賣主子的人，來人啊，上大刑！」

得到李無憂授權全權審理此案的唐鬼雙手扠腰，很是威風凜凜，把一根雞毛硬是當做了十根令箭來使。

「冤枉啊！」那人慘呼道，「我不是奸細！本將軍乃是無憂軍第三萬人大隊萬夫長朱富啊！」

「什麼，你是朱富？就是那個曾任京城參將的朱將軍？」唐鬼嚇了一跳。

「不錯！正是本將軍！」朱富哼了一聲，站起身來脫掉了女裝，抹去臉上的胭脂，「普天之下，除了皇上和元帥大人，誰還能比我朱富更加玉樹臨風，英俊瀟……嗯哼，順便補充一句，我嘴角上揚是因爲剛才摔歪了，眼神不屑是因爲剛從地坑爬上來不適應陽光而翻白眼，髮型凌亂是因爲我的金簪被你這狗才剛才順手牽羊給摸掉了啊！」

「哎呀！不好意思，我剛以爲這裏邊有你通敵的密函呢！」唐鬼忙滿臉堆笑地將袖子裏的金釵拿出，給朱富戴上。

「咦！還真是你這臭小子！」李無憂終於認了出來。

「哈哈，可不就是我這臭小子了嘛！」朱富大喜，點頭哈腰，諂媚著跑到了李無憂身邊。

李無憂看了這廝一眼，笑道：「好好的，幹嘛這個打扮？」

「這是軍師教我的！他說你最喜歡看到美女了，而末將我生得玉面朱唇，貌勝潘安，扮女人一定是國色天香，定然能討得元帥你和諸位大人的歡心啊！」

「玉面朱唇？魚面豬唇！嗯，果然，果然……」李無憂初時還一本正經，說到後來，忍不住哈哈大笑起來。

三女一愣，隨即也全然不顧形象花枝亂顫地笑了起來。

三軍將士同時大笑。

朱富見此大喜：「咦！沒想到軍師教的法子還真有效啊！」

嘲笑聲卻激起了一直在旁邊觀察的玉蝴蝶的淫肝義膽，覺得這人身爲堂堂大將軍居然可以扮女人這麼淫賤，實在是大有前途的超級淫賊，決定上前點醒這隻迷途的羔羊：「朱將軍，你是不是什麼地方得罪了軍師，他要報復你啊？」

「你這人怎麼說話的？柳軍師是那種小肚雞腸的人嗎？」朱富頓時吹鬍子瞪眼，「昨天我不小心在將巴豆灑在他酒杯裏，他還說要給我好看的呢！」

玉蝴蝶：「……」

此時雷神名動九州，又挾大勝之威，正是大荒風雲人物，百姓人人爭睹，萬人滿巷，鮮花雞蛋幾乎沒將李無憂湮沒，他好不容易擠進得城來，已是正午時分。

李無憂一面與庫巢的無憂軍將領在秦江月的帥府大飲慶功酒，一面令張龍趙虎二人去軍營中領了慕容幽蘭和葉青松的萬人隊，歸入自己麾下指揮。

酒席用至一半，秦鳳雛忽然闖進，低低與李無憂附耳一番，後者眉頭一皺，隨即起身對眾人說聲失陪起立而去。

轉過軒廳，終於來到帥府後花園，卻見唐思與一白衣麗人於一處湖心亭中對弈正酣。

李無憂揮揮手，秦鳳雛告退，他一展御風飛行之術，翩然落到亭中。二女這才驚醒，紛紛望了過來。

久違不見，唐思依然麗雅如昔，只是大爲清減，臉上頗有風塵之色，見到李無憂雖只是淡淡說了聲好，但眸子裏卻隱然有淚。想起柳隨風所說自己在封狼山失蹤後，唐思一直自責頗深，足跡遍布了大河南北，李無憂心頭莫名就是一熱，只想不顧一切，立刻將她擁入懷中憐惜，卻因有外人在側，好容易才壓下心頭衝動。

唐思道：「元帥，石姑娘有要事與你商談，小婢先告辭了！」

李無憂點點頭，唐思縱身掠出，於湖面幾個起落，落到岸上，轉入花園消失不見。

那白衣麗人本是背對李無憂而坐，此時終於轉過頭來。一張清麗至極的臉猛然躍入眼眶，李無憂心中腦中同時一空，「人淡如菊」四個字幾乎脫口而出，好不容易才忍住，但臉上神情卻極是古怪。

麗人見他擠眉弄眼，不由輕輕莞爾，笑道：「白氏傳人，原來如此。」

李無憂只覺這一回眸一輕笑都是雲淡風輕，但卻又有種說不出的風情，當得「一笑嫣然，轉盼萬花羞落」之句，正自沒來由的心頭一陣狂跳，但聽她吐字如珠，不禁一呆：「什麼白氏傳人？」

白衣麗人微微一愣，隨即笑道：「當今之世，除了白曉生前輩之外，莫非還有他人既通四宗武術，又熟悉菊齋的歸去來兮劍法嗎？」

李無憂恍然大悟，隨即笑了起來，「石姑娘怕是搞錯了，在下並非江湖字典白曉生前輩的弟子，而依在下看來，這白曉生可能是一個隱藏於暗處的絕密組織，他也未必就通菊齋的劍法。」

人在江湖，你可以不知道劍神謝驚鴻，你也可不知菊齋淡如菊，但你絕對不能不知江湖字典白曉生。白曉生又稱百曉生，此人的身世、年齡、武術甚至連性別都不為江湖所知，只知其存世已有兩百餘年，而每年他都會為江湖正邪兩派高手排名而作《正氣譜》和《妖魔榜》，其中對每人每派武功法術的特點都如數家珍，其權威性從無人敢質疑。因此有人懷疑這位活了兩百多歲的百曉生必然精通各派武術，乃是江湖事務無所不知的神仙一流人物。

石依依輕笑道：「白曉生是個組織而非一個人？呵，李兄這個想法倒別開生面，卻也不無道理。那麼李兄，你能否告訴依依，你為何會菊齋劍法，又對淡前輩與冥神的恩怨如此清楚？」

李無憂笑道：「這兩個問題本來都不能說，不過上次你幫過我，我就告訴你好了。你可知道菊齋有位叫郁棲湖的前輩？」

石依依神情一緊：「那是淡前輩的師姐，失蹤已經五十多年了！你難道還是她的傳人？」

「不是！我見到她的時候，已經是一堆枯骨了！」李無憂嘆了口氣，「她死前將自己密封在崑崙山的一個秘密山洞裏，我不小心闖了進去，見到了她的遺言和那套歸去來兮劍法。」

「什麼遺言？」

「超級的長，不過都是廢話。大意是說闖入此洞中的人，就是與她有緣，可學那套劍法，學成之後下山行俠仗義之類，這些武林前輩最喜歡玩的就是這種玄虛，搞得神神秘秘的。我資質比較差，學不會這套劍法，不過記性不錯，只是順便記了幾招下來。」

「呵，誰敢說雷神資質差呢？」石依依釋然笑了起來，「只是菊齋的心法與別派不同，講究的是淡泊清淨，你的性子飛揚灑脫，不合適罷了！」

李無憂心道：「淡泊清淨？老子看那個更適合尼姑練吧！」口中卻笑道：「那是，那是，我天生勞碌命，哪能和石仙子你超然世外相比？」

「依依不是那個意思！」石依依淡淡一笑，「那麼淡前輩和冥神的淵源，郁前輩的遺言中也有提及了？」

「這倒沒有。不過她讓我下山之後，給淡如菊前輩和獨孤千秋同時傳句話：『悔不當初，早識千秋一百年』，我也不知道是什麼意思，憑空揣測，他們可能有些曖昧的關係，哈哈，倒沒想到被我猜對了！」

說到這裏，李無憂忽然一拍腦袋，「獨孤千秋那老傢伙，每次見了我就喊打喊殺的，難道他知道我有事情瞞著他？」

「哧！」石依依被他憨憨的樣子逗得一聲輕笑，隨即卻是嘆了口氣，「『悔不當初，早識千秋一百年』，這話莫名地讓人一陣傷感！」

語聲至此，她拂衣立起，微一拱手，神色凝重道，「依依還有件事不知李兄能否告之。先前江湖傳言，你曾偷盜四宗秘笈，依依頗覺荒謬，而如今卻傳你爲蘇慕白傳人，依依更覺滑稽，不知閣下究竟師出何門，竟通四宗武術？今日能否一釋依依之疑，也還江湖一片寧靜！」

這番話本是平平淡淡，但落在李無憂耳中，只如碎玉瓊珠般悅耳，心中說不出的舒暢，眼中佳人更是比花還解語，只恨不得將自己所知全數告訴她以討得半分垂青，正要將心中隱秘脫口而出，猛然間，丹田內浩然正氣自任督二脈同時直衝頭頂百會穴，腦中頓時一片空明，失聲道：「彼心知！你是龍族後人？」

「鏘」的一聲，石依依手中長劍頓時出鞘半截，握劍的手微微顫抖。

兩個人四隻眼睛一一對望，亭外湖水一片平靜，亭中空氣中卻已滿是肅殺。

「我看不透你，我殺不了你！」好半晌，石依依嘆了一聲，按劍還鞘，「你見過龍族的人？」

李無憂也嘆了口氣：「傳說東海有龍族居住，族人有心意相通之能，我一直以為是無稽之談，倒沒想到竟然是真的！」

這話聽起來似乎真誠，其實不盡不實，原來紅袖便是龍族，當年初入崑崙時，紅袖更是沒少拿彼心知來逗他，只是他服過五彩龍鯉，心意便有五種幻象，紅袖也難以探測其真，之後他浩然正氣有成，更自創「心有千千結」，心意幻想更是千千萬，紅袖的彼心知便更形同虛設，此時石依依故伎重施，哪裏還不被他立刻認出！

石依依將信將疑，卻終於莫奈他何，只得道：「此事請李元帥務必代依依保守秘密，免得引起江湖不安！」

李無憂嘻嘻一笑：「保密？那有什麼好處？」

「你想要什麼好處？」

「我想……我想……」李無憂一步步靠近石依依，臉上擺出一副色瞇瞇的神情，「石姑娘不妨猜猜，一個正常的男人遇到一個美麗的女人，這個時候會想要什麼？」

「你……」石依依臉色頓時　寒，足下卻忍不住倒退，很快被逼到一處欄杆上，酥胸起伏不定，顯然是怒到極處，卻也堅忍到了極處。

「呵！一個正常的男人遇到一個美麗女人的哀求，當然是魂銷骨熔，沒口子的答應，又哪裏能提出什麼要求來？」李無憂微笑道：「所以恭喜你石姑娘，不巧得很，我正是一個正常的男人！」

石依依微微一愣，隨即卻是一笑：「李元帥行事果然總喜出人意表。不過也恭喜你，剛才你若是敢再上前半步，我布置在這落衣亭中的機關立刻就會發動。好了！有事告辭，咱們後會有期。」

白光點水，浮光掠影，霎時消失不見。

亭中，李無憂一掌朝亭中虛虛一按一抓，一顆閃著黑色光芒的珍珠頓時落在手心，嘴角露出一絲譏誚：「就憑一顆天雷就想要我李無憂的命嗎？石依依，你可真是太天真了！」隨手拋入湖中，「要不是看在四姐的面子上，老子管你是臭石頭的妹子還是東海龍女，還不是照上不誤。不過龍族兩百年未履大荒，事情怕是有些不同尋常……」

「轟，轟，轟！」一連串爆炸聲響，地動山搖，整個落衣亭被炸成粉碎。

「嗚嗚，原來是十八連環雷！死三八！你好陰險！」臉黑如鍋底，頭髮沖天，全身濕透的李無憂站在空中淚如雨下。

第五章　後生可畏

當日下午，李無憂帶著從潼關過來的眾將朝憑欄出發，隨行隊伍中除多了兩萬士兵外，尚有唐思。

很快到了憑欄關前，賀蘭凝霜帶著哈赤、寒士倫親自來迎。

寒士倫為雙方主將介紹完畢，賀蘭凝霜和李無憂只是靜靜打量對方，並不說話。畢竟，這個少年，大荒最年輕的元帥，享譽天下的寂寞高手；這個女人，大荒最有權勢的女人，弓馬天下之冠國度的領袖，兩位恩怨糾纏的當世風雲人物，想見對方都已經是很久。

主將沒有開口，其餘的人誰也沒有說話，烈日下，乾燥的空氣沉寂而鬱悶。

凝目半晌，賀蘭凝霜忽道：「我當能定下西瓜計畫，並讓柳隨風、寒士倫這等人甘心追隨的是如何了不起的當世英傑，原來也不過是一年方弱冠的黃口孺子！」

此言一出，無憂軍群情憤然，立時箭上弦，劍出鞘，西琦軍隊也不禁大驚，哈赤舉手，城上城下引弓挺槍嚴陣以待。

李無憂輕輕一揮手，無憂軍眾人齊整整將兵器歸原，五萬人的行動，卻只帶出了一聲大響，隨即鴉雀無聲。

賀蘭凝霜不禁色變。

李無憂淡淡道：「我當能苦攻庫巢四十餘日不能下的西琦國主是何等傑出廢物，原來也不過是一鼠目寸光的半老徐娘！」

語到淡處原是冰。李無憂口氣本是說不出的平淡，只是偏偏那話中卻有種說不出的冷酷嘲諷，兩者相襯，其效果驚人至極。

賀蘭凝霜勃然色變，雙眸一寒，右手已不自禁摸向腰間刀柄。

「嗯哼！」寒士倫輕輕哼了一聲。

賀蘭凝霜手微微一抖，離開刀柄。

李無憂不動聲色，瞥向寒士倫的眼光冷如刀鋒，後者卻露出了微笑與他直視，分毫不讓。

賀蘭凝霜臉色緩和，揮揮手，示意身後激昂的西琦士兵住手，掃了李無憂身畔諸女，笑道：「李元帥果然詞鋒銳利，難怪能將這許多美女收歸囊下。只是光對我輩女流逞強，算得什麼本事？梧州那邊，陳老將軍頑心如石，李元帥有本事就讓他快點撤兵攻蕭，形勢不等人啊。」

李無憂淡淡道：「女王放心，一日之內，必定成功！」

「好！有魄力！但事若不成，又當如何？」

「李某願將項上人頭摘下！」

「元帥！不可！」無憂軍眾人大驚。

「好！」賀蘭凝霜叫了起來，「來人，上酒！」

立時便有西琦士兵送上兩大碗酒。

李無憂端了一碗，與賀蘭凝霜一碰，一乾而淨，將碗擲地成碎，振臂高呼：「兒郎們，跟我進城！」

「開城！」賀蘭凝霜同時喝道。

西琦軍隊散開，無憂軍魚貫入城。

隊伍的末端，寒士倫朝賀蘭凝霜一鞠，微笑道：「世倫這就別過，女王保重！」

賀蘭凝霜輕輕道：「謝謝你！」

「分內之事，不必如此！」寒士倫說完這話，追上李無憂，隨隊入城而去。

望著李無憂遠去的背影，哈赤不屑道：「女王，這個李無憂年少氣盛，心胸狹窄，盛名之下，果然其實難符！」

賀蘭凝霜嘆了口氣，輕輕整理了一下額際頭髮，說道：「你被他騙了。這個人，不是你所能對付的，以後若是戰場遇上他，能躲多遠你躲多遠。」

哈赤愕然，回頭卻見賀蘭凝霜落下的右手香汗淋漓。

另一邊，無憂軍正一絲不亂地慢慢通過憑欄關。

憑欄本是楚國國土，如今楚國自己的軍隊通過這片地方，而城牆上觀望的卻是別國的軍隊，不能不說是個奇蹟，抑或是……諷刺。

若蝶、葉秋兒二女已走到了隊伍的前方，唐思對上次李無憂失蹤之事一直內疚，一直覺得是自己的失職，此次重逢後，便片刻也不離李無憂左右。

此時她正和李無憂緩緩步行在憑欄的街道上，後者一面觀察著憑欄關的建構，一面注意西琦人的軍力分配，問寒士倫道：「你覺得我這支軍隊如何？」

寒士倫道：「紀律嚴明，勇猛無匹，乃是無敵之師！」

「無敵之師？」李無憂站定，猛然回頭，「你也知道這是無敵之師，那剛才你爲何要阻攔我？賀蘭凝霜一死，西琦必定動亂，我舉手間就能讓西琦滅國，舉世大功，難道這些你都不知道嗎？千載良機，千載良機啊！」

「知道！」寒士倫點頭，絲毫不懼李無憂握得骨節脆響的拳頭，「不過元帥，你滅了西琦又如何？你能乘勢滅了蕭國還是陳國？」

李無憂一窒。

「賀蘭凝霜小國之君，何足道哉？」寒士倫又道：「當今良機就在眼前，元帥更該按原定計畫，一舉殲滅蕭人這個最強勁敵，何必多生枝節？」

「因小失大！是我錯了！」李無憂深吸了口氣，朝寒士倫一拜，「謝先生教我！」

寒士倫坦然受之，但接著卻雙膝著地，回拜一禮。

起來，兩個人相視一笑，一切盡在不言中。

城頭西琦士兵愕然，全不知這一拜之間，自己已然躲過一劫。

忽有傳令兵來報：「啓稟元帥，王定將軍前鋒已達蒼瀾河邊，但陳國將軍隔橋陳兵，封橋不納，王將軍問打還是不打？」

「讓他不要輕舉妄動！」

「是！」士兵領命而去。

寒士倫道：「元帥，陳過善守，這一仗怕有些麻煩！」

李無憂微微一笑：「寒參謀啊，我們是去和人家談判的，喊打喊殺的，不嫌太殺風景了嗎？」

「啊……哦，呵呵！是啊，是啊！」寒士倫緊接著也笑了起來。

出憑欄關十丈，就是當日楚雷給柳隨風吹噓「滴水不進，片甲不入」的十八連環壘，此時壁壘宛在，卻已盡被蕭如故一把火付成焦土，而楚雷自己降蕭之後也已被活活坑埋，十八連環壘已是貽笑天下而已。

李無憂看著那十八連環壘，默想王天舊事和柳隨風關於憑欄建關本就是錯誤的狂論，頗生黍離之悲。

到得橋頭，陳楚兩國軍隊已然是對峙多時。

見李無憂到來，葉秋兒道：「大哥，陳過太囂張了，我們這就打過去吧？」

李無憂頓時開始後悔為何沒將這姑奶奶留在潼關，苦笑道：「你一個人打過去嗎？你以為我的士兵一個個都像你那麼好身手？」

「秋兒，打仗的事你我都不懂，就別瞎攪和了！」葉秋兒還想說什麼，卻被若蝶淡淡制止了。

若蝶的法術之強，葉秋兒是見識過的。剛入潼關的時候，李無憂與若蝶重逢，立刻就將這丫頭緊緊擁抱，葉秋兒醋意大發，上前就要朝李無憂動手，卻被若蝶狠狠一瞪眼，頓時摔出三丈之遠。事後雖然若蝶給她道過歉，但葉秋兒從此對這個若蝶姐姐簡直是怕得要死，她敢對李無憂兇悍，卻半點不敢對若蝶撒嬌。此時聽若蝶如此說，只好乖乖住嘴。

李無憂見此又驚又喜，表面卻不露聲色，道：「你們先待著，今天看看爲夫的本事！」說罷走上橋頭，大喝道：「楚國李無憂在此，請陳老將軍橋前答話！」

這一聲大喝，聽在楚軍耳內不過是一聲尋常呼喊，但落到身後十丈外的憑欄城頭西琦軍和對岸的陳軍陣營，卻彷彿是憑空砸下的一個炸雷，只震得耳膜嗡嗡亂響，人人失色：大荒雷神，怎連說話聲音也如雷鳴？

「老夫在此！」隨著一聲雷鳴般的悶響，彼岸橋頭的陳軍左右散開，中間一名金甲老將跨馬步出。

李無憂見這人鬚髮皆白，雙目卻炯炯有神，手上那把青龍偃月刀更是不下九十斤，他卻舉重若輕，而這一聲大喝也顯示了極其深厚的內功，不禁暗自喝了聲彩，笑道：「呵呵！來者可是當年匹馬戍梁州，一劍削下平羅十五將腦袋的陳過陳老將軍嗎？」

「正是老夫！」陳過聽李無憂說起自己昔年的得意事蹟，不禁也是意氣風發，精神大振，連說話的嗓門也不禁又大了幾分，「對面的可就是大荒雷神，楚國無憂軍團統帥李無憂嗎？」

「正是後進！」李無憂行了個後生之禮。

「賢侄客氣了！」陳過倨傲地回了一禮，「李賢侄，看你也是爽快之人，我也不兜圈子了。今日你西楚軍勢盛，連蕭如故都已然敗退，陳某自認非你敵手。這便撤回敝國，只是我陳國並無賀蘭凝霜那等背信棄義的無恥之徒，要我臨陣倒戈，助你攻打蕭國，卻萬萬不能。」

「老匹夫，你說什麼？」

陳過內功精深，也是聲傳數里，落到憑欄城頭的西琦軍陣營，自然引得群情激憤。城頭，賀蘭凝霜擺擺手，對哈赤道：「吩咐弟兄們忍著，一會兒無論李無憂和這陳老匹夫說出多惡毒難聽的話都不要搭腔，我今天倒要看看李無憂究竟有何過人之處。」

哈赤領命去了，此後無論城下如何風起雲湧，城頭都再無任何動靜。

李無憂笑道：「陳老將軍果然高風亮節！好，這一條我答應你！」

此言一出，無憂軍中微微一陣騷動，但很快平靜。

倒是陳軍都是一呆，隨即譁然，他們沒有想到先前一直態度強硬的李無憂會臨陣變卦，這樣一來，自己歸家的希望終於有了著落，畢竟三次大破蕭軍的雷神李無憂的大名在大荒諸國實可止嬰夜啼的，沒有必要，誰也不願意和神作戰。

陳過也是一奇，但臉上喜色一閃而過，讚道：「好！李元帥果然爽快！那我說第二條，這次我國出兵十五萬，資源消耗巨大，好不容易才占據梧州，就這麼輕易撤退，你叫我如何向吾皇交代？」

李無憂心道：「魚兒終於上鉤了！」忙笑道：「那老將軍以爲該如何？」

陳過伸出五個指頭。「五十萬兩？不多！不多！」

李無憂笑了起來，「來人啊，給陳將軍送上銀票！」

「慢！」陳過忙舉手制止，冷笑道，「五十萬兩？李元帥你這是在打發叫花子嗎？五百萬兩白銀，少一兩都休提！」

兩軍同時譁然。此時明明是西楚聯軍占據戰略優勢，隨時都能對梧州發起兩面夾擊之勢，陳過這是漫天要價了！

「五百萬？也不算多！」李無憂出乎眾人意料地點了點頭，「不過陳將軍，你真的認爲你的這次撤退能值這麼多？」

「當然！」

「好！好！有自信總是好事！」李無憂拊掌大笑，忽地大聲喝道，「寒參謀！」

「在！」

「將剛剛收到的秘報給陳將軍讀一讀！」

「是！」寒士倫出列，掏出一張紙條，大聲念了起來：

「字付元帥閣下，屬下偵知陳國此次出兵，隨軍秘密攜有防毒藥膏三車，疑有散毒之計，請元帥定奪！五號！七月初一！」

話音一落，兩軍又是一片譁然，陳過臉色鐵青。

寒士倫又掏出一張字條：

「字付李無憂元帥閣下，前日秘報已然收到，本帥已遣宋義將軍領騎兵兩萬人出玉門天關，攜焰火伏於關外。張承宗七月十二！」

這一次，兩軍又是同時譁然，只不過無憂軍是歡呼，而陳軍卻是哀嘆。

城上。

哈赤恍然大悟道：「原來陳國之所以膽敢和李無憂討價還價，是因爲他們已經研製出可以通過玉門天關的解藥了！」

「這就對了！」賀蘭凝霜點點頭，「如果不是這樣，陳過又豈敢獅子大開口。這個匹夫，太過自信，不然又怎麼會被李無憂輕易抓住把柄！」

玉門天關又稱玉門走廊，是處於蕭、陳、新楚、西琦四國中間的一塊長達三百里的狹長戈壁。按古書記載，此地以前盛產良玉寶石，因此得名。但不知從何時起，這裏變得草木不生、毒獸橫行，是縹緲大凶之地，有「春風不度玉門」之說。

因爲這個原因，雖然四國都宣布這是自己的領土，但卻無人願意接管此地。但正因爲這條走廊的存在，才使得本該隔著西琦互望的陳楚兩國也有了接壤的說法。

事實上，無論是陳還是新楚，都絕不會冒奇險通過這條死亡走廊去攻擊另一方，所以陳楚接壤也就僅是正式的官方資料中才會出現。此時陳國終於研究成功解毒之藥，那麼這個所謂天關的歷史怕也到了盡頭了。

「好！李無憂，算你夠狠！老夫認栽！」陳過頹然道：「我賠你們五百萬，我們這就撤軍。」

「五百萬？」李無憂擺擺手，「呵呵！陳將軍，你這是在打發叫花子嗎？」

「你……你想要多少？」形勢比人強，陳過到了嘴邊的怒氣又咽了回去。

「其實也不多。你在五百萬後添個零就行了！簡單吧？」

「五……千萬？」陳過張人了嘴。

「呵呵！算術學得不錯嘛！」

「你……你這是漫天要價！」陳過大怒，隨即冷靜下來，「李無憂，你到底想如何？」

「之前寒參謀不是已經和你說過兩次了嗎？唉，人年紀大了就是忘性大！世倫啊，你老了的時候記得要準備一捆稻草隨身攜帶！」

寒士倫忙躬身道：「屬下記得了。只是元帥，這稻草有何妙用？」

「結繩記事啊！笨！」李無憂嘆道：「這人生三寶，春藥、迷藥和稻草，作為一個正常的淫……嗯哼，正常的英雄是必不可少的！」

「屬下受教了。」寒士倫恭恭敬敬答道。

「想讓我幫你打蕭如故？」陳過此時終於轉過彎來，「哼！李無憂，你憑什麼？」

「呵呵！就憑這把劍，不知道夠不夠？」這個聲音才一落，陳過便覺得脖子上一陣冰涼，脖子以下穴道同時全數被封，一轉頭，李無憂的嬉皮笑臉已然近在咫尺！

「什麼！」所有的人同時大驚，剛才還在橋的彼端的李無憂，怎麼瞬間就跨過這十丈之距，將劍架在了橋另一端的陳過脖子上！

匪夷所思。

一絲涼意順著後頸直落到腳心，前所未有的巨大恐懼壓得陳過幾乎喘不過氣來，但他終究是經驗豐富的一代名將，雖驚不亂，出言制止了便要蜂擁而上的陳軍，說道：「幻術欺人！李無憂你究竟如何做到的？」

「我若不說，諒你也不肯心服。」李無憂嘆了口氣，「其實說了你也未必懂，這裏牽扯到正氣盟李代桃僵和感同身受這兩個暗法術，隱身術，水遁術，土遁術，換氣術，複雜至極。呵呵，簡單點說吧，剛才我用法術在對面的橋頭造了個假人，並且傳輸了聲音、脈搏和呼吸等過去，以假亂真，同時隱身下水，之後趁你和寒參謀對答的時候，以一種特殊的方式躲過你身邊的法師護衛，摸到你身邊……呵呵，也別罵他們無能，你要知道你的對手實在是位曠世天才，敗在我手上，實在是應該的，貴國皇上他老人家也是通情達理的人，諒來也不會怪你的……」

「哼！卑鄙小人！」陳過破口大罵。

「過獎，過獎！」李無憂愉快地笑了，「所謂兵不厭詐，陳老將軍，如今你命懸我手，不知是否該服氣投降了！」

「不！老夫不服！」

「哦？那你要如何才肯服？」

「當日蕭如故想當我聯軍統帥，老夫和賀蘭國主自然不服，他就用劍在百招上將我二人擊敗，你想讓我服你，除非你能少於百招堂堂正正將我打敗！」

李無憂心道：「你他媽還真是不到黃河心不死啊，老子現在擒住你可不是只用了一招嗎？正面是擒，暗地裏也是擒，你怎麼就那麼想不開呢？不過你既然想再丟一次人，老子沒有理由不成全你是不？」當即長劍一撤，一掌拍開陳過的穴道，笑道：「百招？呵呵，陳將軍你還真是看得起自己啊？三招！若是三招之內不能讓將軍落敗，李無憂就此撤兵，陳將軍想在梧州住多久就多久，我楚國絕無一兵一卒會前來騷擾！」

「三招？」全場頓時譁然！

「好，好！李無憂你果然好樣的！」陳過大怒，自己在正氣譜上的排名好歹也是第十六，而沙場征戰這麼多年，也從來沒有一個人膽敢如此對自己輕蔑，如今一個後生小輩，居然敢說三招將自己放翻。是可忍孰不可忍？

兩個人一前一後掠上飛雲橋，真氣互相將對方鎖定。

「請出招！」李無憂將長劍還鞘，左手後背，右手擺了個請的姿勢。

所有的人都瞪大了眼睛，李無憂這個意思，難道是要空手對敵，還讓別人先出招，他莫非是瘋了？

但所有的人都猜錯了！

陳過見李無憂囂張姿態越發惱怒，飛身而起，左手銜拳，右手丈長寶刀捲起一圈巨大的青光，朝李無憂當頭劈下。拳才發，一股白色罡氣便怒射而出，刀未至，一條青色的龍形刀氣已然當頭砸下，正是他成名絕技青龍偃月。

李無憂依舊負手而立，直待那罡氣飛近，右手一圈一引，順勢一撥，那罡氣已然偏離原來軌跡，反彈而回，與青龍刀氣撞到一起，抵消無形，但這個時候，青龍偃月刀卻已然近在眉間咫尺。

好快的一刀！空氣彷彿忽然被抽乾，空間被壓縮，而這一刀卻似一道閃電，生生從空間的縫隙裏擠了過來。這才是殺招！

全場的人都是一聲驚呼，但喝得一半，那聲音卻戛然而止，另一半卻吊在了嗓子眼，再也沒有時間發出，而陳過彷彿已經聽見了熟悉的刀鋒嵌入眉骨的聲音。

如此近在咫尺的一刀，已經是避無可避，擋無可擋。

橋頭的唐思想要飛身去救，卻被若蝶一把拉住：「公子的武功，難道你還信不過嗎？」

「鏘！」的一聲銳響，火花四濺，陳過猛然覺得自己這一刀似乎砍在了一塊頑石之上，隨即卻又如入了爛泥，刀勢順暢無阻地劈了下去，但將到底未到底時，全身的力氣卻彷似被抽了個乾淨，這一刀終於無以爲繼，低頭，卻看見一根手指已然點在了自己前胸，而手指的主人正緩緩將與青龍偃月刀黏在一起的長劍抽了出來。

電光火石間，他已然明白，方才那一下硬撞卻是劈在了李無憂的長劍之上，而之後那一路順暢，卻是刀在長劍上滑行，而李無憂這一借勢一黏一滑，已將自己身形拖住，手指卻乘隙而入。

「好啊！一招制敵！」無憂軍大喜，歡聲如雷。

陳軍一個個如霜打過的茄子，委靡不振——自己主將被人一招間就再次擒住，任誰也提不起精神來。

「你……你用劍，好卑鄙！」想通一切的陳過卻滿是憤慨。

李無憂嘻嘻一笑：「我有說過我不用劍的嗎？」

陳過一愣，是啊，李無憂只是擺了個空手制敵的pose而已，自己便一廂情願地以爲他不用兵器！兵不厭詐啊！

李無憂道：「呵呵，陳將軍，這次可是輸得心服口服了？」

「不，我不服！」陳過怒道，「就算你武功高我百倍，那又如何？沙場征戰，講的是萬人敵，講的是謀略，你能以一當十，以一當百，但你能以一當千，當萬，十萬百萬嗎？蕭如故謀略出眾，此次敗北不過是因爲西琦人言而無信罷了！你想我服你，你也需表現出比他高明的謀略才成！」

輸了不認賬，這明顯是耍無賴了！無憂軍噓聲一片，罵聲四起，而陳軍卻人人面上無光，士氣全無。

李無憂揮手制止手下人亂嚷，笑道：「那依陳老將軍之見，我要如何才算是表現出高人一等的謀略呢？」

陳過精神一振，飛身退回橋彼岸，大聲道：「譬如此時，你我是敵非友，兩軍隔橋對峙，我以十萬兵鎮守此橋，你只有五萬人，如何奪取梧州？」

李無憂哈哈大笑：「你若堅持不肯降我，死守此橋，那我現在就將此橋拆了，你擋不擋得住？」

「拆橋？」陳過不解。

「不錯！」李無憂道：「斷橋之後，我留一萬人守關，其餘四萬，出潼關，連夜自柳州繞過，直擊北門，梧州可定。當然，這個法子太過麻煩。依當今的形勢，有賀蘭國主之助，我自帶五萬士卒將你拖住，再請她命西琦名將菩善提兵五萬夾攻，加上三千平羅怒龍艦隊剛去不遠，我許以重酬，平羅人會不會回師？陳將軍以爲梧州何時能破？到時你陳老將軍上天無路，入地無門，自己可落個戰死殉國的英雄之名，但眼前這十五萬士兵何辜，便也要埋骨異國他鄉了？」

陳過直聽得滿頭冷汗，兀自強辯：「菩善一直在南角天關，他若提兵來攻我，難道我陳國不會乘機攻他西琦嗎？」

李無憂嘆了口氣，道：「那就再好不過了。陳國朝中能用兵而善攻伐者，除老將軍你，怕就只有陳眉、陳水兩將，而貴國現由司徒不二宰相專權，他派的人必然是其外甥陳水。此君與他舅舅一般好大喜功，剛愎自用，我若是菩善將軍就假意退敗，引他入關，伏兵於大漠城，你說他會不會中計？」

陳過張大了嘴，說不出話來。

李無憂卻根本不理他感受，續道：「陳國可用之兵不過六十萬，將軍你此刻所帶兵十五萬，陳水爲求一擊成功，帶兵絕不少於三十萬，此役若敗，還剩多少？到時，別說是我楚國和西琦平羅，便是天鷹和蕭國也會來分一塊肥肉吧？」

這番話，只聽得場中所有的人都是目瞪口呆，細細一思索，其可能性卻是相當的大，陳過若真是黏滯在此，陳國滅國之禍果然是迫在眉睫。

憑欄城頭之上的賀蘭凝霜和橋頭的寒士倫都是同時嘆了口氣：「好狠的計！」

李無憂又道：「到時陳老將軍死則死矣，卻落得個千古罵名，那又何必？相反，如果陳將軍與我楚國和西琦聯手，分兵三路同攻兵力空虛的蕭國，蕭如故由我楚國應付，你們只管攻城掠地就是。蕭人向來侵略性極強，我河西四國本可永享太平，但這兩百餘年來，他們卻屢次挑起戰端，是為大不仁，天下人人得而誅之，如今千載良機就在眼前，陳將軍還猶豫什麼？事成之後，你有讓陳國獨享六州的大功，陳人還不將你當神人跪拜，天下英雄也少不得要稱你一聲除暴安良，誰又來怪罪你擅做主張？」

「後生可畏，老夫服了！」陳過長嘆一聲，跪倒在地。

「將軍請起！」李無憂忙過去將他扶起，後者已然是熱淚盈眶，汗濕重甲，整個人彷似從水中撈出一般。

李無憂道：「老將軍，我們這就進憑欄城，喝杯酒，與西琦國主簽下盟約吧！」

「且慢！」陳過擺擺手，「李元帥，我軍帳之中有位要人想見閣下一面，不知元帥能否賞臉？」

「什麼人？」

「請恕老夫賣個關子，而那人請李元帥務必一人前往。」

「元帥不可！」寒士倫忙道：「小心有詐！」

葉秋兒、若蝶和唐思三女更是驚呼出聲，飛身上到橋來，道：「公子（老公），我陪你一起去。」

一人深入十五萬士兵的軍營，若是有詐，即便是劍神謝驚鴻也不敢說能全身而退。見三大美女同時現身橋上，城頭城下，兩方橋頭，三國軍隊都是尖叫聲震天，紛紛豔羨李無憂豔福齊天。

李無憂微微沉吟，陳過冷笑道：「元帥剛才慷慨陳詞，何等動人？此時不過是見個人就怕了，這便請回，結盟之事，就此作罷！」

「老將軍不必激將，無憂不過是在思考那帳中究竟是何人罷了！」李無憂笑了笑，回頭對三女道，「你們先回去，告訴他們，沒有我的命令，不准輕舉妄動！」

三女還想說什麼，但遇到李無憂堅定眼神，人人知道再勸無用，只好道：「公子（老公），你保重。」

「呵呵！放心吧，這麼多老婆關心我，我哪捨得出事呢？」李無憂笑了起來，三女反應不一，或微笑，或嗔視，或撇嘴，卻都是各自臉紅一回，轉頭去了。

「好了，陳將軍！咱們這就走吧！」陳軍散開，陳過帶著李無憂通過軍營，卻並不停留，而是徑直朝梧州城中走去。

進城後，一直向西，漸見一建築精美的高樓，上書三個大字招牌：捉月樓。樓下一群陳國士兵層層包圍，嚴陣以待。

李無憂笑道：「沒想到這位耍人倒是無憂的知己，居然選了如此一個妙處招待我！」

陳過卻沒有笑，一臉的嚴肅：「李元帥，三皇子殿下就在樓上，望你見到他後小心謹慎回話，否則結盟一事不成，老夫這條性命怕也要葬送了。」

「三皇子？」李無憂一愣，隨即笑了起來，「陳老將軍，你不是耍我吧？」

江湖傳聞，當今陳國文帝雖然有十八子女，其中卻只有三位皇子，而傳說中大皇子精於文治，頗有幹才，而二皇子長於軍略，只有這位三皇子陳羽吃喝嫖賭樣樣通，文武學識卻無一會，他的兩位大哥曾經各送他一句話，加到一起卻成了一副絕妙對聯：

詩酒無雙，風流無雙，古今國士誰無雙；

牌九第一，麻將第一，天下人才我第一。

這傢伙非但沒看出對聯中的譏諷勉力之意，還喜氣洋洋地掛在了府門口，只差沒將他老頭氣死。讓這樣一個草包中的草包，來擺布結盟之事，不是玩笑是什麼？

陳過嘆了口氣：「關於這位三皇子的傳言，李元帥多少也有耳聞。司徒宰相讓他來當監軍乃是放權給我的意思，而此次出征他果然也什麼都不管，只是不知道這次發什麼神經，前天遊玩回來，聽說你要來，鬧著非要見你一面不可，不然結盟一事便絕對不成。他一向什麼都不懂的，這次聽到流言，多半是想敲詐你一筆。」說到這裏，他從懷裏掏出一包珠寶，「這些你一會兒給他吧！」

李無憂這才明白陳過之前一直不肯結盟，多少怕也是顧忌這位草包皇子，笑著推拒道：「我隨身帶有希奇物事，若是不夠，將軍再支援我就是！」

陳過嘆氣收回珠寶，道：「那就一切看元帥你的了！」

說話間，二人已到樓前，便有一名頗爲剽悍的帶甲將軍迎了上來。

陳過忙道：「沈將軍，這位就是楚國李無憂元帥，三皇子的貴賓！」

那將軍瞥了李無憂一眼，傲慢道：「什麼楚元帥張元帥的，不認識！」

李無憂嘻嘻一笑，上前道：「小弟李無憂，見過沈大哥。」說時衣袖輕輕從那將軍身前一抹，後者手中頓時多了一顆拇指大的璀璨明珠。

沈將軍頓時眉開眼笑：「原來是鼎鼎大名的李元帥啊，殿下等你多時了，這便請上樓！你們都給老子散開了！」

重重包圍的士兵頓時散開。

看著李沈二人的身影被再次閉合的人群遮住，陳過長長地嘆了口氣：「這個李無憂還真是夠狠，兩國交兵，他這個一方大國的兵馬大元帥全無架子，之前呼自己為前輩，現在又管這樣一個草包叫大哥，渾不記得自己是代表楚國的尊嚴似的，而那個姓沈的怕是連李無憂究竟是什麼樣的人都沒打聽清楚，居然也敢要他的賄賂，陳國軍中有這樣的人，怎麼和天下英雄一爭長短？看來天下一統大勢就在這幾年了！」

他作這番感想的時候，無論如何也沒有想到，日後天下格局，卻盡在眼前樓中。

梧州的捉月樓臨蒼瀾河而建，樓高九重，原名棲鳳，乃梧州名樓，後為師家先祖買下，再次將此處改為青樓，引起的波瀾並不比潼關捉月樓小，只是後來在蘇慕白親自登樓，並與當時的才女方瓊華共醉並題下名篇《淫賊論》之後，此事還是不了了之，而蘇慕白本人風流之名也從此遠揚。

前往頂樓的途中，李無憂大使金錢攻勢，同時翻動三寸不爛之舌又吹又捧，那叫沈浪的將軍如人在雲端，口無遮攔，只差沒將陳羽姥姥內褲的顏色說出來了。

此時已近頂樓，沈浪依然口若懸河：「要說我們三皇子啊，那可真是人才，吃喝嫖賭，沒有一樣不是玩得出類拔萃，而且還都玩出了水準，玩出了風格，而且還絕不吹牛。有一次他跟我說，這一輩子一定要玩遍天下的美女，第二天連招呼也不給陛下打，直接溜出皇宮，從此足跡就遍布了大荒六國的青樓。南地胭脂，北國佳人，天河東西的美女，連我們都能如數家珍了！」

李無憂笑道：「沒想到三皇子和小弟還是同道中人！」

「你以為為什麼他要見你？他早聽說你對女人很有一手，就是要找你切磋技藝的！」沈浪雖是在笑，卻慢慢壓低了聲音，此時二人離頂樓已只隔了十幾階樓梯，他忽然站住，「李兄弟，殿下指定見你一人，我就不上去了。記得一會兒多說點我的好話，老沈感激不盡。」

李無憂自然沒口子答應，順手又塞了些珠寶過去，沈浪眉開眼笑去了。

慢慢拾級而上，正對樓梯的方向，有一張臨窗的桌子，一人身著莽青繡龍袍背對而立，左手背扇，右手持杯，正臨窗俯視著樓下波濤洶湧的蒼瀾河，想來就是當今陳文帝的三皇子陳羽了。

「大楚龍帝欽差大臣無憂軍團元帥李無憂拜見皇子殿下。」李無憂依足禮數躬身拜了一拜。

「李無憂，你爲何而來？」陳羽飲盡杯中殘酒，卻並未回頭。

李無憂心道：「當然是爲了和你切磋泡妞技術而來，你這草包又何必明知故問？」口中卻恭敬道：「在下是爲我大楚和貴國化干戈爲玉帛而來，同時希望能與貴國結成同盟，共同討伐挑起我大荒戰亂的蕭如故。請三皇子殿下恩准！這裏是在下略備薄禮，請殿下笑納！」說時捧出一堆珠寶來，珠光寶氣灑了滿樓。

「李無憂你好大的膽子！」陳羽猛然一喝。

「在下惶恐！」李無憂嚇了一跳，這草包見了珠光卻頭也不回，到底想玩什麼花樣？

「你巧言令色將我十五萬大軍玩弄於三寸之間不算，設計一桃殺三士，驅虎吞狼，讓我河西三國全數覆滅不夠，此刻居然還敢單槍匹馬來會孤王示威，不是欺我陳國無人嗎？」陳羽冷冷道。

「啊！」李無憂大驚，「皇子誤會……」

「誤會？哼哼，李無憂啊，別以爲眾人皆醉唯你獨醒，別人不知道你，我還能不知道嗎？」陳羽冷笑起來，「此刻你找三國若是聯兵，你必然要求兵分三路從各國根基直搗雲州，攻下蕭國後，以鄰近各國領土的六州爲歸屬，你楚國自可由西橫向聯取豐貧適當的六州，但我陳與西琦這邊的十二州卻是七州富饒五州貧苦，犬牙交錯，到時蕭國既滅，你再假意大敗，兵馬損失巨重，而我兩國必然會爲爭奪這富饒之州而打起來，無論誰勝誰負，你都可收漁人之利！本次三國聯軍伐楚，最後卻被你利用那根本還在縹緲中的蕭國國土這顆桃子，頃刻間滅了我三國……不是一桃殺三士，又是什麼？至於驅虎吞狼之計，還需要我說嗎？」

「啪啪！」李無憂微笑著鼓起掌來，「精彩！真是精彩！三皇子，李某那點花花腸子，居然被你一下子看了個透。天下人人都說你是個草包，沒想到天下人才都是草包！只是三皇子，你千算萬算，卻沒有算到一件事！」

「殺了我，你脫得了身嗎？即便脫得了身，結盟一事也必然破裂，你也是做大事的人，怎會因小失大？」

「厲害！」李無憂讚了一聲，「不過你有沒有聽過禪林有種法術叫夢幻泡影，正氣有種法術叫感同身受，而天巫更有種法術叫朝秦暮楚？」

「聽過！」陳羽笑了起來，「你是說你殺了我之後，可以憑藉夢幻泡影製造一個我的假影，並以感同身受賦上血脈流動，讓人誤以爲我還在樓中，而你離開後再潛回，用朝秦暮楚牽引我的虛像出樓，別人就會以爲其實我已經離開了此地去遊玩了？」

「你真是太聰明了！我都捨不得殺你了！」李無憂嘆了口氣，「不如這樣吧，你加入我麾下，大家一……」

語聲至此，他人卻已然掠了出去，之前說話之際，他已悄然移動了位置，此刻他與陳羽的距離不足一丈，這一丈之內，小虛空挪移加上龍鶴步法，無憂劍出，除有限幾個人外，天下便任他死生了。

劍光才一出鞘，已然刺中陳羽的背心，而這個時候，李無憂口中話音依舊未止：

「……起闖一番事業！」

但這雷霆一劍，刺中陳羽時卻一如刺中了虛空，渾無半絲劍身入肉的阻力，李無憂暗叫不好，背心已然重重挨了一掌，好在浩然正氣迅疾運轉，將那掌力擋住了十之七八，但這一掌依然讓他腳下一個踉蹌，噴出一口鮮血。

「居然是幻影！」李無憂再也沒有想到自己這必殺一劍會刺中幻影，但剛才自己精神力明明已然將陳羽鎖定，立在窗前的斷不可能是幻影才對啊！

「呵呵，多日不見，師兄你還是那麼單純可愛，真是讓小弟好生喜歡！」

話音未落，一人忽然自虛空中擠出身來，龍袍摺扇，半杯殘酒，正是方才一直臨窗而立的陳羽。

「呵……我當是哪隻蛔蟲這麼瞭解大哥我，原來是師弟你啊！不在我腸子裏好好吃屎，從肛門溜出來瞎逛也就罷了，怎麼還偷名換姓，非要死皮賴臉地去當人家的便宜兒子？」

見到三皇子廬山真面目，李無憂臉上也綻放出純潔的微笑。

陳國三皇子，居然是冥神的嫡傳弟子獨孤羽！

「師兄誤會了！小弟本來姓陳的，不巧正是陳國的草包皇子，呵，為圖行走江湖方便，隨便改了個姓，讓您老見笑，真是不好意思！」陳羽微笑起來，「怎麼樣，剛才這一掌還舒服吧？沒有肌肉壞死骨骼斷裂血液倒流什麼的吧？」

「還好，還好！師弟下次給我按摩的時候，還請用力一些，免得老是隔靴搔癢，鬧得人心裏慌慌的。」李無憂不動聲色，暗自卻叫了聲苦，中掌之處一片麻癢，這廝掌力多半有毒。

「呵呵！那就好，不然師兄你有個三長兩短的，叫小弟我怎有臉獨活於世享受你留下的那多位美女嫂嫂呢？雖然說弟繼兄業乃是天經地義，只是眾嫂嫂一向是被大哥的兵器服侍慣了的，若是改由小弟我這不解風情的莽漢，多半會有些那個……啊哈，是吧？譬如慕容嫂嫂……」

陳羽一面笑，一面朝李無憂走了過來。

李無憂雖然明知陳羽這是在亂自己的心神，但聽到慕容幽蘭的名字，一直堅守的心靈終於露出了一絲縫隙。

這白駒過隙的一剎那，陳羽已然攻了過來，剎那間天上地下，全是他的影子，李無憂精神力鎖定，卻驚奇地發現這十萬個影子每一個居然都是陳羽！生平從未遇到這樣情形，他不禁驚呼起來：「怎麼可能？」

就在李無憂眼中一片迷茫之際，陳羽一掌又已然重重印在他胸口，但出掌者卻驀覺不好，掌才一擊實，整個人便撤身後退，卻依然是遲了一步──劍光一閃，左肋下已是一寒，抽身暴退，胸口一道排山倒海壓力已然撲來，無奈下出掌硬拚，無聲無息地一撞，兩個人同時倒退。

陳羽倚牆，李無憂長劍支地，都是口吐鮮血，喘息不止，這一招硬拚，兩個人都是負了重傷。

四目相視，卻誰也沒有再動手，空氣中有種說不出的壓抑。

對視良久，兩個人同時無聲一笑，各自軟倒在地。

壓抑盡去，窗外的微風夾著夏日的熱氣終於透了進來，兩人中間那張桌子頓時化作了一陣黃色的輕煙，隨風消散了個乾淨──方才兩人陰勁相撞，雖然沒有驚天動地的聲響，卻已然是波及了周遭物體。

輕風過後，李無憂與陳羽愣愣看了對方一眼，同時手指對方，哈哈大笑起來，隨即各自看了自己身體一眼，笑聲不減反增，越發大聲起來——剛才那陣陰勁，非但波及了那張桌子，還有二人的衣服，微風一吹，也化作了粉末，若非還有條褻褲，兩個清潔溜溜的人就要袒裎相見了。

笑了一陣，陳羽道：「李無憂，你可真夠狠的。你猜不透哪個幻影是真的，居然以身爲餌，若非我謹慎，差點就被你一劍穿心了！我算是服你了！」

李無憂道：「我才是服你了！當日波哥達峰上，竟然將我騙得死心塌地，讓我自以爲誑到了幫手，其實是中了你的圈套而不自知，嘿嘿，幾日不見，你就將影鳥畢方全數煉化了，非但功力激增的與我相若，還平白得了這套身外化影的奇特本領。」

「唉！什麼事都瞞不了你啊，李兄！」陳羽破天荒地嘆了口氣，「我常常跟古圓講，這個天下，配做我陳羽對手的，就只有蕭如故和你李無憂了。現在，我倒真有點不捨得殺你了！」

李無憂明白他的意思，其實自己也有同樣的感覺，自己武術本已天下罕有其匹，心機又深不可測，每次遇上那些所謂高人，只要在絕世武功或者法術裏稍微多動點腦子，幾招間就能讓對手俯首稱臣，實在是意興蕭索，要找一個武功智謀見識都和自己相當的對手，確實是難上加難。

此刻自己二人都是身負重傷，經脈爲傷勢所阻塞，一絲元氣也提不起來，陳羽要殺自己，只需要開口叫人，自己立刻便會被亂刃分屍。

李無憂心頭感慨，口中卻道：「師弟啊，你千萬別亂來，大腸誰先斷普天之下，除了我沒人會解的！」

「靠！說起那東西老子滿肚子就是火！」陳羽罵了起來，「你明明在北溟就說過了，那東西其實就是一包威力超強的長期瀉藥，我卻一直都沒搞明白，每日裏白白擔驚受怕！」

「呵呵……嘿嘿……哈哈……」李無憂一陣乾笑，最後一張牌都不管用，那自己多半是有死無生了，剛才還是太大意了，如果一開始就使出天眼，結果怕不會這麼糟糕吧。

陳羽卻沒有喊人，而是慢慢爬了過來。李無憂不解，這廝難道還非要親手殺死老子才肯甘休？

但陳羽卻在他身邊坐了下來，笑道：「不必那麼緊張，要殺你我早叫人了！」

李無憂一時摸不清楚他葫蘆裏賣的什麼藥，一面暗自調集元氣打通經脈，一面敷衍道：「那皇子殿下有何高見？」

「呵呵！高見沒有，低見要不要？」

「老子現在是任人魚肉，哪管得了你低賤還是淫賤？有屁就放吧！」

「你……你呀你，我都不知道怎麼說你了！」陳羽失笑，「媽的！我不會殺你的，別忙著運氣衝脈，小心走火入魔。其實，這次我叫你來，是打算尋個公平的法子和你聯手，咱們先滅了蕭如故，這廝有劍神撐腰，終究是心腹大患。我們的賬……」

他看了看自己肋下兀自在流血的傷口，「反正已經那麼多筆了，也不在乎多這一筆，將來慢慢算就是！」

「好！就這麼辦！」李無憂自然是求之不得。

「爽快！」陳羽讚了一聲，掏出三張紙，說道：「這份契約你回去和賀蘭凝霜看看，合適就簽個名，咱們的盟約便算成了！」

李無憂卻看也不看那紙一眼，淡淡道：「契約不過是有個簽字的地方，最後的一切還是要靠實力說話！大家都是聰明人，何必搞這些繁文縟節？」

「哈哈！說得好！」陳羽大笑，「你我兄弟心照如此，結盟就此禮成！」

第六章　假仁假義

大荒三八六五年七月十四，李無憂率軍五萬逼到梧州城下，與陳國三皇子陳羽於棲鳳樓達成口頭盟約，後世稱之爲「城下之盟」，兩百多年的大荒亂世終於到了結束的時候，而李無憂的傳奇一生，也終於拉開序幕。

一切商議妥當，陳羽忽然露出一絲詭詐的笑容：「李兄，你現在犬落平陽，蝦游淺水，我不趁機敲詐你一下，會不會太對不起我自己？」

「他媽的！老子就知道天下沒這麼便宜的事！」李無憂啐了一口，「說吧，想要你祖奶奶的裹腳布還是你爺爺的紙內褲？」

陳羽一字一頓道：「孔、雀、內、丹！」

「老子就知道你一直惦記著那東西！」李無憂嘆了口氣，心頭卻是叫苦，內丹早交給大鵬神了，若是照實說，這廝一絕望準將老子宰了，心念電轉間已然有了計較，「不過你晚了一步，那東西我早交給劍神了！」

「呵呵，李兄你別耍我了，謝驚鴻那老兒根本不知道你身上有那個東西！再說了，那是魔物，他要來能做什麼？」

陳羽根本不信，眼光忽然落在李無憂身邊那個沒有化成粉的乾坤袋上。

李無憂暗自叫苦，乾坤袋中非但全是希世奇珍江湖至寶，還有倚天劍，被這廝看到，還不立刻全數沒收，忙裝出一副強作鎮定的神色道：「師弟你別看了，那袋子裏都是些零碎東西，內丹真是被謝驚鴻拿走了！你也知道他這人，鼻子比狗靈，又自稱大俠什麼的……喂！你千萬別打開那個袋子啊！」

卻是趁他說話之際，陳羽已然將袋子搶了過去。

陳羽看了看袋子，又看了看李無憂緊張的神情，忽然住手，笑道：「李兄，你我兄弟向來心照，既然李兄你都這麼說了，小弟又怎麼會不相信你呢？不過是看這口袋手工精良，花紋可愛，想問一問你從哪裏買的罷了！」

李無憂笑道：「這個袋子乃是李家集李家村村東第三間房子的李三娘的代表作品，那裏價格公道，童叟無欺，你要是拿我的名片去，搞不好還能打個八折！」

「去你媽的！說得跟真的似的！」陳羽笑罵道：「好了！你先回去吧！今夜咱們就兵分三路，直搗雲州。」說時將乾坤袋拋了回來。

李無憂暗叫一聲可惜，乾坤袋乃是玄宗至寶，開啓的方法，當今之世除開大荒四奇，就只有他自己才會，旁人若是強行開啓，必遭禁制反噬，他方才強作鎮定的表現，就是要讓陳羽以爲自己在假裝做作，引其上鉤。雖然只是一個動作，一個眼神，但兩人在心計上早已各自算出了三四層之遠——假裝強行鎮定，並非簡單的假裝與識破，可惜陳羽的謹慎救了他一命。

「呵呵！這可是你自己不要的……」李無憂說時伸手去接袋子，驀然斜刺裏一道吸力罩來，話剛說一半，乾坤袋已然疾飛向窗口。

「哈哈！兩位賢侄如此客氣，任某就卻之不恭了！」隨著一聲得意大笑，一老者破開窗戶，從窗口飛掠進來。

老者虯髯亂髮，卻錦衣帶劍，一看就是位囂張人士。

陳羽道：「任前輩，你今後現身的時候，能否不要這麼鬼鬼祟祟的好不好？」

老者嘿嘿怪笑道：「怎麼？被嚇到了？」

陳羽嘆了口氣：「連你進家師的夜壺那種高難度的動作都見識過了，這點小兒科又怎麼會嚇得倒我？只是你下次上來的時候記得走正門，你要知道，糊這窗戶的紙雖然不是很貴，每張卻也得好幾百兩銀子，找師父來補也得再花銀子，多搞幾次我就破產了！」

「而且老從窗戶進出，會顯得您老很沒修養不算，一旦習慣成自然，見了狗洞蛇洞什麼的，就會亂鑽，小弟弟上被咬兩口雖然也是小事，但如果從此以後再不能舉，或者舉而不堅堅而不久久而不洩什麼的，尊夫人埋怨起來，非要找我代勞，大家這麼熟了，雖然不會收你高價，百八十萬兩還是要的，傷了大家的和氣多不好，您說是吧？」李無憂補充道。

「……」堂堂妖魔榜排名第二的一代絕頂高手，大荒天魔門的門主，天魔任冷頓時被這兩人一句話就氣得幾乎說不出話來，好半晌才笑道：「天下間罵人不帶髒字的人我見多了，但像你們兩個臭小子這麼陰損的卻是少見了。不過……老子不在乎，你們儘管罵，哈哈，只要有了這孔雀內丹，老子功力至少再增加一甲子，到時候謝驚鴻那老王八和宋子瞻那個縮頭烏龜，都再也不是老子的對手了！李小子，快說這袋子是怎麼解的！」

「不錯，孔雀內丹就在袋子裏。要我說解法也不難，但你得保證得到內丹後不能做任何傷害我的事！」李無憂立刻討價還價。

「好！」任冷倒是爽快。

「你答得太爽快了，我很有些懷疑！」李無憂嘻嘻一笑，「我聽說你們魔門的人有個魔神血誓頗爲管用，您先發個誓，我立刻告訴你。」

「好！」任冷點頭。

「任前輩，您老乃是江湖前輩，怎麼能被這一個後生小子隨意擺布？」陳羽立刻拆臺，「反正血誓他半點不懂，依晚輩看，你隨便作假唬弄他一下，反正我不會揭穿，一會兒你再將他殺了，晚輩拜你爲師，咱們師徒聯手一統魔門，你說好不好？」

「你……」任冷心裏的打算被揭破，不禁氣結，天下怎麼會有這樣的人，你什麼都說出來了，老子還玩個屁啊？不過他心念一轉，隨即冷笑道：「李無憂，陳羽，你們不用把人都想得和你們一樣齷齪，我任某人行走江湖這麼多年，靠的就是信譽，今日只要解開此袋，得到孔雀內丹，任某絕不動你二人一根毫毛！」

「阿羽，說了多少次你就是不聽，怎麼老以小人之心度君子之腹？」李無憂呵斥陳羽一句，隨即轉向任冷，卻已經一臉諂笑，「前輩一會兒便將這小子幫我宰了吧！這個袋子乃是昔年玄宗三寶之一的乾坤袋，乃東海天蠶絲糅合南山無情線織成，烈性至極，要解此袋，須以陰柔內力瞬間浸透全袋，方可開啓！」

「真的？」得來太易，任冷頗爲懷疑。

「當然是假的！」陳羽忙道：「任前輩千萬別相信他！他知道我們魔門中人練的就是陰柔內力，這才故意誘惑您老上當的！」

「這還用你教？」任冷哈哈大笑，「這小子陰損得很，他說是陰柔必定就是陽剛，乾坤袋的天蠶絲無情線本就陰柔，必然需要以陽剋陰才行，他說瞬間浸透，必然需徐徐圖之！」

「啊！」李無憂大驚失色，「任前輩，你千萬別聽那小子胡扯……」

任冷再不說話，握著乾坤袋的右手掌心頓時一片金光流動，緩緩注入乾坤袋。

陳羽頓時喝起彩來：「前輩你非但英明睿智，連內功修爲也已然到達陰極陽生的化境，真是我魔門不世出的奇才啊！」

「好說！」任冷看那乾坤袋果然慢慢開口，不禁也有些得意揚揚。

「陳羽，我操你媽！」李無憂見此大怒，驀然舉起無憂劍猛地朝陳羽刺去，後者駭然，猛地後退。

只是兩人功力都尙未恢復，又都身受重傷，這一進一退都是一個踉蹌，朝任冷撞去。

「哼！螢火之光，也敢爭輝！」任冷冷笑一聲，顯然是識破二人的做作，猛地一揚左掌朝二人劈來。

既被識破，李陳二人身法驀然變快百倍，避開掌勢籠罩範圍，一左一右，一上一下，一掌一劍猛朝任冷攻去，陳羽取任冷咽喉，李無憂卻最是陰損，猛取任冷下陰。

「天魔劍氣！」任冷驀然一聲大喝，右掌心吐出一道黑光，但黑光才閃得一閃，左掌藍光暴現，將原先注入乾坤袋的金光以百倍之速猛地全都逼了回來，全身氣脈頓時大亂。

「砰！」「砰！」「砰！」連響三聲，陳羽的一掌結結實實印中任冷胸口，而李無憂的劍卻因爲任冷的避讓只刺中了大腿，後面兩聲卻是二人被任冷掌勢反擊給擊飛，撞到牆壁，然後重重摔了下來。

任冷自己也被重創，跌倒在身後牆邊，大腿鮮血直流。

「啪！」一聲輕響，乾坤袋墜落到了三人中間。

三個人卻誰也沒動，各自看了另外兩人，隨即都是一陣大笑——誰都瞪著乾坤袋雙眼發光，卻重傷下誰也再動不了分毫。

笑了一陣，任冷才嘆道：「好，好啊！天河後浪推前浪，前浪死在沙灘上。老夫是老了，居然再次栽在你們兩個小鬼手裏。今後的江湖是你們的了，老夫是爭不過你們了！」

李無憂此時連根手指都再也動不了，聽他意興蕭索，卻也微微起了些滄桑之感，道：「前輩你也不用如此，在乾坤袋的禁制反擊下，非但不死，甚至能反擊我們，你已足以自豪了！」

陳羽道：「行了！行了！你們兩個有完沒完？一個個搞得全身是傷，還互相吹捧起來，真是的！對了李兄，你那個乾坤袋到底是怎麼解的，爲何會讓任前輩也受此重傷？」

本來以陳羽剛剛恢復不足兩成的功力是不足以讓任冷受如此重傷，奈何乾坤袋上的禁制是大荒四奇之首青虛子親自封印，他以錯誤的方法硬解，不啻於受青虛子一記重擊，頓時受了嚴重內傷，李陳二人這合力一擊才收奇功之效。

三人都是聰明人，誰都明白這個道理。

李無憂道：「乾坤乾坤，乾爲天，地爲坤，陽爲天，陰爲坤，乾坤袋本身是陰，要解當然是要陽性真氣。我本將心向明月，奈何明月照溝渠。前輩你自己不相信我，弄得如此田地，那又怪得誰來？」

「哈哈！我就說是這樣，你還不信！」忽聽一人大笑作聲，隨即一陣陰風刮過，三人中間已然多了一男一女。

男的正是李無憂的老相識獨孤千秋，女的那人翠衣羅衫，年約二十，清麗動人。

「徒兒見過師父！」陳羽高聲道。

「剛才我在這兩層樓上都已然布下隔音結界，你不用浪費力氣了！」獨孤千秋嘿嘿笑了起來，「你就算叫破喉嚨，你那些廢物手下都是聽不到的！」

李無憂這才恍然，方才自己幾人在此打得天翻地覆，樓下沈浪等人卻全然不覺，原來是這老兒在搞鬼，但隨即他卻又陷入迷惑，看這樣子，他們師徒怎麼很有些不對勁？

卻聽陳羽訕訕道：「不到最後絕不放棄，這是師父教導的，弟子又怎敢忘記？」

「好！很好！不愧是我冥神的徒弟！」獨孤千秋笑了起來，不過笑容隨即一霽，「只是你既然在此時遇到我，那就只怪你命苦了！」語罷一聲長嘆，提掌朝陳羽走了過去。

「師父不要！」

「千秋，何妨聽青青一言！」那麗人忽插口道。

「青青，聖門的規矩你又不是不知道！又何必多言？」獨孤千秋微微皺眉，卻已然停下了腳步。

「什麼規矩？冥神老大，能不能說給小弟聽聽？」李無憂見獨孤千秋似乎是要殺陳羽，不禁嚇了一跳，忙也插口相阻。

「嘿嘿！凡衣缽傳人出師之後，必須要在江湖上歷練五年，而這五年中，師父必須不遺餘力地追殺徒弟，不死不休。」任冷插嘴道。

「這……這算什麼狗屁規矩了？」李無憂吃了一驚，心想這魔門的人可真他媽邪門，若是套到自己身上，大哥他們來隨便來一個老子就掛了。

「原來任大哥也在這裏，小妹這廂有禮了！」那麗人似乎這才發現任冷，忽然殷勤起來。

「柳青青，別給老子來這一套，要殺要剮，悉聽尊便，少再這給老子套交情，小心酸掉老子的大牙！」任冷卻不買賬。

李無憂吃了一驚，這美女居然就是無情門主柳青青，暗自叫苦：今天撞什麼邪了，三大魔門的門主全他媽聚齊了！

「任大哥說笑了！」柳青青淡淡應了聲，話鋒再次轉向獨孤千秋，「千秋，規矩是死的，人卻是活的。羽兒乃是聖門百年不遇的奇才，光大聖門捨他其誰？你若此時殺了他，將來定會後悔。」

「這我何嘗不知？」獨孤千秋嘆了口氣，「只是我魔門之所以歷數千年風雨而不衰，憑的就是這條門規。若是弟子不能勝過師父，一代不如一代，要來何用？何況，若是今日不殺了他，傳出去，我今後還如何服眾？」

「呵，說了半天，原來你擔心的還是最後這一條啊！」柳青青笑了起來，「這還不好辦，李無憂這小子向來就是你們師徒的死敵，一刀解決了。任大哥卻非外人，只要讓他發下血誓永不洩露就是。」

李無憂尚未說話，任冷已道：「別！還是將我一塊殺了吧，我領不起你的情！」

柳青青看了他一眼，眼神複雜，卻難辨悲喜。

「唉！看來只好如此了！」獨孤千秋嘆了口氣，「不過任冷也要殺掉！他殺了素秋，你做師父的總該替她報仇吧？何況七大封印現世，魔宗即將重臨人間，留著他和我們爭功，終究是一個禍胎！」

「好吧！」柳青青輕輕吐了口氣，「你動手吧！」

獨孤千秋也不廢話，念了個訣，一朵綠幽幽的冥火頓時出現在右手食指指尖，下一刻他大喝一聲「疾」，手指向前一送……

「師父！」陳羽驚呼聲中，一柄雪白的短劍已然從背後穿過獨孤千秋的心臟，而那朵冥火卻落在了他自己腳上，熊熊燃燒起來。

「你……你為何要如此？」獨孤千秋憤然瞪視柳青青，眼神中不信、茫然、憤怒、哀傷、悲痛各種複雜的神情交織，到了最後卻都變作了絕望。

柳青青嘆了口氣，玉指顫動，插在獨孤千秋背上的短劍忽然變作了白色的水流，輕輕落回她掌心，隨即消失不見。

李無憂忽然心頭一動，哈哈大笑道：「獨孤老兒，枉你聰明一世，卻糊塗一時，你姘頭和老任以前肯定有一腿，雖然跟了你，卻依舊餘情未了，現在孔雀內丹就在眼前，你偏還要殺老任，不是自尋死路嗎？」

「他……他說的可是真的？」獨孤千秋雖然是在問，但心頭卻兀自存著一絲渺茫的希望，只盼柳青青說聲不是。

但柳青青卻打斷了他的夢：「千秋，你我秘密在一起也有二十年了吧！可惜我的爲人你依舊不瞭解。我不喜歡別人違逆我的意思，你始終都不明白嗎？當年我第一個徒弟若是肯聽我的話，那千刀萬剮之刑，豈非可以免的嗎？」

冥火已經從腳燒到了大腿，獨孤千秋的心卻似乎更痛百倍：「素秋是你殺的，這我早知道了！當年你離開任冷，就是因爲他不肯順你的意去殺慕容軒，這我也知道。只是……只是我以爲我和他們都不同，二十年恩情，原來，原來也不過如此，不過如此……」

「不同？哈哈！世上男人都是賤人，你是，你是，你也是！」柳青青手指從獨孤千秋、任冷、李無憂和陳羽頭上一一虛指過，「我稍微對你們好點，你們就敢違逆我的意思！你們配嗎？」

「我果然是錯了！」火焰已經燒到了獨孤千秋的胸部，他的聲音也越來越小，細若游絲，「不過……不過有一件事，你……你也錯了，七大封印……封印……你……你……」

「什麼？」柳青青慢慢矮下了身子，將耳朵湊到了獨孤千秋嘴邊。

「你是個婊子！」獨孤千秋驀然大吼一聲，雙掌帶著一團冥火電擊而出。

「砰！」地一聲巨響，本等著大聲喝彩的李無憂悲哀地發現獨孤千秋很不幸地被一掌擊打在樓頂的天花板上摔了下來。

冥火熊熊，獨孤千秋迷惑、不信、哀傷的臉轉瞬間化作了灰燼。

「千秋，你始終都不瞭解我！」柳青青望著隨風飛揚的餘灰，愣愣出神，剎那間的風華，卻讓場中餘人都生出一種落寞凄然之感。彷彿千萬人都在歡笑，唯有伊人遺世而獨立，悵然茫然。

李無憂嘆了口氣，有的人美到了極處，即便你明知她是妖魔，卻心甘情願爲她所惑。柳青青便是這樣一個絕代妖姬。

一時間，竟是誰也沒有說話。

好半晌，柳青青才道：「李無憂，孔雀內丹是否真在此乾坤袋中？」

「嗯！」這個時候，李無憂只好強撐到底。

「那好！」柳青青點點頭，搖曳著身子，煙視媚行一般朝李無憂走了過來，「你給爲娘拿出來！」

聽到她自稱爲娘，李無憂一愣，眼睛瞪得老大，撞上柳青青善睞明眸，霎時再也移動不開，腦袋一陣昏沉，道：「娘，我功力全失，打不開！」

「那要如何才能解？快告訴娘！」柳青青蹲下，輕柔地摸著李無憂的頭。

「是幻術！不要告訴她！」陳羽大喝，只是落在李無憂耳裏，卻只如一個蚊蟲鳴響，後者依舊昏昏沉沉，說道：「乾坤袋的禁制法術是水，須以水靈訣或土系靈氣破之，禁制咒語是『乾坤爲袋，萬物納來；日月鑑心，天地洞開。』不過師父說了，法力不足的人，千萬不要嘗試哦！」

「爲娘知道了！無憂真乖！」柳青青大爲滿意，輕輕在李無憂臉上親了一口，玉指掐訣，便要落下，忽地嘆了口氣：「我若真有你這麼個兒子就好了！」

「做夢吧！」任冷冷聲道。

「呵，任大哥，說話何必那麼毒呢！」柳青青站了起來，「待我將大事辦了，魔宗現世，一定會爲你生個像無憂這麼乖的好兒子！」

任冷本想再譏刺她幾句，但那軟語溫言落到耳中，心頭卻莫名地一陣傷感，前塵並非都是往事，昨日種種，歷歷如在眼前，終於長嘆一聲，不再說話。

柳青青也不再說，運起魔門土性靈氣注入乾坤袋。陳羽兀自望著那些迴旋的餘燼出神，李無憂已然昏沉睡去，一時樓中一片安靜。

乾坤袋慢慢變大，很快人立等高，而袋口也漸漸開放，柳青青大喜，吟道：「乾坤爲袋，萬物納來；日月鑒心，天地洞開。」驀然眼前一亮，彷彿是千萬個太陽同時發光，光華大盛，一道排山倒海的壓力猛地壓來。

柳青青剛猝不及防下，整個人被震得倒退翻滾，撞到牆壁，跌落下來，想要翻身，卻連指尖也難再動分毫——青虛子金仙位的禁制豈是等閒？乾坤袋再次變小，跌落在四人中央。

「很好！李無憂，你竟連老娘也騙了！」柳青青嘆了口氣，「你還躺著裝死做什麼？」

李無憂伸了個懶腰，站了起來，邊朝她走去，邊嬉笑道：「老娘啊，人家可是告訴過你了，法力不夠千萬不要輕易嘗試的嘛，你就是不聽我的！這怪得誰來？」

「很好！是我會錯意了！」柳青青除了嘆氣還是嘆氣。

「李兄，如今我等三人盡皆受縛，唯有你最先衝開經脈，情形竟然與北溟何其相似，看來我是怎麼也鬥不過你了！」一直沒作聲的陳羽忽然也嘆了口氣。

「錯了！與北溟不同的是，這次我非但不能殺你，還得保護你，呵呵，這次還是你占了上風！」李無憂笑了起來，「不過這兩個人隨我處置，你沒意見吧？」

「我能不能有意見？」

「靠！當然不能！」

「那你還問？」

「這是禮貌問題，你是主人嘛！」

「……」

「呵呵，別一副被打敗的樣子嘛！」李無憂笑了一陣，卻不再理他，轉頭一指點在柳青青雙峰之間，後者正自一愣，一道溫和勁氣已然透指而入。

下一刻，李無憂收回手指，柳青青已然能動，當即掙扎著站了起來，詫異道：「你這是為何？」

李無憂負手背立，道：「我李無憂是個恩怨分明的人，剛才你沒殺我，我現在也放你一馬。至於將來相見，是敵是友，悉聽尊便！另外有件事我想告訴你，孔雀內丹已經不在我身上，信不信由你。」

柳青青怔了一下，又看了陳羽一眼，什麼也沒說，轉身掠出窗戶。

李無憂回頭，虛虛一指點中任冷，道：「任前輩，你也走吧！」

「你要放我？」任冷大是不信。

「當然！」李無憂一副理所當然的神情，「你雖然曾經算計過我，但我剛才也騙過你一次，算是扯平了。我們本就無冤無仇，我為什麼要殺你？不過走之前，你能不能告訴我一件事，七大封印全部解開，魔宗蚩尤是否會重現世間？」

「你怎麼知道的？」任冷大驚。

「我也覺得沒勁，誰叫老子這麼聰明呢？」李無憂攤手，笑得很無辜。

「靠！別跟人說我認識你！」陳羽狂嘔，作噁心狀，任冷也不禁宛爾。

李無憂斂去笑容：「但有人告訴我，七大封印的秘密其實是創世神留給人間的懲罰，與神魔無關，希望你好自爲之。」

「我知道了！」任冷說完也掠出窗去。

「靠！這些傢伙怎麼就是學不會走正門呢？」陳羽望著被破壞的窗櫺憤恨不已，回頭像是第一次認識李無憂般說道：「其實你這人也還不錯，比那些所謂名門正道的人強多了，若非因爲立場因素，我們其實可以做個朋友。」

李無憂一笑，隨即從懷裏摸出一件東西，黯然道：「只是有些事，總不能當他沒發生過，即使我可以，這支玉笛也不答應！」

陳羽見那支玉笛正是朱盼盼的隨身物，不禁長長地嘆了口氣：「明明對我恨之入骨，卻偏肯和我合作，恩怨你比誰都看得重，利益卻絲毫不讓，李無憂，你究竟是怎樣一個人呢？」

「我？呵呵，一個地地道道的小人而已。」

「小……小人！我知道了。」陳羽又嘆了口氣，隨即道，「你也該走了吧！最近我國豬糧緊缺，就不留你吃晚飯糟蹋糧食了……好走不送！」

「好，就不糟蹋你的口糧了！」李無憂點頭，卻沒半點要動的意思。

「還不快滾？不會是沒力氣下樓了吧？」

「力氣是有，不過……」李無憂看了看自己的身體，又看了看陳羽的，後者恍然，隨即哈哈大笑：「不早說……來人啊，給本王送兩套男式衣服上來！」

不久，沈浪抱著衣服興沖沖跑上樓來，入目卻見滿屋狼藉，三皇子殿下正和李無憂兩個人親熱地坐在一起，當即嚇了一跳，忙拿衣服擋住雙眼，撤身後退：「對不起，走錯房間了，你們繼續！」

「靠！什麼和什麼嘛！」陳羽哭笑不得，「我們這叫坦誠相見！」

「是，是……啊不……不，我什麼都沒看見！」沈浪轉身便撤。

「滾回來！」陳羽喝了一聲，沈浪這才住了腳，轉身回來。

李無憂見他兀自抱著衣服遮住頭，不敢直視一眼，不禁好笑，道：「呵呵，沈大哥，剛才是你眼花了，你再看看！」

沈浪移開半邊衣服，驀然嚇了一大跳，轉身就跑。

身後，李無憂將嘴唇從陳羽的脖子移開，哈哈大笑。

月滿西樓，夜色漠漠。

雖然頗有波折，但終於還是與陳國達成協議，同時獨孤千秋身死，蕭如故頓失強援，李無憂自是說不出的愉快。

下了棲風樓，卻看見先下樓的沈浪正與秦鳳雛爭執著什麼，陳過在一旁做和事佬，卻似乎無濟於事，秦鳳雛指尖按劍，看似便要拔劍相向，而一干陳國侍衛弓箭上弦，嚴陣以待。

見李無憂過來，氣氛終於緩和下來，沈浪冷笑道：「李兄弟，我可真羨慕你有那麼多忠心的手下，才一會兒不見，就擔心起你的安全，這不，竟派人來接你了！好像我們陳國人都是豺狼餓虎，會將你連骨頭吞下一樣。」

李無憂不明所以，忙陪笑道：「沈大哥這是說哪裏話來？天下人誰不知道陳國都是像沈大哥一樣光明磊落的英雄好漢？鳳雛，還不過來給沈將軍賠罪？」說時暗將一串珠寶塞到了沈浪手裏。

秦鳳雛將半出的長劍還鞘，不卑不亢地朝沈浪賠了一禮：「末將冒失，請沈將軍海涵。」

沈浪既得了好處又得了面子，頓時眉開眼笑，輕輕數落了秦鳳雛一句，此事終於揭過。

出了悽風樓地界，陳過不好意思道：「李元帥，秦將軍，沈將軍是三皇子的人，向來驕橫慣了，你們別見怪。」

李無憂笑道：「陳將軍過謙了。沈兄雖然有些傲氣，卻與陳將軍一般爽直，不失為一名真漢子。」

陳過這才鬆了口氣，得知結盟之事順利達成，也是大喜，便要留李無憂飲酒慶賀，後者婉言推拒，陳過無奈，將二人送至橋頭這才折返。

上橋之後，隔河便見對岸無憂軍營中燈火通明，弓張劍出，寒光森然，士兵們緊張四望，一片肅殺。

城頭西琦軍隊也是層次井然，一派如臨大敵景象。

李無憂先是一驚，莫非發生了什麼變故，賀蘭凝霜又變卦了嗎？但他隨即發現兩支軍隊雖然都是如臨大敵，卻並非相對，奇道：「鳳雛，我走之後到底發生了什麼事？」

「屬下無能。葉姑娘剛被人劫走了！」

「什麼？」李無憂虎軀大震，但迅即冷靜下來，「什麼人如此本事，居然能於我五萬大軍中劫人？」

「一共有五個人，忽然從水底冒出來。都蒙臉，行動很有秩序，其中一男一女兩人牽制住了若蝶姑娘，另有兩人分別施展水火二系法術擋住了士兵的進攻，最後是一名女子負責搶人，我和唐姑娘聯手，卻依舊非那人一招之敵，葉姑娘最後被那人帶走了。」

李無憂一驚：「這人身手竟如此了得？你和唐思、葉秋兒三人聯手竟都不是他對手？」

「那女子出手又急又刁，我們三人的出手路數刹那間竟全被她封死。」秦鳳雛點頭，一臉慚愧。

「哦，竟有這麼厲害的女子？」李無憂應了一聲，心念卻已是電轉：「這幫人選的時間如此之巧，不是陳羽做的，也多半和他脫不了關係。這廝倒也可恨，原來讓我赴的居然是鴻門之會，暗地原是要執行這樣一條牽制之計。」

李無憂再未說話，在橋的中央停下了步伐，秦鳳雛亦步亦趨，沉吟不敢語。

明月清輝滿漲，蒼瀾河靜靜東流，靜影沉璧。

水聲寂寂，夾岸燈火霎時似都遠了，幾隻水鳥忽然鑽入河中，浮沉之間，帶得那流動靜月玉碎難全。

秦鳳雛見李無憂手撫欄杆，滿臉愁色卻再無下文，遲疑道：「元帥，有句話，屬下不知當講不當講？」

李無憂驀地轉身，笑眯眯道：「據非正式統計，說完這句話的，十成十可以講出自己想說的話。可以啊你，鳳雛，才跟我幾天，居然開始玩這些花樣了。」

他語聲雖淡，卻將方才面對陳國千軍萬馬淡然從容的秦鳳雛嚇出一身冷汗，手指不自覺便摸向劍柄，但拔劍出鞘之後，卻道：「屬下惶恐！」順勢朝自己脖子上一抹。

「噹」的一聲，不出秦鳳雛意外，長劍已被李無憂一指彈飛，釘在橋上，搖晃不定，月色映照下，光華亂顫。

李無憂看了看秦鳳雛喉間淡淡血痕，深知自己這一指稍微出手慢些，後者定然是假戲成真殞命當場了，嘆息一聲，輕輕拍了拍他肩膀，一臉誠摯道：「鳳雛啊，大家都是好兄弟，而你現在可是我的親信了，以後有話儘管說，別給老子拐彎抹角！」

見秦鳳雛一臉感激，點頭如搗蒜，頑心頓起，忙補充道：「就算說錯了，我最多當你放屁就是，而且不收你環境污染稅。」

「是，是是。」秦鳳雛差點沒被噎著，但卻不敢笑，「以屬下所見，那劫人的女子法術雖然極強，但之所以能劫走葉姑娘，謀定後動，行動得宜固然是一個原因，更主要的似乎是葉姑娘認得來人，並未作什麼反抗，就隨那人走了。」

「認得？那多半就是了！」李無憂微一沉吟，隨即果斷道，「這件事情你先暗自派人去核實一下，不過，沒有必要刑跟對方起衝突，對軍中的交代由我親自來。」

過橋之後，早有王定、寒士倫等一干人迎了上來。

作爲軍中除李無憂之外的最高將領，王定橫劍膝前，首先跪地請罪道：「末將無能，請元帥責罰。」

「請元帥責罰！」眾將齊刷刷跪倒，黑壓壓的一片。

「撲通！」緊接著亦是一聲重響，將跪地眾人嚇了一跳，微微抬頭，卻見李無憂已然重重跪倒在地，頓時嚇了一跳，失聲驚呼道：「元帥不可！」

李無憂再抬頭，卻已是淚流滿面，雙目紅腫，抬手指了指不遠處兵營，想說什麼，唇齒互咬間，卻半個字也吐不出來，只得抱拳捶胸，號啕大哭。

眾人頓時又驚又疑，各自猜疑。有正經如王定者，立時感動：「元帥與葉姑娘伉儷情深，真是羨煞旁人！」

有陰險如秦鳳雛與寒士倫者暗抹一把冷汗，暗想：「元帥一旦正經，那就是有人要遭殃！此時不過是丟了個小丫頭，卻如此悲傷，莫非又要玩什麼詭計算人？我還是小心一點好！」

有齷齪如玉蝴蝶者暗道：「也難怪元帥如此悲傷，定是尚未將葉姑娘採掉，此時被別的兄弟搶去拔了頭籌，作爲一個職業淫賊實在是一大恥辱，悲痛欲絕在所難免……」

唯有冒失如唐鬼者立時大聲驚呼：「元帥大人，葉姑娘不過是被人架走，丟去性命的機會只有一半，你大可不必如此悲傷……喂……死朱富，你幹嘛不要老子說話？」

眾人均是暗嘆一聲，望向唐鬼的眼神中已然盡是憐憫。

卻不料李無憂一語一泣道：「唐兄弟說得對，秋兒生死尚在半數之間，我原不該如此悲傷才是。」

精乖的朱富立時吊著公鴨嗓子，很配合地問道：「那元帥大人你究竟所悲何事？」

李無憂顫抖著站起身來，手指著前方兵營，泣不成聲。

眾人順著他手指的方向，這才看見不遠處的兵營前方有數輛馬車，車上橫七豎八地躺了十餘條馬革所裹的屍體。新楚習俗，凡陣亡將士，皆以馬革裹屍而還，這些人自是剛剛一戰所遺留的了。

「元帥您……」

眾人想說什麼，卻被李無憂所打斷：「你們不用勸我！各位兄弟啊，葉秋兒不過是一人而已，但為阻止她被劫走，卻犧牲了十餘條好兄弟的性命，叫我……我……叫我如何安心？想想他們都是父母所養，妻兒所親，沒有死在戰場上為國捐軀，卻因為我的未婚妻而葬身敵人的暗算之下，叫無憂如何能不悲，如何不痛？」

這一番痛哭，將心中內疚全數化成巨響發出，直讓風雲變色，草木含悲，如鬼哭狼嚎，只讓夜風折腰，明月戰寒。他初時還是做作，隨即想起葉秋兒生死成謎，慕容幽蘭灑淚棄己，朱盼盼芳魂永訣，撕心裂肺，泣聲漸漸成真，聲傳十里，聽者傷心，聞者落淚。哭到後來，體內真氣不由自主的散到全身，口中哭音迸出，即搞得飛沙走石，草木灰飛湮滅。

一干無憂軍將士感動得一塌糊塗不提，卻說憑欄城頭的西琦軍隊聞得哭聲，均是佩服得五體投地，暗想：「楚國果然是南朝風物，上國衣冠，連豬叫都能如此之長如此之亮，實非我國能及！」大起怯懦之心。

隔河而望的陳國軍隊卻從未領教過無憂軍的厲害，見此又是輕蔑又是狂喜：「這些楚國人也真是遜，連殺一隻豬都要殺如此之久，原來是刀鈍人弱，南朝人果然還是廢物居多，以此推之，蕭西兩國豈非盡是蠢材？我大陳一統大荒之機不遠矣……」

次日諸國大軍撤走後，有百姓於山中發現有過路大雁啼血而墜，河中游魚沉底而眠，爭相傳頌，若干年後，有書生著史，敷衍此事時說「無憂一哭，沉魚落雁！聖人之大慈悲，雖魚蟲猶可及，況人乎」云云，一時傳為美談。

而在當時，王定嘆元帥大人愛兵如子，能不百戰百勝才怪；朱富自然馬屁狂拍，呼天搶地，說什麼「天生聖人，悲憐所及，竟是一士一卒也在心頭」云云；玉蝴蝶卻覺大開眼界，原來淫賊做到極處，竟是可以從男到女的；唯有從棲鳳樓一路裝著悶葫蘆的秦鳳雛與寒士倫一起叩地拜倒，心中均是由敬而畏：作為一個真正的帥才，能因勢利導不放過每一個機會，並無甚出奇，唯有當這個機會出現關係到心愛之人的生死他依然能冷靜處之，利益明確，情感分明，那才是最可怕的。

只是誰也沒有想到，這場完美哭秀的曲終人散卻並非是完美的——李無憂哭得正酣暢，忽聽唐鬼放聲大笑：「元帥大人你誤會了，那些士兵並非因為保護葉姑娘而死！先前庫巢勞軍的時候，這些幾輩子沒吃過肉的兔崽子像餓鬼投胎一樣，每人搶了一隻整羊，一個個都是吃多了撐死的！」

……

大荒三八六五年七月十四，憑欄關議事廳。

當夏夜的長風帶著皎潔的月光透過軒窗，落在廳中諸人身上的時候，一個藍衫少年輕聲說了一句什麼，廳中眾人陡然一驚，身體猛地半起，只是眼光撞到少年一如天上明月一般的雙目，卻都是一滯，紛紛生起無以為力的潰敗感，各自呆若木雞，紋絲不動。

過了半晌，眾人好不容易才按捺住對少年飽以老拳的衝動，緩緩坐下。

一金甲將軍顫聲道：「元帥，屬下耳力不太好，您能否再說一次？」

李無憂掃了眾人一眼，飲盡杯中殘酒，嘻嘻笑道：「趙虎，不用懷疑，你沒聽錯，我確實打算出兵玉門，並且是從方丈山腳下的正門路過！」

「可是……可是元帥，關壁上有達摩親刻的大悲禁武經，此路絕不可過啊！」趙虎憂心忡忡道。

「對啊，對啊！不可過！」議事的將領幾乎都附和起來。

「哼！達摩很了不起嗎？老子出兵乃是爲天下蒼生謀福祉，管他大魔還是小魔，反正是神擋殺神，魔擋殺魔！」李無憂不屑哼道。

「對！殺他娘的個鳥啊，怕他做甚？」此次出征的五大萬騎長中，數張龍這傢伙最是天不怕地不怕，立刻跟著起鬨。

眾人齊齊皺眉。

「元帥您法力通天，幾可與創世神比肩，人所共知，我等一向也是極其佩服的，可是即便達摩不足懼，但若加上無名老僧的阿鼻咒語，連刀神藍破天那樣的絕代凶魔也難逃天譴的！雖然這依然傷不了您，但若是不小心因此掉了一根毫毛，即便滅了蕭國，也是得不償失的是不？」

事關生死，朱富這貪生怕死的人自然沒有理由不拚命扯後腿。

除張龍撇嘴、寒士倫不語，王定、韓天貓、葉青松和趙虎眾將都是暗罵了聲無恥，卻紛紛擠出笑臉，附和起來：「對，對，屬下也是這個意思！」

「靠！無名老僧！一個沒有名字的老和尚，隨便放個屁就把你們嚇成這樣，他媽的，你們還是不是我李無憂的手下？……禁武經？阿鼻咒？都到底是什麼玩意？」

「靠！什麼都不知道，居然還敢大放厥詞……」見李無憂茫然的神情不似假裝，諸將齊齊抹了把冷汗，同時暗自倒豎起了拇指。

王定解釋道：「據《大荒地理圖鑑》所載，方丈山高兩千丈，南接流平，北連雷煌，東涉梧桐，一山雙峰，分別為南方丈和北方丈，雙峰隙間關隘天成，險惡驚神，一夫當關，萬夫莫開。又因南方丈方圓三百里盛產一種名貴血玉，此關便稱做玉門天關。此關乃是掐住了東西南北咽喉的致命所在，為上古兵家必爭之地。只是當年達摩東渡，於北方丈開山立派時，曾用本身鮮血為墨，以無上神功於玉門絕壁上刻下三萬六千八百字大悲禁武經，阻止一切殺戮災禍從此門而過。荒人或懾於禪林武功，或為達摩慈悲所動，即便是絕頂高手經此，皆是雙手捧劍，半躬而過，以示不願啓刀戈之意，更別說有兵馬經此襲擊他國的妄人了。」

無暇理會「妄人」二字是否有指桑罵槐的嫌疑，李無憂讚道：「靠！見壁捧劍，半躬而過，真夠厲害的啊！奶奶的，老子將來不幹這個元帥了，也去找個好山好水的地方，開山立派，再搞個禁武壁，讓他們也都捧劍而過，並且人人都得交十兩，不，百兩……千兩過路稅，哇哈哈，想想都他媽的爽……都瞪著老子幹什麼，沒見過人做白日夢啊？靠！繼續講！」

「元帥志存高遠，我等佩服！」深怕被打小報告的一干人頓時諛辭如潮。

王定乾咳了一聲，續道：「天下武功出禪林，禁武壁前，常年有禪林羅漢堂八百羅漢鎮守，因是無人敢挫其鋒，玉門關也漸漸失去其戰略地位。這種情形持續了一千年，直到藍破天這敢於指天罵地的狂人出現的時候，情形終於有了變化。」

眾人多數都知禁武經，卻罕有人知道這裏竟然和藍破天有牽連，聽王定娓娓道來，除朱富一副早知如此的模樣外，都是神情一緊。李無憂望了一眼朱富，露出了深思神色。

王定緩緩道：「傳說那年寒冬，大雪封山的時候，為了打擊對手，藍破天一面命手下帶領主力惑敵，自己則親率一支三萬人的精銳部隊，取道玉門關而出，卻為一無名老僧所覺，二人激鬥千招，老僧不敵，敗退而去時，道『施主動武禪林，逆天造孽，必遭天譴，永墜阿鼻地獄』。藍破天不語，率軍出關，在關外百里處，放火燒林，兩百萬敵軍燒死一半，餘者皆降，藍破天仰天狂笑，令人將那百萬降卒在關前屠盡，直屠了三月，折了九千多柄上好鋼刀，大火滅時方止。」

「痛快！」聽到此處，李無憂和張龍同時喝了聲彩。

王定微微皺眉，顯是不快。他自幼受王天所教，聽的都是仁義，對藍破天這樣漠視生死的態度很是不滿，若非李無憂在他心中已如神般存在，又是他上司，而張龍雖受他節制，但官階其實與他相平，他早已惡言相向了。

饒是如此，後面的話卻一時說不下去了。

「痛快，痛快，今日之痛，何嘗不是昨日之快！」一直默不作聲的寒士倫嘆了口氣，接道：「據說當時慘叫嗚咽聲只如鬼哭狼嚎，千里之外的人都能聽到。玉門關外三百里地盡皆流赤，事後禪林高僧以大法力作法三年，方丈山頂依舊愁雲慘澹不散。直到李太白遊歷歸來，斬殺藍破天於天河，陰雲方散。但那百萬軍士的屍體此時已然全數屍變，屍毒滲入地脈，與血玉石發生作用後毒性激增，連南方丈山在內的玉門關外三百里，毒氣縱橫，寸草不生，人獸絕跡。那無名老僧帶領劫後餘生的禪林三千八百高僧作法九日夜，以無上佛法布下結界，這才阻隔了毒氣向北方丈山蔓延，饒是如此，北方丈山鄰近玉門關的十里之地也已然爲毒氣所侵蝕，變做一片裸山。」

他語聲緩慢平淡，但這千多年前的慘事聽在眾人耳裏，夏夜裏，依舊是說不出的寒意逼人。

一時月華如水，人靜如雪。

半晌，王定續道：「經此一大劫，玉門關的含義已變作包裹南方丈山在內的關外三百里毒地。事後雖有禪林寺撤走八百羅漢，說再不過問兵戈之事，但即便是舊事渺渺，狂如軒轅乘龍、陳不風這樣的絕代人傑，誰也不敢涉足玉門半步，而兩百年來河西四國動兵也多是繞道過境，至於最爲我國百姓所津津樂道的『玉門天關戰役』，其實也只是發生在天關十里外罷了。」

說到這裏，他陡然單膝跪倒在李無憂面前，「元帥神人，對末將又有知遇之恩，您一聲令下，上陣殺敵，馬革裹屍，末將絕不敢有絲毫猶豫！只是這玉門關實是千古凶地，今雖有陳國解毒藥膏，但那禁武經阿鼻咒卻是絕不可犯，請元帥收回成命！」

「請元帥收回成命！」

除寒士倫與張龍外，眾人紛紛跪倒附和。

張龍大聲道：「去他奶奶的，你們都是懦夫嗎？」

眾將勃然色變，怒目相向。

李無憂一笑，揮手制止了眾人，道：「你們也都說了，阿鼻咒不過是千多年前的傳說，既然是傳說，以訛傳訛，是真是假，誰又能真的見過？你！你！你……還是你？」

眾將爲他手指輕輕一點，均是啞口無言，心頭卻不禁腹誹：「媽的，你真會說笑，都千多年前的事，老子要見過豈不是妖怪了嗎？」

王定皺眉道：「此事於一些古書上多有記載，並非空穴來風。」

寒士倫笑道：「王將軍，說到記載，屬下倒是可以說點看法。前日猜到陳過可能兵出玉門逃走之後，區區很是想不通，既然千年來無人敢冒險通過玉門關，陳國又何以敢冒天下之大險？於是翻閱經典，發現一個有趣的事——關於阿鼻咒的傳說，記載只能追到大荒三六六五年，而且最早是出現在陳國的書籍中，將軍是否覺得奇怪？」

「有這種事？」眾人一片譁然。

「千真萬確！」李無憂一改嬉皮笑臉，神色凝重起來，「自收到陳國可能出兵玉門的消息後，本帥也是一直百思不得其解，聽到寒先生的報告，心頭隱隱有悟，卻一直不得要領，諸位都是我軍中人傑，不知能否爲本帥指點一二？」

諸將均知李無憂聰明絕頂，他都猜不出的問題，那絕不是如表面那麼簡單了，一時都露出深思神色，誰也沒出聲。

第七章　北伐之路

沉吟一陣，卻是朱富最先開口：「大人智慧通神，這個問題於我等雖是棘手至極，但大人怕早已然成竹在胸，大人如此作爲，不過是一番啓發提攜下屬之意，我等豈能不知？只是大人啊，您之智慧深如淵海，所思所想，豈是我等這樣的凡夫俗子所能猜度？便是偶有巧合，在座諸位大人也無一不是我無憂軍的俊傑，智慧見識也勝過區區千百倍，只是大人謙謙君子，虛懷若谷，不願先發振聾發聵之言。好在屬下深思良久，終有了一愚之得，元帥若不怪罪，末將願先拋塊磚，以期能引來在座諸位將軍的良玉。」

這番話謙卑異常，面面俱圓，眾人明知朱富在拍自己馬屁，卻無一不覺得舒服至極，紛紛點頭。

李無憂奇道：「士別三日，當刮目相看。不想幾日不見，你這廝非但拍馬屁的功夫大進，連學問也是見長啊！不知是哪位師父的功勞啊？隨風？江月？要不就是趙虎？」

他連問三人，皆是無憂軍中文采極好之輩，朱富卻連連搖頭，末了，卻瞥見張龍一臉得意，大是詫異：「不會是張龍吧？」

果然，張龍哈哈大笑道：「哈哈！說不得，正是鄙人了！」

滿座皆驚！這廝骰子牌九倒是樣樣精通，要說學問如何如何，那是打死也沒人信的！

趙虎笑道：「元帥，這還真是臭蟲的功勞！這廝本就好賭成性，在庫巢的時候，軍師將陣營設在青樓惑敵開了風氣之先，上行下效，每當輪值之後，就去外面的青樓賭館賭上一回，後來積蓄花光了，他就老拽著朱富這冤大頭去！您想啊，這些地方的三教九流，龍蛇混雜，這廝過耳不忘，待得久了，這學問不增加才怪了，我看若是再讓他待個幾年，狀元也是做得的了！不過是房事狀元罷了！」

眾人恍然大悟，哄堂大笑。

張龍、朱富二人不以為恥，反以為榮，前者揚揚得意，後者喜笑顏開，逐一作著四方揖。

李無憂哭笑不得，道：「好好好，那咱們這位房事狀元先說說你的高見！」

「不敢不敢，低見得很，低見得很啊！」朱富又作了個四方揖，才清清嗓子，道，「屬下覺得這一定是陳國的陰謀，而且是個大大的陰謀！」

「嗯，有見地！」李無憂先是愕然，隨即輕輕擊掌，「繼續朝下說！」

「是！」朱富頓時來了精神，「剛才寒先生說了，這最早的記載出現在三八六五年前的陳國。據屬下所知，當時盜王陳不風爲天師諸葛玄機所敗，不得不退守玉門關，如果關於玉門關阿鼻咒的傳說正是從這個時候開始的話，那事情實在是再明顯不過了……」

「這是陳不風的陰謀！」張龍拍案而起。

「著啊！」朱富也是狠狠一掌拍在桌子上，恨恨道：「陳不風這個奸賊，真是可恨，爲了獨占大鵬王朝景河皇帝留在大都的三千美女，居然散布謠言阻撓天師出兵玉門！」

「都兩百年前的事了，那些美女也都化作白骨了，你有什麼好恨的？」張龍覺得這傢伙太做作了。

「這還不可恨？要不是因爲他這個謠言，這兩百年來，我大楚怎會不出玉門一步？老子又怎會連陳國美女的指頭都沒見過？須知淫賊界有句明言叫『楚地胭脂，陳國佳麗』，又所謂『生平未與陳女眠，便稱淫賊也枉然』，俺活了三十有二年，卻連陳國美女的影子都無見過，何其痛也……哎喲……他媽的誰踹我？」

卻是話音未落，已然一招屁股向後，平沙落雁式跌出廳去。

身後，李無憂收回凌空一腳，笑罵道：「近朱者赤，他媽的誰不好學，偏學那隻死蝴蝶！滾你爺爺的蛋吧！」

「大人虎腳一踹，屬下頓覺全身氣力充足，身輕如燕，彷似多練了三十年輕功一般……」落到廳外的朱富依舊哼哼嘰嘰，聲音慢慢變小。

眾將一愕，隨即大笑，李無憂亦是搖頭苦笑，爲了本次會議的嚴肅性，他特意將唐鬼和玉蝴蝶這兩個活寶排除在外，沒想到朱富這樣的大好青年居然如此快就受了玉蝴蝶的毒害，並有青出於藍之勢。

鬧了一陣，王定道：「屬下明白了！當年陳不風散布這個謠言，並不僅僅是要阻擋諸葛玄機一時，且是爲了陳國的長治久安！靠近玉門走廊的四國領土中，唯有陳國是關後無險。謠言一出，頓時熄了其餘三國出兵玉門的念頭；另一方面，他們自己則秘密地研製解藥，以便攻我們三國一個措手不及！」

「啊！」在座的眾將都是萬騎長以上高官，都非糊塗之人，愕然之後，略一深思，都是深以爲然，想起這條計竟是昔年陳不風兵敗後所留，福澤綿延後世竟達兩百年之久，都又是駭然又是佩服。

「退敵僅憑三寸！陳不風這廝好深的心計，不愧是一代奇才。」李無憂讚嘆了一聲，掃了眾人一眼，「阿鼻咒既不足論，以此而觀，禁武經也不過是達摩禪師一廂情願的慈悲之心而已。古時兵家不度玉門，其實是因爲其時古人醫術不精，玉門三百里毒地，實非人所能抗罷了。」

眾人深以爲然。

只是禁忌的問題解決了，戰術上的問題卻又來了。

王定道：「撇開禁忌不談，陳國之藥可靠與否尚是未知，而橋頭一會，天下皆知玉門再非天關，三國軍中難保無蕭國奸細，若飛鴿傳書與蕭國，煌州守將耶律楚材只需設一萬人馬於關外，我必全軍覆沒。」

事實上，張承宗並未攻下貼近玉門關的蕭國煌州，設伏兵於關外不過是李無憂耍的唬人把戲而已，相反楚軍卻很害怕蕭軍在此設伏。

李無憂沒有說話，寒士倫笑道：「兵者，詭道也。實者虛之，虛者實之。天下人都以爲消息洩露，玉門天關已是死關，我軍必定不敢兵出玉門，我們便偏偏要反其道而行之。不出奇，怎可制勝？」

「但如果耶律楚材也如此想，不顧張元帥的威脅，不惜分兵伏擊，事情就難辦了！」趙虎的顧慮正是大多數人的顧慮。

李無憂拍案喝道：「好栗火中取，大功險中求，諸位將軍若總是像個懦夫一樣畏首畏尾，如何可以成就不世大業？」

沒有人願意承認自己是懦夫。

翌日，吳明鏡從庫巢領兵馬到達憑欄後，李無憂率領五萬無憂軍踏上北伐的征程。

事隔千年，在陳與西琦撤出憑欄和梧州，兩國打著「除暴安良，弔民伐罪」的旗號，毫不掩飾地從西琦桂州朝蕭國京城雲州挺進後，倚天劍的傳人李無憂出人意料地並未率軍前往雷州與張承宗會合，而是在陳國討得劇毒解藥後，沿著破穹刀藍破天的足跡，率五萬無憂軍強出百毒叢生的玉門天關。

千年之後，倚天破穹又一次的相遇似乎就在眼前，只是歷史的車輪總是不以人的意志為轉移，很多事，出人意料……

——百曉生《神兵譜・倚天破穹》

晴空如洗，流雲瀉藍，兩峰入雲，遮天蔽日，隔雲對峙。順兩峰而下，漸漸狹窄，霧嵐如雪，莽莽蒼蒼。

及至山底，卻是雙峰成縫，中間一線天光，光下一條窄道蜿蜒曲折。

夾道兩側，白骨成丘，新隕的鳥屍獸首七零八落。

綠雲鎖路，陰風吹來，寒徹肌骨。

一隊綠盔綠甲的軍隊，浩浩蕩蕩地在這條窄道上行進。

透過迷霧俯視而下，直如一條慢慢蠕動的綠色長龍。

「方丈山，大荒七大奇山之一，高兩千丈，南接流平，北連雷煌，東涉梧桐。一山雙峰，隙間成縫，玉門關勢而天成，是以又稱玉門天關。」

長龍的尾端，朱富雙目成縫，搖頭晃腦，邊走邊將手中一冊泛黃書卷擊掌，直如一個老學究。

「啪，啪！」忽地兩聲清脆掌聲響起，一人諂媚道：「朱將軍果然淵博，非但行軍打仗戰無不勝，連地理竟也精通如此，實是我無憂軍中不可多得的奇才啊！」

「呵呵，還是阿鬼你有見識啊！」朱富背卷回頭，見是衰人唐鬼，登時趾高氣揚，「不瞞你說，咱們無憂軍中，論運籌帷幄行軍打仗呢，元帥和軍師大人是比我高那麼一點點，但要說到對各國地理的熟悉，本將軍則是當仁不讓地比他們高那麼一點點，平時他們多要向我請教的。」

「哇，這麼厲害？」唐鬼嘖嘖讚嘆。

「那是當然！本將軍『大荒指南針』的綽號難道是白叫的？」朱富說到這裏，語聲一低，臉色神秘得近乎詭異，「當日軍師與軍神憑欄一會，軍師關於憑欄建關本是錯誤的高論你知道吧？」

「嗯，驚世之言！大大的發人省夢！」唐鬼對此自然是有所耳聞，由於柳隨風大放厥詞的翌日，軍神王天戰死，憑欄關被奪，便有人仔細思索柳隨風的話，近日隨著柳隨風於庫巢大破蕭軍而聲望升至巔峰，水漲船高下，這一妖言般的論調更是甚囂塵上。

「不才，這條意見的始倡議者，正是區區！軍師大人也是在頭一天晚上諮詢過本將軍的意見後，才敢在軍神面前大放豪言。」

「豬哥，我……我……」唐鬼淚水奪眶而出，雙手合十，忽地虔誠拜倒，「非五體投地不足以表達俺對你的敬仰之情！你，你一定要收我做你的小弟！」

「這又何必？癡兒！」朱富嘆息，做哀嘆狀，「罷了，罷了，我的粉絲遍布大荒諸國，也不在乎多你一個！」

「粉絲？」

「這是番話，不學無術了吧？」朱富恨鐵不成鋼似地狠狠敲了一下唐土包子的頭，隨即雙眉緊鎖，恢復酷酷狀，仰天長嘆道：「上天啊！想我朱富不過是智慧出眾，比常人稍微帥那麼一些，何以如此厚待我？」

語聲至此，已是一副痛不欲生狀。

唐鬼感同身受，點頭不迭：「是啊，是啊，那麼多粉絲哪年才吃得完啊！」

「……」朱富頓時有了五體投地的衝動。

「朱富，唐鬼，你們倆不好好趕路，在這搞什麼飛機？」忽有一人輕喝道。

「哪個渾蛋敢直呼本將軍的名諱？」朱富大怒，驀然回頭，本是拉長的臉頓時一寬，隨即微笑如花綻放，「啊……哈，那個，原來元帥是您啊！您老不在前面帶領兄弟們前進，專程跑到這來接見屬下……這個，那個，屬下真是何以敢當？」

「拜託！」李無憂一臉和氣，「別的部隊都能跟上，就你這個萬人隊老是落在後面！大哥，我們這是去打仗，不是遊山玩水，你有點專業精神好不好？」

「屬下惶恐，元帥恕罪！」朱富見李無憂居然如此和顏悅色，渾無半點殺氣，頓時嚇了一大跳，立即熟練地拱手跪倒。

「恕罪，恕罪！你他媽好歹也是名萬騎長，翻來覆去就會說這兩個字，能不能換點兒詞？」李無憂翻臉比翻書還快，抬腿就踢。

「饒命！」朱富本能一躲，撲面勁風卻驀然止住。

「什麼玩意？方丈山，高千丈……東涉梧桐……這可不是失傳兩百餘年的《大荒地理圖鑑》嘛！你這小子哪裏搞來的寶貝？」李無憂手撫一冊發黃書卷，疑惑漸漸轉爲驚喜。

朱富抬頭見那書很是眼熟，這才覺出手中一空，急道：「這是俺爺爺的爺爺的爺爺去世前留下的絕世好書，元帥你……」

抬頭撞到李無憂滿臉笑意，手勢頓時一頓，語聲隨之一滯，狠狠咬了咬牙，顫聲道：「元帥你……您要是喜歡，儘管拿去！我這也算是爲國捐……捐書，大大的光宗耀祖！」

「這樣啊……會不會太勉強了？」李無憂裝模作樣道。

「不……不勉強……」朱富心在滴血，但懾於某人的淫威，「才怪」兩字卻怎麼也吐不出來。

「那我勉爲其難就代天下的百姓收下你這份厚禮了！」李無憂口頭謙讓，雙手卻沒半點勉爲其難的意思，老實不客氣地將書收入懷中，揚長而去。

反應過來的唐鬼手指直指剛剛還號稱「大荒指南針」的某人的面門，大叫：「哦……原來大哥你……」

「老子怎麼了？」朱富雙拳怒握，目露凶光。

「你……原來大荒最偉大的人就是大哥你啊！如此大公無私，精忠報國，正是國家棟梁朝廷柱石百姓福音，阿鬼自愧不如！」唐鬼雖直，畢竟不是白癡。

「哼！」失去發飆理由的朱富重重哼了一聲，轉頭戟指李無憂的背影，怒火沖天，「這個禽獸，連我三錢銀子買的地攤貨都不放過……」

下一刻，唐鬼才一愕然，朱富已仰天狂哭：「嗚嗚！先是插圖版《金瓶梅》，緊接著是絕版《玉蒲團》，中文完全破解版的《花花公子》，現在連《杏花天》這種沒品味的垃圾也搶，李無憂，你還是不是人？」

「再不快跟上，你藏在褲襠裏的《龍虎豹》也保不住了！」一個聲音遠遠傳入耳來，「如果你能夠趕在所有部隊的前面，本帥說不定可以考慮一下將絕世好書都還給你。」

哭聲立止，馬蹄聲鋪天蓋地……

後人在評價李無憂的領兵方略時，常大跌眼鏡，只因此人做事實是不循常理。譬如這次他領兵自憑欄關以來，出梧州，過蒼瀾河，借道斷州，兵發玉門，一路順風順水，平安無事，唯有朱富這廝拍馬既是高手，領兵便難免讓人大失所望，所率領的第五萬騎隊總是慢其餘四個騎兵隊一拍，王定多次訓話，這廝自恃李無憂寵愛，並不理會，王定無奈，報於李無憂，後者嘻嘻一笑，也不責罰，只是此後總在朱富流覽某些「絕世好書」的時候不適當的出現一下，每每讓朱富痛及心扉，傷心欲絕，從而奮發，此後他所率領的第五騎兵大隊居然成爲所有無憂軍中作戰最勇猛的部隊，銳不可當，所向披靡，除李無憂外，所有人都大跌眼鏡……

這在以後漸漸成爲無憂軍的傳統，將士出了錯，罪不當誅的時候，棍刑類的處罰往往捨去，而是改作罰錢或收取其心愛之物——痛在心上，比痛在身上，效果似乎更好許多。

「吁……」前面的隊伍忽然停下，正自沉思的李無憂忙帶住了絲韁，瘦黃馬一聲長嘶，人立而起，前蹄一撩，隨即釘在原地。

身後群馬頓時也齊齊止步，紋絲不動。

「奶奶的，你這臭小子什麼時候都不忘耍威風！」李無憂笑罵一聲，拍了拍瘦黃馬的頭，隨即卻輕輕嘆息了一聲，看到這匹貌不出眾的通靈神駒，他就想起了慕容幽蘭。

上次斷州戰役，他引動天雷，炸翻了萬餘蕭騎，自己卻也昏迷跌落馬下，醒來的時候這馬已跑了個無影無蹤，這次他剛至梧州與斷州的交界外，便聽一聲長嘶，群馬竄動，這馬竟又靈性十足地奔了回來！

「報告元帥，前方士兵已到關下，卻有一少年書生帶了三百頭牛攔路，三軍無人可擋，王定將軍請示是否使用無憂箭陣？」他正自沉吟，秦鳳雛已回報過來。

「一夫當關，萬人莫敵？」李無憂大大地吃了一驚，張龍趙虎二人武功已然不俗，唐思本就武術雙修，近幾日經自己親自指點後，實力更是暴增，絕對能排進妖魔榜前十了，這三人再加上萬精銳士兵，居然擋不住一個少年？

他轉頭看了一眼若蝶，後者點頭，隨即消失不見。

「寒先生，事情有些麻煩了！」李無憂嘆道。

「呵，天下又有什麼事能難倒李無憂的呢？」寒士倫輕描淡寫地一笑，神情間卻是說不出的自信。

「他媽的，你現在好像比我自己對自己還有信心了？這可不是個好現象。」李無憂喃喃嘟囔了一句，帶馬朝前方奔去。

寒秦二人相視一笑，策馬相隨。

從出梧州，踏入玉門地界開始，綠色的青霧就一直籠罩著前進的路，但真的到了關前，那霧氣反而淡了，二十丈內竟也可以見物。

李無憂遠遠地即見兩片絕壁成縫，壁上斗大紅字歷兩千年風雨，早已斑駁不堪，但那深入石壁的銀鉤鐵劃卻矯健縱橫，隱隱有莊嚴不可褻瀆之威，顯然是那三萬禁武經了。

兩壁間有一狹窄縫隙，僅容一人通過，而一著月白儒衫的俊俏少年正在縫前與若蝶惡戰，場中劍氣縱橫，靈氣激蕩，唐思、張龍、趙虎和士兵們都退出五丈之外，按弓橫劍，圍了個近圓大弧，將二人圈在中央。

在不遠處是另一個更大的圈子，剛被李無憂狠批了一頓的朱富和唐鬼二人急於將功贖罪，正帶著一幫手下捉牛捉得不亦樂乎。

李無憂見那少年玉面朱唇，長髮飄逸，雖是在與若蝶搏命，舉止間卻自有一種逍遙灑脫的風流態度，暗自搖頭嘆息：「這傢伙武功雖然平平，但俊美已只比老子差那麼一點點了，難怪唐思也不是他對手，若蝶半天拿他不下……」

唐思自是沒有發現某人的齷齪想法，見他過來，說道：「主人，這少年的劍法很有些怪異，似乎對法術有克制之效，你小心些！」

李無憂衝唐思點點頭，猛然運功暴喝道：「住手！」

這一喝聲音不大，落在無憂軍眾士兵耳中還不覺如何，但那三百頭牛聽來，卻不啻於一個霹靂，頓時被震得全數暈倒當場。

若蝶與那少年聞得聲音，手法劍勢也都是微微一顫，然後各自倒翻三丈，退到一旁，二人方才纏鬥所在，卻降下一條金色閃電，在地上炸出一個丈許方圓的巨坑。

一喝之威，竟至於斯！所有的人都被驚呆了，場中一片安靜。

那少年看了看那巨坑，回頭瞥見那三百頭肥牛竟已全數暈倒，微微色變，隨即嘴角卻露出一絲微笑：「嘗聞李無憂法力通神，斷州一怒，萬馬齊喑，在下甚疑之。今見閣下臨風一喝，群畜拜服，方知傳言不虛。雷神閣下果於馴畜之技上有獨到之秘！佩服佩服！」

這話似褒實貶，一字髒話也無，卻實是勝於任何毒語，非但將李無憂的法術貶得一錢不值，更連這五萬無憂軍也都罵了進去。

此行無憂軍多是痞子出生，與人鬥嘴慣了的，如何聽不出其弦外之意？聞之齊齊色變，勃然大怒，卻不發一言，迅速移動陣形，張弓引箭，只待李無憂一聲令下，便將這膽大包天的少年射成刺蝟。

少年本以爲自己的話立刻會引來一番謾罵，卻未料李無憂微笑不語，那五萬痞子兵竟也是一點雜音也未發出，反是迅即地組成一個八卦陣形，用箭雨將自己徹底包圍，暗自駭然這些人嚴明的紀律，迅捷的反應，面上卻笑容不減，輕嘆道：「夏蟲不可與冰，畜生不可語理，古之人誠不我欺！」

劍拔弩張，一觸即發。

李無憂輕輕揮手，五萬人散開，收弓還劍，帶出一聲整齊的大響。

落到對面那少年書生眼裏，卻又是一驚：這些人鋒芒斂時，殺氣竟又比刀劍出鞘時更勝三分，李無憂究竟是如何練成這支可怕軍隊的？

卻聽李無憂笑道：「看閣下風塵僕僕，顯然是好不辛苦才搞到解藥趕到玉門關的吧？若肥牛當道，橫劍奪路，阻撓我大軍去向，僅僅是爲了辱罵一下李某，逞一下口舌之利，譁眾取寵，以求揚名天下的話，那李無憂這就認輸，你目的已達，閣下這就請回吧！」

江湖傳聞李無憂利口如刀，絕無人能在與他鬥口中占到便宜，少年再未想到他受辱之後，居然風平浪靜如此，許多原本準備的尖銳用詞頓時排不上用場，當即將長劍還鞘，整飭衣冠，躬身深施一禮，高聲道：

「蕭國南院大王蕭如舊麾下七羽將左秋參見李無憂元帥閣下。大王欣聞閣下勞師遠來，欲與陛下會獵煌州，甚感榮幸，只是山高路遠，元帥深恐貴軍師老兵疲，不能發揮戰力，遺憾而歸，特命末將率三百肥牛犒勞貴軍，請李元帥笑納！」

「什麼！」楚軍大驚，李無憂與寒士倫、秦鳳雛對視一眼，同時色變。

蕭國南院大王乃是蕭如故的哥哥，又封攝政王，蕭如故南征其間，國內一切軍機國事都由他代理，這書生若是他所派，那此次李無憂兵出玉門奇襲煌州之計，便已然徹底洩露。

蕭如舊送三百頭肥牛，除了譏笑李無憂之外，更是示威，想讓李無憂不戰爲退——蕭國既然捨得給三百頭牛服用解藥，自然也能給三千以上的士兵裝備；左秋無巧不巧地出現在此，自是蕭如舊已將李無憂的行程算得八九不離十。

有此兩點，玉門關外有一支蕭如舊的伏兵就順理成章了。

這件事情給人更深層的聯想是，這麼多的解藥從何而來？蕭如舊如何能準確偵知無憂軍的行動？第一個可能是，陳國臨陣再次倒戈，投降了蕭如故。第二個可能是蕭國也一直在研製破解玉門關之毒的解藥，在此時或者更早之前已然成功，而蕭如舊心計深沉，算到了李無憂要出兵玉門。

第三個可能，無憂軍內有內奸。無論是三個可能中的任何一個，都是致命的，無憂軍不得不退兵了。

「請李元帥笑納！」左秋說畢微微躬身，畢恭畢敬地又重複了一次。

李無憂尚未說話，寒士倫忽冷冷道：「左將軍，李元帥身負楚帝欽命，官階又比你高數級，你竟只是半躬，蕭帝是如此教你禮數的嗎？」

大荒慣例，各國使節會見異國國君時，都該雙膝跪倒，李無憂身爲楚問欽差，左秋只是蕭國攝政王蕭如舊的使臣，自非蕭如故欽差，見了李無憂便如使節朝拜異國國君，當行跪拜大禮。

卻聽左秋哈哈大笑道：「這位就是寒先生吧？聽聞寒先生出身草莽，卻學富五車，今日一見才知世上果有欺世盜名之徒！《禮經》云『上國之賓，不折小國之君，是爲禮也』，先生竟是不知，可笑啊可笑！」

此言一出，寒士倫與王定、趙虎三人都是倏然變色，隨即同時望向了李無憂。

「上國之賓，不折小國之君，是爲禮也」確出自《禮經》，但卻是昔年忽必烈手下名將夜闌兵圍雪蘭城時，對出迎的古蘭魔王古惜所說的傲慢之語。

左秋此時引用，言下之意是將楚國當做了當時弱小不堪的古蘭魔族，蕭國卻成了大鵬王朝。這話朝小裏說是狂生激憤之言，向大裏說卻是辱及國家尊嚴，是以眾將都將眼光望向了李無憂。

眾目睽睽下，李無憂不發一語，翻身落下馬來，緩緩朝左秋走去。

他步履甚是輕緩，點塵不起，但落到左秋眼中，卻是步步驚雲，因爲第一步方一踏出，一種無形的壓力便緊緊將自己鎖定，而之後李無憂每進一步那壓力便暴增一倍。到李無憂踏到第七步時，左秋粉雕玉琢的臉上已然是汗痕累累，身軀微微搖晃，第八步時，更不得不長劍當胸一橫，這才抵住那排山倒海的壓力。

李無憂第九步才跨出一半，左秋已然是雙頰緋紅，雖然運起全身功力相抗，身體依然一顫，足下退了半步。

這個時候，李無憂忽然一笑，抬足落下，之前那無窮無盡的剛強壓力忽然憑空消失了個乾淨，左秋收勢不及，頓時向前跌出，正要運氣平衡，雙膝環跳同時一麻，整個人身不由己地向前便跪。

此時二人相距本已不過三尺，眼見左秋這一跪，正好便要落在李無憂雙足之間，所有

人都是　喜，不想前者筆直的身體猛然一挺，雪亮劍光已然朝李無憂咽喉封來。

變生肘腋，李無憂猛地吸氣吞聲，足下龍鶴步一動，側身一避，劍光貼脖而過，左秋手腕一抖，長劍剛出一半已由豎變橫，平削而出。

方才那一劍直刺，起得太過突兀，李無憂避得已很是狼狽，卻不想這一劍刺出時竟留有餘地，變招才如此之快如此之詭，如何再避得了？

便在左秋嘴角露出一絲微笑的時候，手中長劍猛然一重，劍速頓時慢了千百倍，撞到李無憂脖上，一片金石之聲，隨即一股巨力反彈而來，心念才一閃，那巨力忽然變得柔若細水，透過劍柄，順著手心攻入經脈中來，大駭下便欲棄劍，足膝卻同時一軟，身不由己便要跪倒下去，而此時一道猛烈罡風正迎面打來。

千鈞一髮之際，左秋心知自己若不屈膝低頭，頓時便有腦漿迸裂之禍，但若是低頭，在旁人看來卻和跪了一跪無異，那先前自己所有言語就都將是一個笑話，當即一橫心，不閃不避，將長劍猛朝地上插去。

地上本是堅硬玉石，哪知他這一劍刺去，卻如中爛泥，回過神來時，慣性帶領下，整個人已雙膝著地，眼前藍影一片……

「師四公子，令姐蝶翼與我一見如故，閣下不必如此多禮，這就起來吧。」李無憂大笑聲中，伸手虛虛一抬，呆若木雞的左秋穴道已解，身子不由自主地立了起來。

這人竟是江湖四大世家之一的師家的四少師蝶秋？

李無憂此言一出，只若石破天驚，除若蝶一臉茫然外，幾乎所有的人都是驚得一顫，半晌緩不過神來，唯有寒士倫與秦鳳雛微微一愕之後，都是點頭不迭，滿臉欽服。

「左秋」大驚，卻迅即恢復如常，大笑道：「哈哈！好，好，大哥和三姐都說李兄乃人中龍鳳，蝶秋不信，今日才算是服了！只是小弟無論打扮做作都自認惟妙惟肖，與蕭人並無二致，方才出招之際也並未使用本門武功，卻不知李兄是如何猜到我的身分的？」

李無憂微微一笑，不答反問道：「李某也有個問題，我自憑欄出發，出梧州，過蒼瀾河，入玉門，這一路行來，都是晝伏夜出，即便休息時也用結界封閉，行軍痕跡也都爲我用法術還原，自問極其謹慎，卻不知於何處露了破綻，竟讓你們師家知道我會兵出玉門？」

師蝶秋掃了無憂軍眾人一眼，笑道：「元帥領兵謹慎，一路行來，更是大展移花接木瞞天過海之計，您的霄泉系統也將保密工作做得很好，我們師家雖有密集天下的情報網，卻也是莫可奈何。只不過，呵呵，智者千慮，必有一失。您爲了行軍的快速保密，所帶的均是清一色的輕騎，只攜帶了少量糧草……」

「百密一疏！」李無憂望著寒士倫長長嘆了口氣，後者也是苦笑。

由於糧草甚少，這兩日的補給都是由秦鳳雛帶一百霄泉的人在各地秘密採集，五萬人所需，如此大的量，即便是分散開來，也是一個極大數目，落到有心人眼裏，順藤摸瓜的詳加追查，再綜合其他情報加以分析，自然可以看出一些端倪。可笑李無憂自以為神不知鬼不覺的行軍，早赤裸裸地暴露在別人的眼皮底下而不自知。

「好了！」師蝶秋拍拍手，「在下已釋了元帥之疑，卻不知李兄能否也說一說師某的破綻在何處？」

李無憂道：「破綻就在你所帶的牛了！」

「牛？」師蝶秋若有所悟，卻不得要領。

「很簡單！塞外天氣乾燥，所產的牛與我關內相比汗孔更大，因此皮膚粗糙很多，腳蹄也厚實很多，因此我知道這批牛並非從關外帶來，那閣下的身分便頗有可疑之處。」李無憂解釋道。

「元帥見聞既博，對這些卑微瑣事又如此觀察入微，難怪能有今日！」師蝶秋嘆息了一聲。

無憂軍眾士兵也是一般高山仰止神情。他們卻不知李無憂自小孤苦，落魄時和一個牛倌同給鎮上的一個財主放了好幾年的牛，常聽那牛倌說各地牛群的差異，早已耳熟能詳。

「過獎！」李無憂老臉微紅，續道：「我既然疑你爲假，自然要揣測你是何人與你的目的。前一個問題比較難，但後一個問題就簡單多了，我初時疑你與蕭人有舊，領三百肥牛勞軍，不過是想循弦高故事，唬我退兵。但觀師兄劍法瀟灑出塵，乃是人中君子，斷不肯爲此故弄玄虛之事。江湖人攔路劫道，無非財色，而閣下膽敢攔我五萬大軍去路的人，就只能是爲財了。以此推之，那便再簡單不過，你肥牛勞軍，無非是想讓我買自己出兵玉門這個消息。當今之世，有能力探得消息的寥寥可數，而在新楚境內依然能成此事者，便只有朝廷、禪林、慕容家和你師家，朝廷不提，禪林向來不插手國家紛爭，可以略去，慕容家與我關係自不必說，那就只剩下你師家。師家人中有魄力有膽識行此大險的少年豪傑，捨師蝶秋，還能是誰？」

師蝶秋先是怔怔不語，良久方嘆道：「元帥神人，蝶秋服了！」

「僥倖而已！」李無憂不忘謙遜。

「你這人臉皮真是厚，我服的是你的武功，又沒說你猜對了，你自作多情個什麼！」師蝶秋搶白了李無憂一句，隨即詭異一笑，「其實想和你做買賣的是我大哥，卻非是我。你敢不敢和我打賭，猜猜我到此卻是爲何？如是猜對了，這筆買賣我分文不取，猜錯了則需要付我雙倍價錢。你敢是不敢？」

無憂軍眾人聞此都不禁宛爾，心想：「原來這少年先前的表現看似早熟，其實是有人所教，現在表現出的孩子氣才是本性吧。」

李無憂笑道：「好，成交！不過這個問題的兩個答案都實在太簡單，我手下人人都會回答，你要是不信隨便挑個人問問？」

「吹牛不打草稿！」師蝶秋刮了刮臉皮，朝人群中瞥了一眼，手指猛然指定一人，喜道：「就你……別看別人，說你呢，那位一身花衣，人不像人鬼不像鬼的大叔，出列！」

眾人爆笑聲中，寒士倫微微皺眉，這個師蝶秋眼光倒是毒辣得很，一眼就看出唐鬼是個草包，側臉去看李無憂，後者微微一笑後，猛地抬腿，一腳將正神色茫然的唐鬼踹了出去。

「你說說我到這裏的第一個目的是什麼？」師蝶秋雙手扠腰，一副囂張模樣。

可憐一貫自認風流瀟灑的唐鬼全然沒有想到自己和「人不像人鬼不像鬼的大叔」有何干係，莫名其妙地被人一腳踹到場中，見眼前這個氣焰囂張的小白臉口沫飛濺地對自己吆喝，唯一撫平自己受傷的心靈和屁股的動作就只剩發呆了。

「喂，你倒是回答本公子啊？」師蝶秋見唐鬼不語，對自己老辣的眼光頗有些驕傲，連問了唐鬼三遍。

就在他要問第四次的時候，一直茫然的唐鬼眼睛忽然一亮，道：「要我說可以，但我回答你一個問題，你也得回答我們元帥一個問題！」

「好，好！我就不信你這人頭豬腦的傢伙也能說對！」師蝶秋想當然地以爲這傢伙是以退爲進，想也未想就答應了。

唐鬼張口便要說什麼，忽然搔了搔頭道：「沒答問題之前，能不能請教公子一個問題，人頭豬腦什麼意思?你這是在罵俺嗎?」

眾人只差沒把大牙笑掉。

師蝶秋臉憋得通紅，認真道：「沒有，沒有!這句是大大的好話，我這是在誇您的腦袋和豬頭一般可愛呢！」

「哦!是誇我啊！」唐鬼恍然大悟，「原來俺師父那麼疼俺，雖然總是對俺兇神惡煞的樣子，原來張口閉口都要誇俺一句!嗚嗚，師父對不起啊，阿鬼一直誤解您老人家的一片愛心了！」

眾人再次大笑。

唐思與若蝶二人，前者一貫冷漠，後者對萬事都是淡然，此時也不禁齊齊宛爾，師蝶秋更是捂著肚子，眼淚都笑了出來。

「靠!老子的臉都他媽被你丟光了！」眼見場面慘不忍睹，李無憂索性舉手掩住了雙眼。

唯有王定鐵青著臉喝道：「唐鬼，別那麼多廢話，趕快回答師公子的問題。」

和無憂軍中眾人一樣，從軍以來，唐鬼最怕的人是看上去溫和但處事極端嚴肅的大將軍王定，而不是臉上總是掛著微笑的軍師柳隨風，也不是一貫嬉皮笑臉的元帥李無憂，雖然二者其實比王定更可怕千萬倍。

聽王定一喝，唐鬼雖然不知自己哪裏出了錯，頓時還是嚇了一跳，忙正經道：「師公子，若我所料不差，閣下來此雖然是受令兄所託，但由於閣下自己是一位神功蓋世，智慧超群，帥得一塌糊塗風靡萬千少女的無敵大帥哥，所以您的第一個目的，就是想和李元帥比試一下，看看他是否真如傳說的英明神武，武術是否真如傳說中那麼強大，與你相比，究竟是誰更帥一些，對是不對？」

「嗯，嗯，對……對！」師蝶秋聽得連連點頭，末了嘴巴卻張得老大，再也合不上，他實在是想不通這個豬頭一般，只知道譁眾取寵的傢伙居然真的一猜就中。

李無憂卻不給他反應的時間，笑道：「既然我的人答對了，那請問師四公子，你們究竟是如何得到玉門天關劇毒的解藥的？」

不想師蝶秋卻嘆了口氣道：「大哥沒有說錯，你果然會問這個問題。這麼說吧，你們的解藥是向陳國買的，而陳國的解藥卻是向我師家買的！」

「啊！」無憂眾將都是一驚，隨即卻又都點了點頭，以師家的財力，確然是可以獨立研製出解藥。

「好了，我得再找個人來回答第二個問題……」師蝶秋張望一遍，眼光最後落在正縮頭藏尾的玉蝴蝶身上，頓時一亮，「就是你了，這位雖然衣冠楚楚，其實獐頭鼠目，一看就是不良少年的仁兄，麻煩你出列！」

前淫賊公會的重量級幹部摺扇一搖，風度翩翩地走出列來，躬身行了一禮，道：「師公子可能是對小生有些誤會，小生衣冠楚楚不假，但其實英俊瀟灑至極，頭和眼與那兩種引人噁心的東西並無半點血緣關係。捨此之外，小生一直致力於全大荒女性的身心解放運動，人品堪為全大荒青少年之表率，師公子卻說小生是不良少年，試問公子如何對得起自己的良心，對得起師家列祖列宗的公平正直的聲譽，又如何對得起令兄對公子的一番信任，對得起大荒百姓……」

師蝶秋無暇理會這廝是如何「致力於全大荒女性的身心解放運動的」，只是見他居然如此能說會道，頭頓時大了數倍，心知和他糾纏下去必然無幸，忙乾咳一聲打斷了他的話，道：「那個……這個……這位先生，我是否對得起自己的良心什麼的，咱們以後再討論，您還是先說說你的看法吧，我趕時間。」

所有人的眼光都集中到了玉蝴蝶身上，雖然生平從來沒在五萬人面前發表過演講，但淫賊公會的重要幹部豈是浪得虛名？

眾目睽睽下，斯人一副胸有成竹模樣，朗聲道：「如果我沒有猜錯的話，公子到此的第二個目的是垂涎元帥身邊幾位絕世美女的美色，除了想一窺芳容外，尚有搶一人回去做媳婦的高尚想法，不知然否？」

「沒有，沒有！」師蝶秋嚇了一跳，否認不迭。

「哎喲！都是年輕人嘛，裝什麼裝嘛？」玉蝴蝶頓時對臉嫩的師四公子很有些看不起，「須知作為一個有前途的淫……英雄，首先就是要敢作敢當！」

「可本公子真的無此想法……」

「嘖，嘖，你這孩子太不老實，伯父伯母怎麼教你……哎喲哪個渾蛋打我的頭？」因為頭上憑空多了個大包，玉蝴蝶顯得很是怒氣勃發，驀然回首，卻見李無憂輕輕吹了一下右手中指，頓時百煉鋼化作了繞指柔，「如果不出意外的話，剛才應該是元帥大人您施展彈指神通，凌空指點了一下屬下的榆木腦袋，請問大人您有什麼吩咐嗎？」

李無憂揚了揚眉，道：「師公子的父母怎麼教他關你什麼事？你他媽趕快回答他的問題！」說到後一句話，他幾乎是用吼的了。

「真的要我說？」玉蝴蝶卻是一臉遲疑。

「廢話，不然叫你出來逛街啊？」

「就在這裏說？」玉蝴蝶一臉不確定。

「當然是這裏，不然您以爲我們應該找個姑娘多的院子，喝著卡布其諾，聽著浪漫的小提琴演奏，左擁右抱，您再娓娓道來？」

李無憂覺得很無奈，自己怎麼總是能遇到這種極品手下。

「我有想過啊……哎喲！」這一次玉蝴蝶話音未落，已被一拳砸翻在地，頭上又多了個大包並且直冒青煙的他剛想發飆，卻立刻又靜了下來，因爲這個時候耳邊傳來李無憂的聲音：「靠，你他媽有完沒完？快點把臺詞背完，大家早點收工！」

「如果小弟沒有猜錯的話，公子此來的第二個目的，是想真的將元帥嚇得退兵從而揚名天下從而滿足您小小的虛榮心！」玉蝴蝶一口氣毫不停頓，末了不肯定地望了望李無憂，「元帥，這樣文不加點地說完應該可以了吧？」

可以想見的是，可憐的某人頭上立時又多了無數個大包，並且引來李無憂恨鐵不成鋼的長吁短嘆：「文不加點？文不加點！文不加點是這個意思嗎？媽的，還立志做淫賊呢！我靠！」

師蝶秋卻聽明白了，微微一呆，隨即仰天大笑三聲，在眾人一愕之際，猛然張手一抓，「嗡」的一聲錚鳴，地上長劍落到手中，持劍一橫，大笑道：「不錯，兒須成名，師四到此確實有不顧大哥吩咐唬退李元帥的想法，卻沒想到元帥非但本人聰明絕頂，麾下也盡是人傑！今日一會，算師某自取其辱！」

語罷再不看眾人一眼，將袍袖一展，掉頭揚長而去。

「喂！還欠老子個問題沒……」李無憂剛要掠身去追，眼前一道金光驟閃，不敢硬接，忙側身一避，揮劍黏住，卻是一張純金打造的請帖。

「留待下次吧！三姐邀元帥於閒暇時往黃州一行，還請賞光！」

「哇！」無憂軍眾人眼睛頓時直了，傳說中比師蝶舞還要美三分的師家三小姐當眾的邀請，這裏面的香豔浪漫幾乎是誰都可以感覺得到！

只是除了若蝶和唐思，誰也沒有發現這場浪漫約會的男主角正低低念著師家大少爺的名字，一臉茫然：「師蝶雲啊師蝶雲，你究竟想和老子玩什麼花樣？」

師蝶秋且行且遠，一路放聲高歌：「兒須成名，酒須醉，醉後吐露，是心言！兒須成名，酒須醉……」

歌聲聽似慷慨豪邁，其中卻自有一種說不出的刻骨蒼涼，無憂軍諸人聞之，均覺落寞蕭瑟，眼見人影漸渺，歌聲卻在那玉門關內外迴旋縈繞，無不悵然若失。

大荒三八六五年七月十九，無憂軍北伐，師蝶秋於玉門關三百肥牛勞軍，不想反被大帝識破，一劍逼跪，並被唐鬼、玉蝴蝶戲弄。雖然大帝禁止將此事宣揚，但待無憂軍出玉門關的翌日，師蝶秋自己卻將此事傳揚，頓時天下側目，大帝聲名更著，日後名震天下的唐鬼、玉蝴蝶兩位大人也因師蝶秋的評語「見識不凡，智慧超卓」而名噪一時，正式登上歷史的舞臺。

只是後世人所不知曉的是，這兩位後來的大帝一生中書下了濃墨重彩的一筆的傳奇人物，此役之後得到的獎賞很是奇怪，除開大帝傳自正氣創派宗師文載道的三個爆頭火栗外，還有一句我不知是讚揚還是批評的長嘆：「就那麼兩句答案，老子傳音給你們足足說了三次，差點還是複述不全，你們哥倆還真是有本事啊！」

當時玉大人是惶恐地直接跪地謝恩，但日後以剛直聞名的唐鬼大人此時卻據理力爭道：「誰叫你學藝不精？搞得傳音信號不好，嚴重失真，人家能分辨出來已經不錯了，你還想怎樣嘛？」

眼見唐鬼大人說這話的時候，從左右耳朵裏掏出拳頭大小的兩團耳屎，大帝臉上的表情不知是哭還是笑……

——李無憂貼身侍衛無憂軍資深老兵李四《〈萍蹤帝影〉補遺》

第八章　八百羅漢

師蝶秋走得瀟灑，卻給李無憂留下了一個不小的麻煩。

從庫巢出發，出憑欄，經梧州，過蒼瀾河，至玉門關，兩日輾轉千里，雖是有馬代步，無憂軍將士都已是頗爲疲乏，更因爲要隱藏行蹤，一路上諸人也沒有好好吃一頓，那三百頭肥牛落入眼中時已不是牛而是香噴噴的紅燒牛肉，雙腿頓如灌鉛，如何還能挪動半步？

李無憂當然不希望在這個是非之地久留，於是委婉規勸道：「我看姓師那小白臉陰險得很，若是他在這些牛裏下了毒怎麼辦？畢竟我們這沒有驗毒專家……」

唐鬼將軍臉上當即換上壯士一去不復返的悲壯神情，大義凜然道：「世上本沒有驗毒專家，吃毒牛的人多了就有了驗毒專家，爲了全軍將士的安危，請元帥讓唐鬼成爲吃毒牛的第一人吧！」

「不不，唐將軍德高望重，望重德高，乃我等典範軍中柱石，如何可以冒此奇險？請將軍將此重任交與在下吧！」眾痞子都爭先恐後慷慨激昂地表示願意捨命換君子。

「靠！你們這幫兔崽子……」李無憂話音未落，眾痞子已一溜煙跑了個乾淨——無憂軍紀律嚴明果然不是蓋的，連搶吃的都如此整齊一致……於是被毒霧籠罩了千年的玉門關下，終於有了煙火。

尖叫歡呼聲中，濃煙帶著肉香騰空而起，引得高空的飛鳥紛紛尋覓而來，卻剛近毒霧便中毒墜落下來，立刻引來陣陣更大的尖叫歡呼聲。眾痞子三五成群，大塊吃肉大碗喝酒，大哼《十八摸》好不暢快。

唯一美中不足的，是從京師帶來的歌舞團被柳隨風強留在了潼關，但這並不妨礙眾痞子的好心情，紛紛赤裸著精壯的上身，在達摩親書的禁武經壁下猜拳比賽畫烏龜和跳鋼管舞，玩了個不亦樂乎。

昔年江湖中人「過路躬身，捧劍而前」的佛門聖地，被這一幫妄人搞得雞飛狗跳，說不出的烏煙瘴氣。

對此，李大元帥除了苦笑還是苦笑，不無自嘲地對寒士倫道：「前有藍破天玉門關外點燃烽煙，屠殺百萬降軍；後有李無憂玉門關內點燃篝火，烹宰三百肥牛。將來的史書上少不得要如此濃墨重彩地給老子加上一筆吧！」

寒士倫笑道：「元帥的意思學生明白，不過怕是過慮了。玉門關雖然處於人煙稠密的梧州和斷州之間，但毒霧籠罩達三百方圓之巨，便是最近的北方丈禪林寺離此也有十餘里，目力再好的人也無法發現此處。我們服的解藥可支撐一天之久，讓將士們在此吃肉休息，其實比之任何結界都安全，且不易暴露行蹤。」

「安全？嘿嘿……」李無憂話音未落，忽聽一聲悲天憫人的佛唱響起，「阿彌陀佛，罪過，罪過！」這聲音本不甚大，五萬無憂軍人人聽得清清楚楚；聲音本身也是仁慈平和，渾無半絲霸氣，但落在諸人耳裏卻不啻晴空一個霹靂，頭目爲之一陣暈眩。

「梵音佛唱！」李無憂一凜，隨即右手一揚，大聲喝道：「全軍集合！」

手指揚處，一道兒臂粗細的紅光自掌心暴射而出，直衝而起，及至入空五丈處，忽地大亮，空中現出一個十丈方圓的半透明金光壁罩，紅光頓時散開，化作一群火鴉，撞到壁上，金電激閃，伴隨著一聲雷鳴般驚天動地的鈍響，火鴉隕墜，那金色光照也變作絢爛如煙花的片片金碎，慢慢消失在虛空中。

士兵們頓時清醒過來，齊齊使了個鯉魚打挺的動作，將手中酒肉一擲，同時足尖一鉤一挑，腳下兵刃頓時落入手中，彷彿是千萬個綠點朝李無憂彙集。

十息之後，五萬人已整齊有序地站到李無憂身前丈外。

下一刻，五萬人齊吼出新楚軍歌的第一句：「莽莽大荒，天河湯湯。百戰百勝，唯我楚邦！」

聲音高亢如雲，震天動地，玉門關上方丈山為之一顫。

話音落下，場中鴉雀無聲，人人肅穆。

「有如此一支軍隊，老子倒要看看誰敢擋我北出玉門？」望著面前這支紀律嚴明訓練有素的精銳之師，李無憂心中頓時湧起「一軍在手，天下我有」，試問天下英雄誰與爭鋒的萬丈豪情……

「咦？」不經意地掃了眼前黑壓壓的人群一眼，他忽然發現有點不對，但已然是遲了——忽聽身後一個公鴨似的尖銳嗓子神經兮兮地喊道：「何方禿驢膽敢在面相儒雅骨骼清奇的唐大將軍面前裝神弄鬼？有種出來和老子單挑！說好了，江湖規矩，一對一，誰也不許叫人幫忙……」

「撲通！」無憂軍眾人皆倒。

「我靠！這個白癡……」李無憂暗自抹了把冷汗，轉過身來，果見三丈之外，一位五短身材的仁兄一柄大劍橫胸，正一副囂張加弱智的模樣緊張地四處張望。

而讓李無憂和眾將士差點沒嘔出幾十兩血的是一位白眉白鬚的白衣老僧正笑瞇瞇地背對他而立，這個白癡卻全然不知，反是張牙舞爪一步步朝玉門關外尋去。

丟人能丟到這樣，除李無憂外，捨唐鬼其誰？

眼見他便要進入關下，白衣老僧忽然僧袍一揮，唐鬼撲通一聲倒在地上。

「老和尚你對唐兄弟做了什麼？」無憂軍眾人頓時拔劍引弓，對老僧怒目而視。

唐鬼人雖醜，卻笑料百出，憨厚可愛，在軍中人緣極好，見他不明不白地摔倒，眾人頓時急了。

「沒事，大師只是對他施了昏厥術！」李無憂擺了擺手，示意眾人不要輕舉妄動，隨即大踏步走了過去，眼見這僧衣如雪的老和尚獨立路中，很瀟灑地雙手合十，袍袖無風自蕩也就罷了，偏是面無表情，一副天下和尚我最酷的衰人樣子，不禁有些恨恨，當即朗聲道：「這位和尚，你明白不明白，你這般擋在大路中央，很是影響交通嗎？」

「施主你錯了，來即是緣，過即是法，大路通南北，和尚在中間，過即是不過，不過即是過，善哉……」

「砰！」

「哎喲！施主，貧僧在和你講道理，你怎麼亂打人？」

李無憂收回不小心放在老和尚臉上的拳頭，微笑道：「和尚，你佛法如此精湛，難道連這點都領悟不了嗎？這打即是不打，不打即是打。如今我雖然打了你一拳，但其實等於沒有打你，而你雖沒有打我，但已等於打了我一拳！咱們早扯平了啊！阿彌陀佛，善哉，善哉！」

老和尚苦笑著摸了摸鼻子，說道：「施主，你這是曲解佛法真意，死後要下阿鼻地獄的！」

「我靠！」李無憂一聽就火了，「佛本無法，怎見得你的法才是真，我的就是曲？老和尚，你知道不知道，你現在所做的勾當，用一個字來形容，就是蠻不講理！大家雖然不是很熟，但有空沒空到法院去告你個形象醜陋、妨礙市容什麼的也不是不可以，老子和皇上關係那個深厚，到時候罰你到皇宮內院當個死太監，一輩子見不得人，也不過舉手之勞！你別老是搖頭，我的話你究竟明白不明白？」

老僧微苦笑一陣，合十唱了聲佛，道：「施主佛法領悟別成一家，貧僧佩服！但方才施主雖然舉手間便破了貧僧的梵音佛唱，又一眼看出貧僧對這位唐施主動的手腳，年紀輕輕，術法造詣卻精深如此，貧僧很是佩服，只是有術無法，終究是左道旁門，難正菩提。」

李無憂心頭一凜，當即打開天眼，卻發現這和尚說話之間並無呼吸，身周一層淡淡金色光華環繞，竟似已將禪林護體法術菩提靈氣練至「金剛護體，百毒不侵」的極境，又是驚駭又是佩服，聽他如此說法，忙問道：「敢問老和尚，何為有術無法？」

老僧笑道：「施主絕頂聰明之人，卻也為塵垢所迷，明珠暗投，實是讓人嘆惋！天下人皆知這『武功』二字，實是分指『武』與『功』，武為用，功為體，有諺曰『練武不練功，到老一場空』，說的就是這個道理。但卻罕有人知這句話的意思，其實是在說習練武功，當以追求功為主，修身養性，追求天道，而非求武，追尋那殺生害命之技。同理，大多數人只知『法術』，卻不知這『法』與『術』其實也是兩回事。『法』指萬物之根本，習武之人稱之為天道，我佛門稱之為『佛』，道家名之曰『元』；『術』為『術法』，乃指一切神通運用方便法門，世俗一切所謂殺生害命之『法術』便是指此。其實這些術法技巧原不過是我等修法有成的附屬之物，世人本末倒置，買櫝還珠也就罷了，李施主天生奇才，卻也待兔守株，求魚緣木，豈非悲哉？」

這一席話老僧乃是運功說出，無憂軍人人聽得清楚。只是落在如寒士倫等大多數武術低微人耳中，都是不知所云；而在唐思、王定等一流高手人聽來卻不啻晨鐘暮鼓，或豁然開朗，或隱然有悟，但眾人雖覺快活，卻都無法說出其中道理，古之所謂「莫名其妙」便是指此。

若蝶卻如遭醍醐灌頂，猛然頓悟，呆在當場。她自莊夢蝶的夢中修煉成精，千年之前便已抵達大仙之位，在天地洪爐中苦修千年之後，法力更是突飛猛進，無數法術神通都已然領悟，若非她出天地洪爐之前那白衣人將她能力封印了大半，無倚天劍在手的李無憂也絕非其敵手。

只是強悍如此，她的境界卻一直都還停留在大仙位。聽到老僧所說法術之別，她豁然頓悟之餘，又是歡喜又是淒然：「若蝶啊若蝶，你竟是錯了一千年啊！」

唯有李無憂哈哈大笑道：「大師之論，如暮鼓晨鐘，振聾發聵，無憂受教了。不過大師若是借此勸我退兵平息干戈，那這番心機便算是白費了！」

眾人多是不解，寒士倫與秦鳳雛卻已反應過來。這老和尚憑空現身，說這一番武術至高境界的道理，當然不是愛心氾濫，或吃飽了撐著，想來指點一下後輩的功夫，說理的背後其實卻是希望李無憂能知難而退——能說出這番道理的老傢伙本事如何不問可知。不戰而屈人之兵。

「阿彌陀佛！」果然，老僧高宣一聲佛號，面露憐憫之色，「李元帥，你還嫌自己一身殺孽不夠嗎？斷州一戰，直接死於你所引天雷之下者已不下萬人；月前潼關一會，斃敵兩千；此外閣下麾下無憂軍，庫巢一月，殺人十萬，前日潼關再戰，又是五萬人橫屍荒野。如今蕭人敗退，天下百姓正當休養生息，元帥又何必再動干戈，徒增更多罪孽？」

他聲調不高，但溫和的話音裏自有一種說不出的大慈悲力量，無憂軍眾將士聞此都是一黯，眼前無不出現戰場血肉橫飛，鄉間孤兒寡母哭聲斷橋的慘況，霎時間鬥志全消。

李無憂覺察出不妙，一面無形精神力透出，欲將那老僧鎖定，一面卻發問分散其注意：「不知大師法號如何稱呼？」

老僧將僧袍輕輕一抖，雙手一合，寶相莊嚴，那菩提靈氣頓時暴漲三尺，金光湛然，李無憂的天眼頓時發現自己那裏著殺氣在其身周圍繞的精神力頓時煙消雲散，驚惶之間，卻聽一個慈厚聲音道：

「貧僧雲淺！」

淡淡四字，落在無憂軍眾人耳裏，卻是字字驚雷，頓時雙膝著地，口稱活佛，殷勤跪拜。

須知禪林領袖天下武林兩千餘年，在大荒各國的聲望實是等於神之存在，而新楚朝廷更是奉佛教爲國教，封歷任禪林方丈爲國師，禪林於楚國在某些方面的影響力甚至比楚問還大很多。

禪林雲海、雲淺兩位神僧，年齡都已在一百八九十歲之間，長年隱匿潛修，傳其功力已臻至白日飛升之境界，連百曉生也難知二人深淺，排正氣譜不敢收錄其入榜，只是在補遺中說「疑與謝驚鴻伯仲間抑或更勝」。是以，二僧在荒人，特別是楚人心目中已經是神之存在，民間多以活佛稱之而不名。無憂軍諸人雖是痞子出身，對鬼神半點敬畏都欠奉，卻獨獨對天下武功所出的禪林寺不得不服。

李無憂環顧一遍，場中除若蝶、唐思、秦鳳雛、寒士倫與自己五人外盡皆跪倒，嘴角微微露出了一絲苦笑，暗嘆道：「我不負人，奈何人常負我？」

他一身所學，來自大荒四奇，與四大宗門的淵源之深，當世可說無出其右。下山以來，見到四宗弟子，他也頗有一番親近感，處處忍讓，不然以其先前處處自利的性格，當日李家集外為救寒山碧，龍吟霄少不得已被他滅口，而文正在司馬相府公然挑釁自己，也早被打成狗頭，更遑論收其為徒，至於以陸可人冤枉自己偷盜四宗秘笈並出動十面埋伏對付自己的罪狀，而以他今時今日的狠辣，臭丫頭得到的絕對是先姦後殺之局。

與其寬容相反的是，四大宗門的人卻似人人都恨不得對自己的事插上一手，無不以能阻撓自己為快。心念電閃間，李無憂已知自己若不反擊，不用出玉門，這支部隊的鬥志就要徹底散了，當即也不行禮，朗聲笑道：

「原來是雲淺禪師，久仰了！但所謂『風乍起，吹皺一池春水，干卿何事』？我自替天行道，弔民伐罪，報那毀家滅城的滔天血仇，如今大師卻學那宵小蟊賊，攔路劫道，阻撓我大軍北上替千萬黎民討回公道，是何道理？」

李無憂這幾句話亦是運功發出，而且連打帶消，句句直指老僧要害，極是厲害，而他說這話時，勁力潛運足下，一式禪林正宗武功隔山打牛已然無聲無息發出。

雲淺早已練成天眼通，這式暗襲自然難逃其法眼，眼見這少年居然用禪林本門功夫偷襲自己，好笑之餘卻也激起滿腔豪氣，心念一動間，已在雙足上施了個大力金剛術，存心要讓這少年知難而退。

但勁氣攻到他腿上之時，真氣卻驀然一變，由至陽轉爲至剛，才覺不好，已是不及，雖有大力金剛術貫注，雙腿依然被震得一顫，人禁不住倒退半步，腦中驀然閃過「浩然正氣」四字。

此情形落在不明真相的無憂軍眾人眼中，都是一驚，均想：「元帥義正詞嚴，連雲淺禪師都慚愧得倒退，原來北伐果然是順天應命。禪師雖然慈悲，卻終究是太迂腐了些！」

霎時勇氣重新回到身體。

雲淺吃了個暗虧，卻也不點破，只是嘆氣：「貧僧原是一番好意，元帥何必如此冥頑不靈？冤冤相報何時了，元帥何不就此化干戈爲玉帛？貧僧前日夜觀天相，客星北進，但去勢太快，近天狼時必成流星！元帥，此主閣下此次北伐將功虧一簣，何不及時收手，免得更多生靈塗炭，也免閣下一個大劫難。」

此言一出，無憂軍眾軍士都是一寒，各自面面相覷，垂頭喪氣起來。江湖傳說，禪林寺中有大法力大神通的和尚和玄宗的老道們同有預知之能，但禪林的傳統卻是萬法皆緣，輕易不泄天機。此時以雲淺身分，卻預言北伐將以失敗告終，自然人心惶惶。

李無憂見此暗自嘆了口氣，下山以來第一次有了無力感：「任我李無憂名震當世，百戰百勝，卻抵不過這些名門正派所謂得道高僧的隻言片語！」

他雖依舊在笑，眸子裏卻已隱隱透出寒意。

寒士倫忽冷笑道：「老禪師真是胸襟廣闊啊，居然裝得下這天下蒼生！只是不知當日十八連環壘中楚國士兵慘叫之時，大師身在何處？憑欄關外，四萬楚兵被活活坑埋，求生不得求死不能的時候，大師又身在何處？」

雲淺嘆了口氣，道：「青山本不老，為雪白頭；綠水本無憂，因風皺眉。佛門雖廣，卻只度有緣之人！貧僧曾發下宏願，長年於南方丈峰頂靜修，對憑欄之事雖然遺憾，卻鞭長莫及。蕭施主自己種下的孽，自有他的果報。今日諸位施主攜干戈而過，殺氣沖天，兵鋒迫眉，貧僧如何可以眼見蒼生塗炭，卻撒手世外？」

「放屁！」寒士倫勃然大怒，右手食指遙點老僧腦門，「你們這些出家人，說是超出三界外，不在五行中，其實統統都是掛羊頭賣狗肉的勢利小人！你們知道蕭如故是謝驚鴻的關門弟子，是冥神的主子，他要出兵，你們如何敢管？李無憂又是什麼人？無權無勢，無依無靠，還身懷偷竊四宗秘笈嫌疑的一個無名之輩！蕭如故坑埋降兵、視人命如草芥你就管不了，李無憂不過是從你家門口過一下道便惹了天下蒼生！你食的是我大楚的糧，飲的是我大楚的水，國家有難，你們袖手旁觀，朝廷出兵復仇，你們卻來橫加阻攔，如此恩將仇報，與禽獸何異？禪林，禪林，你們就是如此參的禪嗎？」

他雖不會武功，但這番話義正詞嚴，語聲咄咄，擲地鏗鏘，揮袖抬指間，書生意氣激揚，端的是神威凜凜，人莫敢視。

此言一出，無憂軍人人同仇敵愾，臉上盡是不平之色，有人已悄悄將手按在兵刃上，只待李無憂一聲令下，便要對雲淺群起而攻之了。

雲淺蠶眉一軒，道：「施主誤會……」

「誤會？」寒士倫頻頻冷笑，「前日蕭如故親上方丈山，送給虛心方丈十萬黃金的香火錢，難道也是誤會嗎？」

「施主休得妄言！」雲淺倏然動容，手指微微抬了一抬。

「我屬下親眼所……」寒士倫冷笑著便要反駁，但話音卻越來越小，才說一半，便只見嘴唇翕合，卻無半絲聲音發出。

無憂軍眾人看上去，只如有人掐著他脖子，他使勁張著口想呼救，卻發不出半點聲息。情形說不出的詭異。

李無憂頓時變色，忙將左掌抵在寒士倫背心，右手戟指雲淺，冷笑著質問道：「大師居然對一個絲毫不會武術的人使訥言咒，難道以爲這便可以堵住天下悠悠之口嗎？」

訥言咒取自佛經「佛說三千世界，聽者訥言」之意，簡單說，就是以大神通讓人瞬間閉口，無法說話。昔年五祖慧能於方丈山頂講法，有魔教眾人生事，慧能微一掐指，眾人皆啞口，下山十日方還原。是以無憂軍眾人多數聽過這門禪林有名的法術，見寒士倫模樣，都是憤而轉怒。

「貧僧什麼時候……」雲淺話音未落，李無憂已放開寒士倫，一道劍光已然直刺而來，口中還不忘大喝道：「大師手段如此卑劣，便怪不得李無憂手下無情了！」

他心知今日一戰在所難免，不如先下手爲強，而雲淺法力通天，萬不能給他可乘之機，是以一出手就以御劍之術使出了落英十三劍。

雲淺見這一劍出招之後，連幻二十四劍，彷佛是二十四柄長劍，從自己上下左右前後六個方位襲來，不禁大吃一驚：「御劍有招！」

御劍之術，本是以真氣御劍，或載人飛行，或離手攻擊。離手攻擊之時，由於脫出了三尺之距，可於敵手身周任一位置角度出手攻擊，本無定法，但若是達到高手境界，卻能將尋常劍法中的攻守義理融入御劍術，此時便是天下一等一的劍術了！

至於之後再次返璞歸真，達到御劍也徹底無招勝有招之境，那便是真正的無敵了。

李無憂受功力所限，短時間內自然無法達到大荒四奇那種御劍無招之境，文載道便將這套晚年所創的落英十三劍加以改良，使之成爲一套既適合持劍而舞也適合御劍所使的奇特劍法，威力之強，同樣駭人聽聞。

雲淺還想說什麼，卻見眼前劍光滿天，而那縱橫無匹的劍氣中隱隱夾雜的專破天下法術的浩然正氣雖非至高的第十一重，但依然是殺傷力驚人，心道罷了，驀然袍袖一揮，同時向後倒飛而出。

袍袖展處，金光亂射，陣陣金鐵相擊之聲劈哩啪啦響個不停。

響聲過後，李無憂已經收劍還鞘。

雲淺已飄至禁武壁下，方才立足之處，一地碎金粲然。

「好哦！元帥你好帥哦！只是指頭輕輕一動，就打得禪林老和尚屁滾尿流，不愧是我朱富的偶像，大荒百姓的救世主！」

剛才同絕大多數士兵一樣一直被雲淺無形法力所壓制的朱富終於回過神來，大聲叫好，末了卻小聲問玉蝴蝶：「小玉，剛才我眼睛不小心進了幾顆沙子，元帥和老和尚交手到底誰贏了？那地上的金光閃閃的都是些什麼東西？」

「豬將軍，你連狀況都沒搞清楚，就敢亂拍馬屁，在下雖然也算是此道高手，但遇到你還是不得不寫個『服』字！」玉蝴蝶搖頭苦笑。

「好說，好說，有空大夥兒切磋切磋！」朱富這廝不以為恥反以為榮，「那個……麻煩玉兄解釋一下，這個那個剛才的情形究竟如何？」

「元帥使出了劍術至高的御劍術，但雲淺禪師卻使了個金系防禦法術擋住了，二人勝負未分！地上那些金色的東西都是禪師從大地中召喚出的黃金！」

「哇！不是吧？黃金！難怪人人都說禪林富可敵國，原來這些傢伙隨隨便便就能召喚出一大堆黃金。媽的！戰爭結束後，老子這將軍也不做了，改投禪林門下，好好用功學習這門鍊金術，一定大富大貴。哈哈，才對得起老子這個名字！」

「暈！」玉蝴蝶沒好氣地白了這廝一眼，「你當是個禪林的人就能隨便召喚黃金啊？禪林法術屬性雖然是金，那說的是他們可以御使天地間的金屬之力，各人依照功力高低不同，分為金銀鋁銅鐵五級，像雲淺禪師這樣能御使黃金之力的，禪林三千人中不出三十人，而像活佛這般頃刻可就的不出十人。而這些黃金召喚出來後，很快就會回歸大地，施術人若是強留，輕則功力大損，重則有性命之危……你看，那些黃金是否慢慢消失了？」

朱富抬眼看去，果然如玉蝴蝶所說，那地上的金碎已經化作金水，慢慢滲入地底，消失不見，不禁憤憤：「靠！原來是騙人的傢伙！老子有空還是和元帥學劍吧，那樣至少看著威風……」

「不如還是和俺學做淫賊吧，隨風潛入夜，採花細無聲，多爽？」玉老師解惑的同時不忘傳道。

「切！沒理想！等老子學劍有成，御劍在杭州街頭一轉，無數的美眉爭著投懷送抱，還用冒著被官府閹割的危險到處冒風險嗎？」朱富不屑一顧。

「嗟來之食哪有偷偷摸摸來得刺激？」

「老子喜歡，你管得著嗎？不服你扁我？」

「……靠！你等著，等老子宫階比你高，看你再這麼……」

朱玉二人在這邊唧唧歪歪的當兒，場中情形已經發生了變化。

方才二人雖是短短一招交手，但實已使出全身功力，硬拚之下，卻是平分秋色，各自元氣一滯，此時終於同時恢復。

既已知道自己功力並不輸於雲淺，李無憂此時豪氣倍增，長劍遙指雲淺，朗聲笑道：「禪師既想阻我千萬人北伐之路，又何必躲躲藏藏，何妨爽快點，大家打完閃人豈不痛快？」

「爽快點！爽快點！」眼前李無憂一劍逼退禪林神話雲淺，無風尙且要起浪的無憂軍衆痞子頓時士氣大漲，振臂高呼。

雲淺背負雙手，僧衣如雪，聞言微微笑道：「李施主年紀輕輕，卻神功蓋世，劍法之精，已直追當世劍神謝驚鴻，更難得劍中隱有狂放刀意，顯是得過刀狂厲笑天施主的傳授，再加上對我四宗武術爛熟於心，身兼各家所長，所習任一絕技，無一不是震爍古今，更難得的是每能自出機杼，對所學再加創造，假以時日，必成天下第一高手。即便放眼今日江湖，怕也只有劍神、宋子瞻、貧僧師兄雲海等有限幾人可與你抗衡，老僧風燭殘年，氣力衰竭，憑此殘軀如何能擋得了元帥手中神劍的？」

這番話極盡嘉許推崇，無憂軍衆人驚訝之餘，都只道雲淺謙遜，李無憂自己卻是頭皮發麻，心道：「老禿驢好毒的眼睛！只是你卻不知老子還學了莊夢蝶的夢蝶心法，古長天傳的鶴沖天，此外尙有絕世神兵倚天劍……」表面卻也不承認也不否認，只是裝作大喜道：「禪師如此說，莫是肯撒手不管此間事了？」

雲淺搖了搖頭：「我不入地獄，誰入地獄？即便被元帥笑螳臂擋車，爲了天下蒼生，貧僧少不得也要試一試？」

自李無憂出劍後，若蝶就代替了他幫寒士倫救治，此時後者似已恢復過來，聞言當即冷笑道：「枉禪林寺領袖武林兩千多年，閣下近兩百歲的人了，欺負一個後輩，假意抬高其地位在前，說如此多冠冕堂皇的藉口在後，你羞也不羞？」

眾皆譁然。

其中朱富、玉蝴蝶等人更是帶頭大呼不公，罵禪林寺欺世盜名，應者如雲。

「爲天下，貧僧一人榮辱何所道哉？禪林虛名又何足道哉？」雲淺搖頭苦笑一聲，額頭貼到面前禁武壁上，雙手十指張開，以一個特殊的規律凌空虛劃起來。

張龍哈哈大笑道：「老和尚，即便你自知打不過我們老大，也不用羞愧得撞牆啊？」

若蝶微微皺眉，對李無憂道：「公子，他似乎在使用一種極古老的召喚術。要不要阻止他？」

李無憂搖頭：「來不及了！」

話音剛落，雲淺大吼一聲，飄到壁後三丈處，大聲道：「以達摩之名，令爾等降世！」

禁武壁上三萬六千斑駁的紅字忽地大亮，赤黑的血跡彷佛穿越了千萬年的光陰，忽然鮮活起來，在絕壁上化作金色的流光折轉，跳舞著，閃爍著。

無憂軍眾人都快睜不開眼，那流動的光華卻越來越多，越來越盛。最後，那千萬道金光會聚成一個大大的帶髮僧人像。

「是達摩！」李無憂深深吸了口氣。

下一刻，那僧人像驀然動了起來，雙手緩緩合十。

「阿彌陀佛！」一聲排山倒海的巨響，金光盛至極限。

無憂軍除李無憂、唐思與若蝶外，只覺雙目一陣刺痛，同時閉上了眼睛。他們再睜開眼時，金光雖已不再刺目，但依舊燦爛。

雲淺身後密密麻麻地站了無數全身金色的和尚。

「這些人……這些人……難道就是……難道就是……」所有的人同時張大了嘴，目瞪口呆。

放眼過去，流金溢彩，八百尊金身羅漢，或靜坐，或側臥，或虎踞，或龍盤，或拈花微笑，或皺眉哀傷，或怒目而視，或面無表情……卻均是保持一個或優雅或古拙的姿勢，不動如山，若非一雙眼睛炯炯放光，使人疑這八百人皆純金所鑄。

八百人，便如八百道金光，將那天地一線的玉門天關塞滿，渾不給旁人半絲縫隙。雖是沒有近身，但五萬無憂軍士兵已然感覺到那彷彿是來自西方佛土的神聖之力，使人完全生不出半絲抗拒之力。

恍惚之間，那八百人忽然動了起來，但這一動卻彷如未動，眾人只覺眼前一花，再看時，八百人已完成位置置換。

一眼望去，密密麻麻，八百人圍成三個大圓，而大圓內接小圓，圓中套圓，層層疊疊，次第交錯，初看似有九個，細看卻又似是十個，再一晃眼，卻又覺成百上千，千千萬萬，無窮無盡。

絕大多數人看了半刻，立覺一陣暈眩，不敢直視，李無憂等少數幾人卻越看越是倒吸涼氣。

雲淺冰雪般清澈的眼光掃視眾人，聲音空靈一如秋山新雨：

「兩千二十一年之前，祖師達摩開山立派，於此壁前題下三萬六千八百字大悲禁武經，並遣八百羅漢鎮守。這八百羅漢坐化後，達摩祖師為其再鑄金身，將其封於禁武經中，並傳下召喚符咒，掌管召喚符的弟子認為蒼生有緊急情形時，可召喚八百羅漢平息兵火……」

「等……等一下，你說這些人竟然都是兩千年前已死了的鬼魂？」冰冷如唐思者，亦忍不住出言相詢。

李無憂眾人亦是齊齊色變。且不說八百名達摩親傳的高手，以素與玄宗的無爭劍陣並稱爲法陣雙壁的禪林羅漢陣配合，究竟能產生多大的威力，光是想一想這八百人每一個都有兩千年以上的修爲，都足以讓人窒息。

此陣一出，誰與爭鋒？

雲淺先搖了搖頭：「唐姑娘誤會了。這些神僧並非鬼魂，而是兩千年前即已坐化的高僧！」

「坐化不就是掛了嗎？」李無憂也糊塗了。

「錯了，這是一種特殊的境界！說了你們也不會明白的！」雲淺又搖了搖頭，「李施主，貧僧自認功力雖不及閣下，但亦非生死不足以分勝負，雲淺雖不惜此殘軀，卻不便妄動干戈，萬一傷了施主，枉增罪孽。今召喚護寺八百羅漢布成羅漢陣，閣下若能破得此陣，那玉門關就任君通行，若是不然，便請閣下帶兵返回。」

「我靠！老禿驢你沒有搞錯吧？你讓我挑戰八百個修煉了兩千年的高手？虧你想得出來！」李無憂當即破口大罵。

雲淺微微一笑：「元帥絕頂聰明，又何必說這樣小氣的話？這些高僧被封閉兩千年時間裏，思維鎖定，功力是不能提高的，所以他們現在的功力依舊與其坐化時同等。只是這依然足可以觀，元帥破不破陣還請仔細。」

「主人（公子）不可！」唐思與若蝶幾乎是反射動作一般脫口而出。

「元帥三思！」王定與趙虎緊隨二女之後。

寒士倫與秦鳳雛不發一語，只是看著李無憂；玉蝴蝶和朱富對視一眼，也沒有表態。

「媽呀，全都是黃金哦！元帥快滅了他們！我軍就不缺軍費了！」唯有張龍哇哇大叫了起來。

「住口！」無憂軍眾將領齊聲呵斥，同時狠狠瞪了這沒心沒肺的傢伙一眼，只讓後者全身發毛。

朱富疾言厲色道：「什麼叫滅了他們我軍不缺軍費了？你也老大不小的人了，難道竟分不出輕重緩急嗎？」

「就是！」眾人齊齊附和。

「應該說滅了他們我們就不缺上窯子的錢了！真是的！」豬老帥一臉的沉痛表情顯示他確實是恨鐵不成鋼。

眾人汗。

李無憂卻一臉詫異：「我們的兄弟上窯子還交錢的嗎？」

眾人再抹一把冷汗。

玉蝴蝶卻更詫異：「都什麼時候了，現在還有人堅持上窯子的傳統？不是都改成採花了嗎？」

眾人皆倒。

對面的雲淺卻只是微笑，而那八百羅漢卻面無表情，不見喜怒。

鬧騰之間，李無憂已有計較，拔出無憂劍，大步上前，朗聲道：「大丈夫在世，當轟轟烈烈，視死如歸，即便爲國捐軀，馬革裹屍，亦是尋常事耳！今日李無憂爲拯國家於危難，解黎民之倒懸，雖千萬人吾往矣！禪林八百羅漢陣雖然威震天下，我李無憂也要溜之大吉！」

「撲通！」

眾痞子聽他越說越慷慨激昂，都是大聲叫好，萬不料說到最後一句居然無半點轉折，讓人一點感情醞釀都沒有，就直勾勾地說出投降的話，頓時跌倒一大片。

某無恥賤人卻笑嘻嘻地拍拍屁股，像個沒事人一樣轉身溜了回來，邊走邊道：「好了，好了，沒事幹了，大家回家抱老婆吧！」

雲淺高宣佛號，合十道：「李元帥大仁大義，貧僧代天下蒼生謝……」

語聲未落，卻聽一個人大聲道：「給老子射！」箭雨傾盆，上萬支箭鋪天蓋地朝八百羅漢砸了下來，箭矢所帶起的勁風直將薄薄的霧氣掃了個乾淨。

叮噹之聲不絕。

「什麼?!」箭雨過後，無憂軍眾人齊齊張大了嘴，上萬支箭在八百羅漢身前身後插了一地，而那些人卻毫髮無傷地站在原地，動不動，甚至連臉上表情都未改變過分毫。

這些人居然全都刀槍不入！

「啊哈，禪師不要誤會！」李無憂回頭眼見雲淺臉色深沉，忙打哈哈，「晚輩不過是想檢驗一下經過兩千多年的風雨，這些大師們的金身有否變質，哈，哈，事實證明這些黃金品質都能過關，嗯，是消費者信得過的產品，那個廠家還在不?改天我好奏請陛下給他們題個匾額，獎勵一下！」

「不用了，自家產品，見不得光！」雲淺乾笑了兩聲，說道：「元帥還有沒別的事嗎?」

「沒有，沒有了！」李無憂連忙擺手，「我這就帶人走！」

語罷果然傳下軍令，整隊帶人離開。

雲淺輕輕嘆了口氣，念動咒語將八百羅漢收回禁武壁，同時默祝道：「但願此後天下太平，再也不用勞動諸位高僧大駕！」

李無憂見那八百羅漢十之七八已化作金光回到禁武壁上，忽然勒馬，回身一飄，拔劍出掌，大聲道：「禪師，我忽然改變主意，決定回來破陣了！」

王定號令軍隊停下，唐思與若蝶二女卻身法展動，緊追李無憂而去。

「也好！」雲淺淡淡應了一聲，僧袍一展，正自施展小虛空挪移急速飛掠的李無憂頓覺身周無數巨力壓來，不得不壓下身形，落到實地。二女緊隨其後也落在他身邊。

眼前忽地金光大盛，三人已落到羅漢陣中央，而那些本已收進禁武壁的羅漢一個不少地圍在他們四周。

「靠！老禿驢你陰我！」本打算趁羅漢陣將收未收來撿便宜的李無憂才發現自己落入了老和尚的算計中，氣得大叫起來。

「元帥言重了！」雲淺淡淡道：「羅漢陣初次召喚雖然頗費工夫，但以後卻只需貧僧動念之際即可完成。令師精通我禪林武術，難道沒有教過你嗎？」

「當然沒教過，不然老子怎至於此？」李無憂沒好氣道，話一出口，心頭卻是一陣狐疑：難道和尚二哥不想我與禪林爲敵，故意不告訴我？以此推之，大哥他們會不會也有什麼事情瞞我？

其實這是李無憂小人之心了，禁武壁之秘，禪林歷代都只有一人掌握，菩葉離寺之前雖於寺中地位最尊崇，卻也不得聽聞此秘。他以尋常召喚術來判斷禁武壁上僧人的去留，自然是聰明反被聰明誤，搬石頭砸自己的腳。

「既然元帥如此堅持，貧僧依你便是。你若能通過此陣到達禁武壁前，便算你破陣成功。貧僧這就到陣外觀戰了，離開前最後再提醒元帥一句，此陣一經運轉，不破不停，陣成兩千年，僅被人攻破兩次，閣下若無十足把握，明智的法子是不要嘗試，否則終身困於此陣，那便悔之晚矣！」

雲淺語罷念了聲佛，展開御風術朝南方丈山，一升百丈，盤膝坐到了山間一處懸崖上。

人隔五十丈外，便是有通天神通也是展不出來了，雲淺此舉乃是避嫌之意，不料李無憂卻對著上方高聲囂張大叫：

「大師果然是神仙放的屁，不同凡響啊！居然知道我絕世神功一經施展，必然驚天地泣鬼神，打得這幫臭禿驢哭爹喊娘，為免一會兒你也被嚇得尿褲子太丟臉，躲到那麼高的地方去袖手旁觀！嗯，嗯，果然是明智之舉！哈哈哈！」

笑聲高亢，震得上空亂雲飛度。無憂軍眾人同時傻了。

朱富問玉蝴蝶道：「我們元帥是吃撐了還是玩女人玩壞了腦子？三個人對抗八百羅漢還嫌不過癮，非要再拉一個功力和他相差不遠的雲淺活佛？」

玉蝴蝶笑道：「這你就不明白了，八百羅漢陣運行之時有自己的陣法，雲淺活佛若是加入，看似實力增強了，但卻亂了陣法，八百零一人反而不如八百人的威力了！這就好比採十個黃花大閨女，遠遠勝於採十一個非處女。」

朱富本是隨便問問，沒想到這傢伙居然能答出來，呆了一呆，奇道：「一直以為你這小子就是一個色鬼，倒沒想到你見識如此不凡。嗯，看來你這小子將來一定能飛黃騰達！」

「那還得將軍你多提拔不是嗎？」玉蝴蝶隨口敷衍，心頭卻閃過一絲好笑，若是連這點見識都沒有，我玉蝴蝶又怎能連續十年排入淫賊榜前三名，並領導淫賊公會新楚分會六年之久？

果然，聽李無憂笑聲漸漸止息，雲淺朗聲笑道：「李元帥不必激將，貧僧既然置身絕壁，就不會再插手此事。你大可放心。」

李無憂低低罵了聲老狐狸，低頭卻見眾羅漢臉色似乎更陰沉了，臉色頓時一變，滿臉堆笑道：「小子不過隨便說說而已，並無半點看不起諸位神僧的意思……啊哈，那個今天天氣不錯的說……各位高僧以前都在哪出家？一頓吃幾餐飯啊？有沒有娶小妾啊？」

眾羅漢不言不語，紋絲不動，李無憂卻依舊滿臉堆笑，朝最近的一人走去，邊走邊張開雙臂，親熱道：「眾位神僧果然與我輩凡夫俗子不同，耍帥居然可以耍到半個時辰都不動一下睫毛的地步，佩服啊佩服！不如由小弟做東，請各位好好吃頓全羊筵，再暢飲三十大碗好酒？」

他說時已走到那羅漢身邊，熱情擁抱了上去，但手指剛一貼近肌膚，那羅漢卻紮下馬步，左掌引弓式，右掌一揚，一招禪林須彌掌中的精妙招式須彌芥子使將出來。

李無憂運勁足下，左掌一翻，變抱爲引，同樣一招須彌芥子頂了上去，口中不忘嬉笑道：「在下一番美意，這位神僧何以拒人千……」

話音未落，一股排山倒海的力道已自雙掌相對處洶湧而來，心下驚駭，但熟知羅漢陣的他早已看出此人乃是此陣之眼，知不可撤手，當即一咬牙，右手背劍，左掌奮起全身勁力與之硬拚。

「轟」的一聲悶響，雙掌相接處金光亂迸，李無憂身體紋絲不動，但那羅漢卻也僅是被這一掌推得身體倒退了三步而已。

「好啊！」無憂軍眾人歡聲雷動之時，李無憂卻目瞪口呆，區區一人就有如此功力，那八百人相加，以幾何級數相乘的威力，還不將自己碾成肉末？

思緒電走間，羅漢大陣已然發動，而李無憂身形卻無半絲停滯，身隨劍走，匹練似的藍色劍光直斬那倒退的羅漢腦門，希冀在羅漢大陣尚未完全發動之前，將這樞紐斬斷。

「噹」的一聲，憑藉對禪林武術的爛熟於心，無憂劍以一個巧妙絕倫的角度擊中那羅漢的胸膛，卻發出一聲金鐵交鳴的鈍響，長劍彈回，後者卻是毫髮無損。

「不是吧？」陣外觀戰諸人都是大驚失色，尋常箭矢射不穿也就罷了，連無憂劍這樣無堅不摧的神兵都不能洞穿，這些人的功力難道真的都達到了金剛不壞境界？

李無憂卻暗自舒了口氣，方才那一劍他只用了三成功力，看似沒有建功，但卻已在後者胸膛留下了一點淺淺的印痕，由此可見雲淺之言不虛，這些人果然是達摩以無上佛法將其靈魂貫注到了純金所鑄的身體裏所成，雖然不懼尋常刀劍，但依然擋不住像無憂劍這樣削鐵如泥的神兵，剛才之所以未成功，原來是那羅漢的護體罡氣所至，唐思若能將內功全數貫注於長劍，還是能夠重創這些傢伙的，當即大喝道：「唐思，揚劍！」

「是！」唐思毫不猶豫地將正攻向一名近身羅漢的長劍舉了起來，同一時刻，李無憂右手食指一揚，一道耀眼紅光暴射而出，激射在那羅漢攻來的左手掌心，反彈到唐思的劍上，整個劍身猛地騰起一道三尺的微帶藍色的火焰。

那攻向唐思的羅漢先是身形一滯，隨即被撞出三步之外，無憂軍眾人大聲叫好。

雲淺在空中看得分明，那羅漢被那紅光擊中的左手掌心頓時融化了一小塊，一滴純金水墜落了土裏，不禁大驚道：

「莫非這就是傳說中天巫的三昧真火？這少年如此年紀輕輕，居然便有如此修為……佛祖，千年之後，我禪林的劫難果然還是要來嗎？」

忽聽一個聲音輕嘆道：「能以正氣法術如影隨形將自身三昧真火轉借他人使用，天下能有幾人？今日若不能阻止此獠，遭劫的又豈止是你禪林啊！」

雲淺沒有回頭，菩提法眼展開，心鏡皎皎，一個修長的灰衣蒙面人的形象映入靈台來，古井不波的心湖頓時顫了一顫，忙暗自掐佛訣，進入無喜無悲之境，輕聲問道：「貧僧一直有個問題，施主你究竟是憑何作此推斷的？」

「難道我的話，你也信不過？」灰衣人聲音中微微露出一絲不悅。

雲淺呆了半晌，忽然嘆了口氣：「不錯，是貧僧的不是了。自出道以來，你從來沒有錯過……只不過施主此次怕也是多慮了，雖有三昧真火之助，李無憂想破這八百羅漢陣，依然難比登天！」

「嘿嘿，李無憂此人若能以常理揣度，又豈能有今日成就？」灰衣人雖是在冷笑，不知為何落在雲淺耳裏，卻有種說不出的淡淡倦怠。

第九章　萬流歸宗

陣中。

三對八百，這場仗如何打？李無憂猛地運起禪林獅子吼，一聲巨喝，將近身的羅漢們喝得一滯，一邊迅疾地運劍擋開近體的罡風，一邊大聲對陣外喊道：「兄弟們，快上來幫忙！」

「這就來了！大家上啊！」喊聲如雷，腳步聲震得大地亂顫。

「媽的！老子就不信我五萬人還幹不掉你八百頭禿驢？」李無憂嘴角露出一絲冷笑，「你叫老子破陣，可沒規定多少人不是？五萬匹馬，任你是黃金所鑄，也要被衝得大亂，到時候老子乘勢發飆，隨便砍翻你十幾二十人，大陣自然……」

正自得意，忽然發覺不對勁，怎麼響了半天，那聲響依然只有大那麼一點？驀然回首，萬馬奔騰，卻都是在原地打轉，並無一人上前。

「元帥大人你先撐著，我們這就去搬救兵！」

「張將軍你真會說笑，元帥神功蓋世，隨便出一劍，這些死禿驢不都得落花流水？哪裏還需我等幫忙？」

「對對，雷神之名難道是白叫的嗎？別說八百人，就是再來八千八萬，雷神大人一動手指頭，天空就降下十萬八萬的閃電，將這幫絕佳導體劈得稀哩嘩啦……」眾痞子大耍嘴皮子，就是不上前。

明知對面是刀槍不入的怪物，白癡才會上前。

「我靠！不是這麼說的吧？好歹我還是個元帥呢，連這點威信都沒有！」李無憂覺得悲哀。

若蝶正用一招斗轉星移，將一尊召喚金剛甩到了附近一名羅漢的拳頭上，聞言笑道：「公子你也別怪他們！你沒發現嗎？我們現在少說身體四周被施加了近萬斤的壓力，陣外諸人所承受的壓力少說也有千斤，能在五丈之外立足，捨王定趙虎等萬騎長以上的高級將領外，便只有吳將軍幫你訓練的那五百名親衛了。別的人沒有立刻逃跑已經算得軍紀嚴明了。」

經若蝶一提醒，李無憂這才反應過來：「奶奶的，看來只能靠咱們自己了！唐思、若蝶，你們怕不怕？」

若蝶不語，只是趁暇白了他一眼，而唐思一劍逼開一名羅漢，冷冷道：「怎麼不怕？不過我既然收了你的銀子，便是地獄龍潭也不會皺一下眉頭。」

李無憂搖頭苦笑，這個丫頭啊，因爲是小蘭表姐的關係，明明是對自己愛得要死，卻怎麼也不肯承認對自己的感情，其實無論是小蘭還是自己，根本不在乎多幾個老婆呢，但此時卻無暇說這些，只是喝道：「那好！唐思，你用劍攻他們的頭！若蝶，用吸星大法！」

「是！」二女同時答應。

唐思使出朱如的成名絕技金風玉露劍法，霎時只見場中金風習習，玉露細細，一柄火劍彷似化作了一陣火風，鋪天蓋地一般吹向近身的羅漢。

雖說真金不怕火煉，但作爲天巫法術至高境界之一的三昧真火自然不在此列，而火系法術更是禪林金系法術的剋星，頓時將眾羅漢剋得難受至極，凡被火風掃中處皆是熱氣騰騰，流光溢彩，說不出的漂亮。

若蝶已然亮出三千青絲，使出了吸星大法，每一根絲所到之處，不是掌風勁氣被擊飛，就是帶起陣陣金芒，卻是羅漢金身上的金子被她吸了過來，彷彿是一片鑲了金邊的綠色海洋。

至於李無憂，則借神兵之利，展開了御劍術，霎時劍氣縱橫，空中彷彿有了千萬支劍，如雨如雪，席捲了他身周三丈。

三個人成三角陣形，獨當一面，就這樣對上了名震天下的禪林八百羅漢陣！風雲變色。八百人，層層疊疊地圍成內、中、外三個大圓。李無憂三人直接面對的是內層的三百人，這些人已盡得禪林拳腳器械功夫的精華，舉手投足間，尋常一式都有無窮威力，李無憂自己本對這些招式的破綻知之甚詳，但三百人疊加配合之下，便是有三百個漏洞也給補了個天衣無縫，御劍術與四宗法術同施，也不過是將這些人勉強擋住而已。

最糟糕的是來自中圈的法術攻擊，這兩百人的法力雖然比不得雲淺，也無一個大仙級法師，但最低的都可以召喚白銀，更有三十人達到了可以召喚黃金的小仙位，他雖然在三人身周都張出了火系防護結界，卻因爲三昧真火都借給了三人中實力最弱的唐思的緣故，威力大減，好在他在借給唐思三昧真火的同時，還順勢給她種下了天巫的火眼金睛，能讓後者看清楚穿透防護結界過來的各種暗法術，不至於中了暗算，他自己有天眼，若蝶有青絲，都無此顧慮。但饒是如此，依然將三人忙得手忙腳亂。

但最難纏的還是外層的威脅，這些人發出的劍氣罡風非但剛猛無匹，而且與法術一般無處不在，無孔不入，其中甚至有數十人是使用隔山打牛，直接將拳頭打在第二層法師身上，穿過兩道人牆，威力驟然翻了兩番，逼得三人不得不打起十二分精神應付。

大陣一發動，場外的無憂軍眾人已覺場中眾人招式迅快無匹，看了半刻，已是眼花繚亂，應接不暇，再看盞茶功夫，眼前就只看到一片金色的海洋，海洋的中央，一紅一綠一白三葉小舟隨風搖擺不定，小舟的四周，卻一直有各種顏色的煙花絢爛綻放。

破陣之役，一直打到了黃昏。場外人固然眼花繚亂，場中三人竭盡全力，越打越是心驚。

李無憂五年前就已能將十八羅漢陣融入劍法之中，八百羅漢陣人數雖多了數十倍，但原理機要一致，破陣本來不難，難的卻是這些傢伙人人皆是金身羅漢，刀槍不入，許多對人有效的武功法術攻擊均不起任何作用，更糟糕的是，三人雖憑藉絕世武術都能對其造成傷害，只是除開三昧真火和青絲的吸取效果外，即便是李無憂以無憂劍斬斷其胳膊大腿，都只能起到一個延遲作用，傷處會很快復原。李無憂初時還以為這些人的要害在那雙還像人的眼睛，但誰知被擊中眼睛後，羅漢們似乎忽然變得更厲害了，力量暴增數倍，行動也迅疾了不少。

打到現在，李無憂自己沒什麼事，唐思雖有三昧真火附劍，但功力卻是三人中最弱的，此時身上早已掛了幾處彩，白衣濺血，臉色紅潤嫵媚；若蝶雖是經天地洪爐鍛鍊的靈體，對五行法術均有一定抵抗力，但這些羅漢皆是來自異大陸的宗師達摩用黃金親鑄身軀，以無上法力硬生生再造經脈，封印靈魂其中，是以這八百羅漢所發出的勁氣也已不算五行之內，對其頗有殺傷力，雖然截至目前她並未受傷，卻也累得香汗淋漓。

若蝶趁隙傳音道：「公子，這樣打下去終究不是辦法，不如你用三昧真火使出星火燎原，將這八百尊羅漢全數燒成金粉好了！」

李無憂傳音苦笑道：「別提了，我的三昧真火還未修煉到家，能借給唐思那麼多已經算是不錯了。再說，羅漢陣的威力之一就是能化解任何元氣。聚集這樣一劍之火反倒無事，若真放出一片火海，不幾下就會被化解得乾乾淨淨。」

若蝶道：「那你出倚天劍吧，再這樣打下去，我怕小思快撐不住了。」

李無憂道：「要能出倚天劍，我早出了！關鍵是若再次使出倚天劍，我怕他們沒躺下，我倒先躺下了。」

「那道詣九式呢？禪意七劍？浩然正氣？」若蝶是李無憂唯一沒有隱瞞過自己出身的人，她非但知曉李無憂幾乎所有的秘密，有時候李無憂甚至使出這些四宗的無上絕學與她過招。

「你怎麼就不明白？羅漢大陣，三圓輪迴，圓中套圓，可以將八百人的力量集中起來，我們攻其一處，便是等於同時與八百人爲敵。道詣九式與浩然正氣一柔一剛，都是聚天地之大威力爲己用，固然霸道無匹，但以一敵八百，能否強行將羅漢陣轟出一個缺口姑且不論，反是經大陣的運轉反擊之力，傷人一千，必定自損八百，到時先掛的反而是我們！禪意七劍雖有奪天地造化、鬼神莫測之妙，卻是對活人才有效，這幫全身都是金屬的傢伙，完全不受影響的。」

「那怎麼辦？放棄嗎？」

「你們先撐一下，老子今日不破此陣，誓不甘休！」李無憂一劍蕩開近身的十八人，恨聲道。

百丈外的山崖上。

雲淺看到此處，輕輕嘆了口氣，說道：「李無憂非但本人是個天才，連手下也人才濟濟，饒是組陣的高僧皆被達摩祖師賜了金身，他們依然撐到了現在。若是假以時日，他自己一人也許都能破陣了呢！」

灰衣人淡淡道：「你以為現在他就破不了嗎？」

「現在？呵，他現在已是強弩之末，又能有……什麼？是劍芒！」雲淺說到後來，已經是驚得呻吟起來。

卻見場中李無憂已經收回御空亂飛的無憂劍，但劍一入手之後，五指一顫間，劍尖卻猛然冒出一道長達三丈的奪目白光，光與劍合，方寸運勁，卻縱橫捭闔，騰挪間，方圓五丈內的羅漢觸芒皆倒。

劍芒是高強度的劍氣彙集，但比之劍氣，其威力實不能以道理計。傳說江湖中僅有劍神謝驚鴻能使，卻無人見過，萬不料今日出現在李無憂劍下。

那人亦是一驚，隨即卻大奇：「自古至剛易折，至盛難久，李無憂不會不懂這個道理，怎麼會逞強使出劍芒？」

果然，劍芒雖然所向披靡，但在李無憂擊倒近身的三十人後，迅速斂去，而李無憂本人也是支劍於地，氣喘如牛。

那倒地的三十人雖皆是被他以劍氣之極的劍芒洞穿胸膛，一時三刻不能癒合，但羅漢大陣之妙卻在於不受人數所限，八人成陣，十八人也成陣，如今雖然少了三十人，但剩餘人卻會迅疾將陣形補上，李無憂想乘勢穿過大陣，到達禁武壁下，卻依舊是癡人說夢。

李無憂支劍半跪在內圓脫節點上喘息間，身前身後，兩百多名羅漢氣勢洶洶地同時撲了上來。

場內場外同時驚呼，唐思大驚下便要飛身去救，卻被若蝶三千青絲所阻。

「乒」「叮」的兩聲，身前身後兩名羅漢不分先後地對上了李無憂左掌右劍，兩羅漢迅疾被震退半步，李無憂龍鶴步一跨，如白駒過隙一般閃過眾羅漢陣勢縫隙，乘勢撲向中圈那些法師羅漢，內圈羅漢紛紛撲上前來阻止，數百支帶兵器或不帶兵器的手掌不分先後地攻了過來。

掌影如山，遮天蔽日。

「萬流歸宗！」李無憂奮起神威，暴喝一聲，左掌一圈，右劍一引，奇景乍生。天地彷彿同時一靜，從李無憂身體左側攻來的眾羅漢百餘手掌，無論呈何種姿勢，卻無一例外地靜止在了他左掌三尺之外，而右側，同樣的百餘兵刃被無憂劍封在三尺外。左右三尺間，無數條金色的閃電激烈奔走，李無憂的身體卻漸漸變成金色，光芒萬丈。

所有人都忘了呼吸，唐思也忘記了動手。

「這……這……這是……」雲淺目瞪口呆，半晌說不出一句話。

斜陽掛山頭，殘霞如血，關前霧氣早已散盡，徒留一片肅殺。

當是時，李無憂左立掌，右持劍，硬是憑一己之力，將近兩百七十羅漢擋於身前身後，任電光激走，一動不能動。

中圈外圈的羅漢沒有人明白究竟發生了什麼事，但他們都有了一種惶恐，幾個剎那的驚詫之後，重新組成了陣形，同時向李無憂發動了攻擊。唐思也回過神來，和若蝶一起站到了李無憂附近。

若蝶的三千青絲正好織成一個青色的半圓，將三人與那八百羅漢包在中央，一任那陣外所有的人猛攻。

這青絲本是若蝶在天地洪爐中修煉千年而成，不屬五行中任意一行，幾可擋住所有大仙位以下法術攻擊，此時一經織成圓球，端的是天下間最強韌的防護，除擋住了所有法師羅漢的明暗進攻外，尚遮罩了大部分周邊的劍氣罡風，至於那些漏網之魚，卻被唐思憑藉三昧真火劍一一剿滅。

看著那個三丈方圓的綠色圓球內金光亂射，罡氣激蕩，所有觀戰的人雖都看得不明所以，卻無一不是屏住了呼吸，緊張得手心淌汗。

約莫過了盞茶光景，終於聽得球內傳來一聲大笑：「八百羅漢，困龍縛虎，可進不可出。老子今日也讓你們嘗嘗這被困滋味！」

大笑聲中，那三千青絲忽然消失了個乾淨，眾人頓覺眼前巨亮，本能一閉眼，再睜開時，卻只見李無憂身上金光已化作了燦爛無匹的七彩光華，那與之對峙的二百七十羅漢身上金光卻黯了幾分。

「唐思、若蝶，閃開了！」李無憂大喝一聲，左掌右劍同時噴出一道七彩光華，左右兩側羅漢同時被震得倒飛出去，東倒西歪地摔了一地。

李無憂身形一展，一飛沖霄，直起三丈，忽然懸空，無憂劍凌空虛劃，劍痕過處，金光成影，卻是一座巍峨山峰。

眾羅漢見他懸空，頓時或飛身或使劈空掌勁攻了過來，李無憂左掌一揚，那金色山峰攜帶排山倒海之力壓下，眾羅漢駭然而退。

羅漢們愣了一愣後，再次攻上，李無憂故計重施，連擊出十八峰，每一峰落在十八個不同的方位，但整體看去，卻正好組成一圓。

「他這是要……是三千須彌陣！」山頂的雲淺輕輕呻吟起來，「雖然須彌山的陣形略有變化，原來他竟然是禪林正宗！我必須去阻止這場爭鬥！」

三千須彌陣深奧異常，禪林代代只能嫡傳，而自達摩一下，除開一些佛法無邊的高僧外，師父將此陣傳給弟子後，他本人則已喪失使用此陣的能力，是以兩千年來，會使本陣者最強時期亦不過十人，當今禪林算是人才鼎盛，但也不過寥寥五人，因此絕無非禪林弟子學成此陣的先例，會使本陣者當是禪林弟子無疑。

「先別著急！他不可能是禪林正宗！我不會算錯的！」灰衣人出手攔阻了雲淺御風術的展開，但他隨即卻指著山下，聲音顫抖起來，「等等……那不是玄宗的太極八卦陣嗎？他怎麼也會？」

順著他手指的方向，在若蝶和唐思的掩護下，李無憂身形如電，緊貼地面飛行，同時長劍藍光亂顫，待他身形回到原地，須彌山所圍成的圈內，一個大大的太極圖雛形已然布成。

「天地無極，乾坤借法，八卦既分，太極歸一！」隨著一聲長吟，李無憂指尖一陣亂彈，手指起落間，八個卦形分別飛到了太極的八個角落。

下一刻，他大喝道：「唐思，擲劍過來！」

唐思想也不想，挽出八朵劍花擊退身周五人和三道劍氣後，順手就將長劍擲了過來，李無憂左手一把抄過，右手五指一抹，附在劍身的三昧真火頓時落到了他右手食中二指上。將長劍擲回唐思後，李無憂左右手掌一合，再張開時，一群火鳥飛了出來，落到八卦方位，迅疾消失不見。

「三千須彌、太極八卦、朱雀玄火，他憑什麼能連布三陣？」山崖之上，雲淺和灰衣人同時驚叫起來。

這三個大陣分屬禪林、玄宗和天巫，平時任一陣法布置都需要耗費極大的功力，除開三門中有數的幾個絕頂高手，布陣之時都需要數人到數十人不等合力方可完成，像李無憂這樣憑一己之力連布三個陣法，實是震古鑠今。但他不惜功力地將三陣歸一，到底是想幹什麼？

無憂軍陣營。

朱富謙遜問道：「那個……玉老弟啊，大哥我雖不知你的來歷，但卻知我們軍中數你最見多識廣，你說說元帥這一陣折騰到底在做什麼啊？」

玉蝴蝶優雅地摸了摸下巴，胸有成竹道：「根據我泡妞多年的經驗看來，元帥這是想在兩位美女面前耍帥！」

「不是吧？這樣也行？這太危險了吧！」朱富覺得很不可思議。

「土啊！」玉老師覺得這孩子真是朽木不可雕，「你想啊，以元帥的武術造詣，越是危險的地方越是最安全的地方啊！而且越是危險的地方，越可顯出英雄本色，讓美女迷醉的不是？」

「高見！」朱富癡呆的眼神無疑顯示他對玉老師確實崇拜得五體投地了，但勤奮好學如他者卻還有很多問題，「那……那元帥現在爲什麼又開始吐血？」

「傻了吧你！這叫苦肉計！泡妞常識哦！」

「妙啊！」朱富讚嘆不止，但隨即卻又大叫起來，「可是現在唐思姑娘爲保護他受傷了耶！」

「呆瓜，美女不受傷，怎麼英雄救美？」

「也是……等等！那……那個……連若蝶姑娘也受傷了耶！」

「好事成雙！」

「可是……可是，現在他們三個似乎都不能動了！」

「這不給我們機會救他們，顯出義氣深重……媽的，元帥都掛了，大夥快跑啊！」

「……」

陣中，若蝶就地一滾，躲開眾羅漢的攻擊，落到了身受重傷的唐思身邊，抱起後者，將青絲舞成一片青幕，護住二人。

李無憂倒地後身子貼地平平倒飛，手中無憂劍一招天地為心，蕩開身邊眾人，翻身站起，立足未穩，忽地大喝道：「若蝶，到我身邊來！」

若蝶不明所以，卻依舊射出一根青絲，纏住李無憂的腰，微一借力，便將自己和唐思送到了李無憂身邊。

山頂，雲淺狐疑道：「有羅漢陣在前，他所布三陣全不能發揮威力，此時他卻又合三人之力於一處，到底是想做什麼？」

灰衣人道：「李無憂從不做無用之功，也許他已經找到破陣之法了吧？嘿嘿，千年之後，終於有人再次破開這金身羅漢大陣！你禪林要名聲掃地了！」

他語聲淡漠，聽不出是幸災樂禍還是惶恐。

「阿彌陀佛！」雲淺輕宣了一聲佛號，再無他語。

無憂軍陣營。

王定對趙虎道：「元帥看來是要進行最後一搏了，你叫近衛團準備好無憂箭，元帥一旦失手，萬箭齊發，務必要將他救出！」

「無憂箭！」趙虎嚇了一跳，「可是王將軍，元帥曾經三令五申，不到萬分危難關頭，絕不可動用無憂箭，萬一元帥怪罪下來……」

無憂箭共有九百九十九支，乃是在北溟時，大鵬神爲向李無憂贖罪，特向後者要了若蝶百根青絲，天地洪爐的三千怨魂中的一千，自出千斤北溟玄鐵，展大神通費時百日所成，除可洞裂金石外，尙不懼任何法術，端的是當世瑰寶。

李無憂此次出征，將吳明鏡一直負責的近衛團調了過來，並擴充至九百九十九人，每人配發一支無憂箭，本是爲自己不在時，士兵們對付獨孤千秋等極品高手所用，之前對付師蝶秋，趙虎請示使用無憂箭，王定卻猶豫不決，不想此時王定卻一改老成持重，毅然決定要動用此箭。

卻聽王定淡淡道：「可若是元帥死了，咱們無憂軍立刻就會散了，那些箭又有何用？」

「是！我這就去叫他們準備！」趙虎這次二話不說，直接領命，但剛一轉身，卻呆若木雞，不可置信道：「那個，那個……王將軍，我……我是不是看錯了？」

「我也希望自己看錯了……」王定抹了一把冷汗，目不忍視。

「哇～～～」無憂軍眾人同時發出了一聲驚嘆！

「偶像！」玉蝴蝶和朱富同時發出一聲讚嘆，雙膝著地，淚流滿面。

「啊～～」山崖上的雲淺活佛發出了一聲哀鳴，幾乎從崖上摔下來。

「哼！」灰衣人輕輕哼了一聲，

羅漢陣中到底發生了什麼？我們來聽聽一向不事誇張的王定將軍事後的描述吧——眾目睽睽下，全然不顧身周戰火紛飛，偉大的李無憂元帥，居然和若蝶姑娘當眾擁吻起來，吻得是如此之深，如此之堅定，直讓觀者垂淚，八百羅漢同時一呆，渾忘了出手……

唐思在一旁呆若木雞。

過了半晌，四唇分開，若蝶滿臉嫣紅，李無憂卻朗聲笑道：「不好意思各位觀眾，一點私事耽誤了一下！」

「沒事，沒事，繼續！我們還沒看夠呢！」朱富振臂高呼，帶頭大叫。

眾人隨聲應和，群情激昂。

李無憂大笑，轉臉又向若蝶臉上吻了一口，後者嬌羞地躲閃，他卻不依不饒，追著非要吻到不可。如此嚴肅的一場比武，居然被這廝整個搞成了一打情罵俏。

八百羅漢雖早已不受世情所擾，幾達忘情之境，但終究不是沒有生命的死物，見此卻也是面面相覷，不知所措。

運行之後就從未一停的羅漢大陣，千年來第一次在未破狀態下便停頓下來。山崖頂的雲淺活佛幾乎把眼珠子瞪出來。

被李無憂劍芒掃倒的兩百多名羅漢此時已盡數復原，一個個站起來，見同僚未動，都是丈二金剛摸不著頭腦。

一名人在中圈似乎是領頭的老羅漢皺眉喝道：「兩位嚴肅點，咱們這還擺著陣呢！」金屬質感的嗓音聽來嗡嗡鳴響，仿似梵音佛唱，喧譁的無憂軍眾人頓時安靜下來。

李無憂停下腳步，做了個鬼臉，吐吐舌頭，嬉笑道：「老子就喜歡這樣，你管得著嗎？不服你扁我！」

「阿彌陀佛！施主求仁得仁……擺陣扁人！」老和尚修養再好也忍耐不住，場面話剛說了半句就急不可耐地吩咐重啓戰端，八百羅漢回過神來，陣法再次發動。當是時，八百人或出兵刃拳腳，或出金銀雙芒，或出劍氣罡風，一起朝場中李無憂三人攻來。

這一剎那，本與若蝶互追的李無憂忽然一個小虛空挪移到了唐思身邊，然後使出一個水滴石穿，兩個人同時化作了一道藍光，千鈞一髮之際，從密密麻麻的刀鋒罡氣網內穿了出去，落到了內中兩圓之間。

李無憂朗聲大笑道：「爾等中計了！」一把將唐思推給從另一方向穿出的若蝶，整個人忽然凌空飛起。

剛飛起一丈，數百道銀芒和無形罡風已飛撲而至，若是讓人輕易從空中掠走，禪林羅漢陣就是浪得虛名了。

但李無憂在空中僅僅停留了一剎那，人已凌空一劃，御風術和小虛空挪移展出，已移到了內圈的上空，身體一個倒翻，頭下腳上，大喝「浩然天地，借我正氣」，長劍猛然一挫，剎那間攻出二十四劍，以無上功力蕩開近身的二十四人，左掌一揚，掌心吐出無數道黃色光華，彷彿是一場光雨，鋪天蓋地，在人群的隙縫間落了下來。

「他居然還能施展浩然正氣！」雲淺大吃一驚，「他到底想做什麼？」

「莫非……」灰衣人沉吟之間，嗓音低沉得他自己也不信。

下一刻，李無憂長笑一聲，朝下方一名羅漢打了個飛吻，那羅漢尚未反應過來，一道應勢而生的黑色的霹靂已當頭打下，饒是有不壞金身，這一下依然將他打得暈頭轉向，人被劈得倒飛三丈，無巧不巧地落在內圈的正中心，雙足下陷三尺不止。

「哈哈，大功告成，親個嘴！」李無憂哈哈大笑，飛身落到若蝶唐思身邊，一張老臉直朝唐思湊去，後者重傷在身，想要避讓，卻哪裏能夠，頓時被親了個小臉通紅。

「公子小心！」唐思正自心頭一蕩，驀見一柄大刀朝李無憂身後砍來，不禁驚呼出聲，同時身體一轉，已擋到李無憂面前。

眼見刀光如雪，近在唐思背頸而李無憂驚惶失措，許多無憂軍將士都情不自禁地閉上了眼。

但很可惜，美女捨身、英雄哀絕的悲傷劇情在這裏忽然喊卡。

他們再睜開眼時，眼前景物已然發生了巨變。整座羅漢大陣的四周多了十八座丈許高的小山，像極了佛經中所說的須彌山的形狀，而陣的上方一個巨大的太極圖，正不停地向下傾瀉著成千上萬的閃電，而大陣的八個角落上都燃起了大堆的赤紅色火焰，陣中七彩的光華亂飛，罡風勁氣激蕩。

李無憂正愜意地躺在大陣的某個角落，若蝶在替他捶背，而唐思個人則用劍半支著身體，驚奇地望著這一切，先前攻擊李無憂的那名羅漢則橫躺在不遠處，不知死活。

八百羅漢像是瘋了一般，對著身周虛無的空間陣陣亂打，不時甚至發生兩人面對面過了好幾招，才發現對方居然是自己人的荒謬情形，而隨著他們攻擊的加劇，天上的閃電更加密集，劈在他們身上，立刻便遭重創。而他們一旦不小心碰上那八堆迎風見長的火堆，金身立時被燒去一大片，再難還原。

「十面埋伏！」雲淺和灰衣人同時驚呼出聲，各自倒吸一口涼氣。

李無憂竟然憑藉一己之力在羅漢大陣中布成了十面埋伏大陣！

據雲淺所知，十面埋伏大陣，全稱是十面埋伏九州聚氣八荒六合五行四相三才陰陽歸一必殺誅魔大陣，乃是昔年大荒四奇爲對付魔族第一高手燕狂人所創，只是陣成之後，燕狂人已被陳不風所敗，此陣並未派上用場，而自大荒四奇失蹤後，僅有百年前一代奇才蘇慕白曾向四宗掌門要得此陣秘法，合四宗高手之力，才布成此陣將魔驕古長天困於波哥達峰頂，而近百年來，四宗因爲一些齷齪事，門下弟子甚少一起出動，此陣幾乎失傳，直到月前他派遣龍吟霄聯絡四宗弟子一起下山，此陣才重現人間，萬不料今日這少年卻是憑藉一己之力布成此陣！

想到此處，雲淺嘆道：「當日吟霄回報說此子精通四宗武術，極有可能是蘇慕白的傳人，貧僧猶自不信，今日觀之，他之修爲，竟更勝昔年蘇慕白十倍。他若不是他的傳人，還能是誰？」

灰衣人冷冷道：「他絕對不是蘇慕白的傳人！天下也絕對無人能憑一己之力完成十面埋伏之陣，哼，我明白了，剛才他一人力敵二百七十人，乃是使了傳說中的妖術吸星大法，借了這些人的力量爲己有，這才能完成此陣！」

「啊！貧僧明白了……沒想到世上真有萬氣歸元！」雲淺修爲見識之高，經灰衣人一指點，立時明白其中關鍵，「他所吸的雖皆是金系法力至陽真氣，但他本身功力已達傳說中的萬氣歸元之境，自可轉一切之氣爲任意五行陰陽所屬。唉！此子真是天才啊！呵呵，再加上臨陣對敵，居然還和女友親熱，談笑風流，依稀正是昔年蘇慕白的風采啊，不知你何以一致認定他就不是呢？」

「風流？哼哼，那是假的！」灰衣人冷哼道，「剛才他表面是和那個賤妖精親熱，其實是向她借妖氣。他本身雖然能轉羅漢金系靈氣爲魔氣，但怎如那妖精的同源妖氣轉化所得的純潔？五行一旦齊備，十面埋伏陣下，便是金身羅漢也難抗其威。你還是收回他們吧，不然這八百羅漢就要殘缺不全了！」

「施主你要走？」

「戲已看完，再不走難道留下來看你的笑話？」

「也是這個道理！不過貧僧希望下次相逢，施主能帶上關於李無憂身分的證明，否則……」

「哼！信則信，不信則罷！你當真以爲缺少了你禪林寺，我就對付不了李無憂？」

「貧僧不是這……」

「不必廢話，告辭！」語聲一落，人已瞬間消失不見。

「阿彌陀佛，如此偏激的性情，希望閣下不要走入魔道才好！」雲淺合十嘆了一聲，飛聲落下崖去。

此時李無憂已將十面埋伏大陣第七重威力發揮出來，大陣的地上憑空多了無數藤蔓，將八百羅漢全數裹成了一個個圓球，羅漢們越是掙扎，那藤蔓越是裹緊，同時天空那些閃電也漸漸變做赤紅色，而那朱雀玄火也漸成燎原之勢，許多羅漢的金身都已開始融化，金水流入大地，隨即消失無蹤。無憂軍眾人歡聲如雷。

雲淺低低宣了聲佛號，朗聲道：「李施主，沒想到你真是天縱奇才，竟然能在羅漢大陣中布成十面埋伏相抗，此時陣法已爲你所破，貧僧認輸。還請您手下留情，放了陣中高僧吧！」

「你這是求我？」李無憂嘻嘻笑道。

雲淺一滯，隨即默默點了點頭。

李無憂哈哈大笑，胸中一口惡氣終於出了個乾淨，道：「好！要我放了他們也成，但你得答應我一件事。」

「元帥請說！」

「禪林寺得將我蘇慕白傳人的身分公布天下，不得再誣衊我偷盜你四宗秘笈，而從今往後，凡禪林中人不得以任何藉口干涉我以及我軍隊的行動！」

雲淺笑道：「本當如此。貧僧答應了。」

李無憂身形一閃，凌空飛起十丈，雲淺亦跟隨飛到空中，兩人於空擊掌三次，各自飛回地上。

下一刻，李無憂長劍一揮，閃電收斂，藤蔓沒地，玄火熄滅，須彌山隱，雲淺合掌默祝，陣中八百羅漢化作金光，飛回禁武壁上。

李無憂道：「活佛，十面埋伏大陣雖暫時隱去，但根基仍在，希望禪林弟子沒事不要亂闖，不然陷入陣中，本帥可沒有時間來救他們。」

雲淺一愣，隨即笑道：「如此也好。這玉門天關，以後除元帥外，再無他人可過，倒也少了許多殺孽，貧僧也不用每日費神看管了！好，今日相逢，貧僧實是得益良多，元帥何時有空可到方丈山做客，貧僧也好請教一二。」

李無憂笑道：「我與禪林淵源極深，早晚會上山朝拜。只是希望來的時候，你別再搞個什麼八千羅漢歡迎就是！」

雲淺不以爲忤，微微一笑，合十一禮，御風飛去。

無憂軍眾人眼見李無憂大獲全勝，均是大喜，迎上來噓長問短。

喧鬧聲中，忽聽一個公鴨嗓子大聲道：「賊子人在何處？快快現身！看你家唐爺爺如何收拾你！」

眾人齊齊望去，禁武壁下，一人大劍橫胸，神情詭異地東張西望，依稀唐鬼模樣，盡皆失笑。

大荒三八六五年，七月十九，李無憂連袂若蝶、唐思，於玉門關下，於八百金身羅漢大陣布下十面埋伏大陣，大破羅漢陣，聲名之盛，一時無兩！

大荒三八六五年七月二十，黃昏近夜時分，一支打著李字大旗的楚國騎兵到達煌州城東門外。

領頭的一個少年將軍明目張膽地要求守將耶律楚材趕快下馬迎接援軍入城，其囂張的舉動除了引來無數箭雨的招呼外，還引來了城頭蕭國守軍的不安和焦躁。

當日潼關告急，馬大刀內亂時候，楚國斷州軍團元帥張承宗並未出兵馳援，反是甘冒奇險，出奇兵收復流平關，緊接著馬不停蹄，趁南線蕭軍兵力空虛之際，連下蕭國星越、谷瓶二城，之後又攻下曾經固若金湯的大城雷州，雷州守將蕭田戰死，十萬守軍或死或降，全軍覆沒，張承宗隔著鵬羽河與鵬羽城的蕭國鎮南元帥耶律楚材隔河而望。

這個時候，蕭如故出人意料地下令耶律楚材放棄鵬羽河天險，退守煌州與耶律豪歌會合。

耶律楚材雖然不解，卻依舊依令而行，次日聽聞士兵回報說自己退兵之後不久，即有三百戰艦從星越城逆水而上，仔細打聽才知是馬大刀的親弟弟，已被新楚朝廷封爲揚州王的馬大力星夜從雅州調集來的水師，暗叫好險之餘，對蕭如故更加心悅誠服。

是以，聽聞蕭如故兵敗潼關之後，煌州五萬守軍士氣不落反增，才在張承宗與馬大力三十萬大軍圍攻十餘日後依然未曾陷落。

此時，正在南門指揮軍隊作戰的耶律楚材聽到士兵彙報的消息，先是嚇了一大跳，隨即冷靜下來：「東門怎麼會忽然也來了敵人……你確定他們是楚軍嗎？」

「他們的軍服和軍旗顯然是來自楚國，但帶頭的將領卻堅持自稱是攝政王麾下大將完顏破將軍。」

「荒唐！這些人欺我蕭國人都是瞎子嗎？完顏將軍人在京師，怎麼會帶兵來此？不用問了，這一定是楚國人的奸計！」

一旁的耶律豪歌冷冷哼了聲，向耶律楚材請令道：「元帥，末將願帶一萬兵馬去滅了這個冒牌貨！」

「胡鬧！」耶律楚材輕斥道：「自敵軍圍城以來，獨留東門不攻，為何？因為東門緊鄰百毒叢生的玉門天關！你難道以為楚人都是骷髏，能夠穿越天關到達這裏嗎？再說，真要是楚軍從東門而來，那方兵力為我軍最薄弱，為何不攻，反等著你去馳援？」

「末將惶恐！」耶律豪歌滿臉羞慚。

「惶恐就夠了嗎？豪歌啊，須知為將者除了勇猛之外，尚要謹慎善斷！你可是我蕭國未來的希望，如何可以如此莽撞？」耶律楚材語重心長道。

「末將受教了！」

「這就對了！跟我……嗯，東門的事全權交給你處理，希望你別讓我失望！」

看了看城下潮水一般湧上來的楚國軍隊，耶律楚材最後不得不臨時改變了主意。畢竟如果來的真的是李無憂的部隊的話，城破就在今日，誰去都是徒勞無功的，與其這樣，還不如自己留下來鎮守南門，而在內心深處，老將軍更相信自己的判斷，雖然他目前對完顏破是如何帶兵穿越三百里玉門關到此依然有些懷疑。

一刻鐘後，耶律豪歌興沖沖地跑了回來，隨行的還有一位五花大綁的少年。

「元帥，果然是完顏破將軍來援！」耶律豪歌邊三步並作兩步走了過來，邊嚷道：「原來軍部已經研製出破除玉門之毒的解藥了！」

聽到這個好消息，耶律楚材和城頭的蕭軍都是精神大振，誰都知道這意味著即使煌州保衛戰失利，自己都可以從玉門關撤走了。

「末將完顏破參見耶律元帥！」那少年倒頭便拜。

「完顏將軍一路辛苦了！」耶律楚材一臉微笑，眼神卻冷如刀鋒，「將軍千里馳援，很是辛苦，只是不知將軍為何不從北門與我夾擊敵軍，反是甘冒奇險穿越過玉門天關到城中來？」

「元帥有所不知！」感覺到一股殺氣已將自己鎖定，完顏破頭也不敢抬，忙解釋道：

「自西琦臨陣倒戈後，陳國也於七月十四與楚國結盟，兩國與李無憂合兵一處，已於七月十五從陳國境內出兵，攻陷了燉州，並對煙州和烏州形成了封鎖。邀天之幸，軍部對玉門之毒的解藥終於提前製成，因此攝政王派末將喬裝成楚軍突破封鎖線，經玉門關千里馳援煌州！」

這番話迅即讓剛剛還沉浸於巨大喜悅中的耶律楚材的心沉入了谷底：「三國聯兵，我軍各線都是潰敗，你五萬中央軍雖是精英中的精英，卻也不過是杯水車薪，能濟什麼事？」

完顏破笑道：「末將既能來到此處，元帥難道還沒有破敵之策嗎？」

「你是說……對啊！玉門之毒！」耶律楚材頓時喜形於色，「如今解藥在手，只要我們派法師去取出玉門毒霧……」

整個人頓時輕鬆下來，這個時候他好像才想起完顏破身上的繩索，一邊親自爲其解縛，一邊滿臉寒霜地斥問耶律豪歌道：「完顏將軍是我全軍的救星，你將他綁住做甚？」

耶律豪歌咧嘴笑道：「末將無法判斷完顏將軍的真假，完顏將軍說他認識元帥，願自縛……」

話音未落，卻只聽見一聲怒喝，眼前已是滿天劍光。

下一刻，劍光斂去，正氣譜排名十八的耶律楚材一招未出，已然如一尊塑像般紋絲不動，而一柄雪亮的長劍已然架在了他的脖子。望著那持劍少年笑容可掬的臉，耶律豪歌頹然軟倒在女牆邊，夏夜的女牆竟是全身冰涼。

寂夜裏一枚燦爛的煙花升空爆開，璀璨奪目，引來四門喊殺聲震天，遙相呼應。

大荒三八六五年七月二十，楚軍攻陷煌州。只是，張承宗與馬大力二人領三十萬大軍進城時候，迎接他們的除了滿地蕭軍俘虜、一座降城外，卻只有一名隨軍參謀而已。

馬大力早就想見識一下李無憂究竟是如何三頭六臂，當即便老實不客氣地問李無憂和五萬大軍的去向，那參謀卻大賣玄虛：「只在此山中，雲深不知處！」

張承宗微微皺眉，馬大力卻勃然大怒，拔刀便要砍下這廝狗頭，謀士虛若無慌忙阻道：「王爺不可！」

雖有一側的夜夢書出刀一擋，但馬大刀出刀太快，這一刀的刀氣還是削下了那參謀的頭冠，碎髮散了一地。

那參謀臉色慘白，冷笑三聲，掉頭而去。

夜夢書嘆了一聲，道：「王爺，這次你可是惹下大禍了！此人便是李元帥心腹謀士寒士倫先生！」

誰知馬大力卻滿不在乎地大笑道：「哈哈！好笑，區區一個土匪帳房，本王怕他做甚！」

張承宗與夜虛二人對望一眼，都是眉關緊鎖。

次日凌晨，天光尚未完全放亮的時候，煙州城外忽然來了十餘殘騎。

眼見馬上騎士雖然清一色的蕭軍打扮，但渾無半點臨門止步的意思，守城的莫天奇根據慣例，果斷地令士卒放箭喝止。

當先一名騎忽然人立而起，馬上騎士凌空飛起，背上殘缺披風一揮，數十支箭被掃得四處飛濺。

騎士將落回馬上，披風一拋，右手一揚，一道金光猛朝城頭射來，同時怒喝道：「鎮南大元帥耶律楚材有緊急軍情進京稟報，還不開門？」

莫天奇抓住金光，卻是一面金牌，上書「鎮南耶律」四字，頓時嚇了一跳，朝城下望去，騎士身後馬上怒目橫眉者卻不是耶律楚材是誰？

「開城！」莫天奇一聲令下，打開了死神之門——門開之後，遠方忽地煙塵滾滾，萬馬奔騰。

七月二十一，李無憂挾持耶律楚材詐開煙州城門，楚軍下煙州，莫天奇降。

當夜李無憂於城內點將台大擺慶功酒，並盛情邀請耶律楚材入席。

剛剛明白為何當日李無憂兵出玉門後並不強力攻城，而是甘冒奇險計擒自己的老將軍頓時大怒，將酒潑了李無憂一臉，擲杯於地，罵道：「李無憂，你這不得好死的畜生，枉你身為三軍主帥，竟然用此下三濫的手段騙城，就不嫌丟人嗎？」

眾將頓時變色，張龍、唐鬼二人離席而起，便要對這老傢伙飽以老拳，李無憂卻揮手阻止，笑道：「兵不厭詐，老將軍言重了吧。如果這也算是丟人的話，當日蕭如故以內奸亂我憑欄，以卑鄙手段殺害王天元帥，又何以自處？莫非這天下就只准你蕭國放火，不許我李無憂點燈的嗎？」

耶律楚材立時無語。

李無憂又道：「我倒要看看我就用你這張臉騙下整個蕭國的時候，蕭如故這縮頭烏龜會作何感想！」

「呸！你休想！」耶律楚材大怒，猛地朝舌頭上咬去，卻如中金石，一口牙齒幾乎沒被全數磕掉。顯然是李無憂早已在他身上種下法術。

李無憂搖頭：「要是如此輕易就讓你死了，我又怎會解開你的穴道？」

耶律楚材露出絕望神色，雙膝跪地道：「求你殺了我吧！」

李無憂卻又搖了搖頭：「不，不，不，將軍你於我楚國有大功，李無憂不是恩將仇報的人，我非但不會殺你，相反，我要放了你！」

「什麼？」所有的人都只懷疑自己聽錯了。

「哼！你要放我？你就不怕我回來找你報仇嗎？」耶律楚材冷笑道。

「耶律將軍，我很欣賞你，本想勸你投降，但我素來知道像你這樣高風亮節的人，死板得很，寧死不降的。另外，你肯定對此次戰敗很不服氣，所以我打算給你個機會，正大光明地和你較量一次，讓你輸得心服口服！你和耶律豪歌將軍回隧陽城吧，整頓兵馬，咱們再戰一場！你若輸了，那時再降我不遲！」

李無憂說時，解開了耶律楚材身上的六道禁制法術封印。

「好！希望到時候你別後悔！」耶律楚材冷笑著，大踏步而去。

「元帥，你怎麼縱虎歸山？」張龍不解。

「是縱虎歸山嗎？呵呵！我怎麼不知道！」李無憂抹著臉上殘酒，笑得意味深長。

第十章　以牙還牙

翌日夜，處理完善後事宜，李無憂正聽秦鳳雛彙報柳隨風對鳳舞軍的訓練情形，唐思忽然來報說寒士倫求見。

李無憂頓時吃了一驚，他留寒士倫在煌州本是讓其幫助善後，同時與張承宗和馬大力接洽會合之意，按理最少該三日後才到此，難道是出了什麼變故？

正自驚疑，一名衣衫襤褸的中年人已闖入門來。

那人進門之後，立即跪伏在地，痛哭道：「求元帥給士倫做主！」

李無憂細細一看，面前這人果然便是寒士倫，只是形容憔悴，滿臉風塵，眉毛鬍子都沾著疲憊，雖然是淚水縱橫，但雙眼間或閃爍的光芒卻透著無窮的恨意，又是驚訝又是好笑，道：「寒先生這是怎麼了？」

「馬大力欺人太甚！求元帥做主！」寒士倫一抹鼻涕，哭得更加大聲。

「那個……寒先生，你有什麼事起來再說成不？」李無憂一面溫言安慰，一面示意秦唐二人離開。

房中頓時只剩李無憂與寒士倫二人，寒士倫抹去眼淚，一洗悲容，淡淡道：「元帥，馬大力不誅，北伐難成。」

李無憂不語，站起身來，默默走到窗前。

窗外，燈火闌珊，寒蟄在士兵們整齊地操練聲外低低鳴叫，天空半缺的下弦月，看上去冰冰涼涼。

良久，他終於慢慢轉過身來，幽幽道：「先生，你甘願替我背黑鍋，也要我下決心滅掉馬大力，這份情無憂記下了。只是先生，如今外患未平，卻除異己，當真合適嗎？」

「士倫何嘗不知其中凶險，只是馬大力帶馬家軍主力在外，正是千載難逢之機，錯過此次，時不再來。世人毀譽，且隨他去吧！」

李無憂沉默良久，終於長長嘆了口氣，擺了擺手。

寒士倫大喜，從袖中掏出一隻信鴿，走到窗邊放飛。

看著信鴿消失在夜色裏，李無憂忽然淡淡道：「先生飽讀詩書，不知有沒有聽過『過猶不及』這句話？」

這莫名其妙地一句話卻讓寒士倫頓時臉色慘白，屈膝跪倒：「屬下再無下次！」

兩日後，張承宗與馬大力率部到達煙州，李無憂難得地穿上了一身戎裝，率部出城相迎。

有鑒於朱富、玉蝴蝶和唐鬼這三大活寶以往的「出色」表現，李無憂特獎賞三人留在營中，而免去了勞頓之苦。

三軍見面，張承宗與馬大力翻身便拜。

自斷州一別，張承宗與李無憂已是數月不見，而眨眼間，兩人身分已經異地而處，見張承宗拜倒，李無憂嘻嘻一笑，並不謙讓，只讓本是作勢的老狐狸不得不咬著牙單膝著地行了個全禮。

末了，李無憂卻附耳笑道：「張元帥當日殫精竭慮，非要讓小子立於廟堂之上，可曾想過有今日？」

張承宗聞言只能苦笑。

李無憂看也沒看屈膝半跪在一旁的馬大力一眼，徑直走到張承宗身側的夜夢書身前，笑道：「這不是夢書嗎？這次和馬大王達成和議，你功勞甚著，本帥很是滿意。但你前陣傳書不是說要徑直回潼關嗎？怎麼跑到此處來了？」

夜夢書回道：「末將本要即刻返回潼關，卻聽軍師說元帥已然領軍北伐，因思慕元帥，特改道隨馬王爺來此，盼能在元帥帳下為國效力。」

「好，很好，難得你有此為國之心……」李無憂頻頻點頭，隨即卻猛地一聲大喝，「趙虎！把他給我拖下去，責打一百軍棍，不得留情，否則唯你是問！」

「元帥這不公平！」張龍怒道。

李無憂狠狠瞪他一眼，大聲道：「趙虎，加張龍三十軍棍！」

「元帥手下留情！」一眾將官紛紛跪倒請命。

趙虎見張龍還想說什麼，忙一手掩住嘴，陪笑道：「元英明鑒，夜將軍有大功於國，如此不賞反罰，豈不讓人心寒？」

李無憂嘆道：「夜夢書於國有功，本帥豈能不知？我早已上表向皇上為他請封！但今日他未經我許可，便擅自改變行動，乃是違反軍規，若非念及他一路立功不小，又是初犯，早已推出去斬首，哪裏還有如此多的廢話？」

眾將這才心服口服，夜夢書、張龍也無話可說，被趙虎帶下去從事軍法。

「元帥軍法嚴明，馬大力深為佩服！」一直半跪的馬大力忽然說道。

卻不想李無憂看也不看他一眼，也不搭腔，徑直朝張承宗身後走去，馬大力熱臉貼到冷屁股，當即勃然大怒，便要站起，卻被虛若無一個眼色制止，方悻悻繼續跪倒。

李無憂走到宋義面前，笑道：「這位莫非就是因收復流平關而讓蕭軍聞風喪膽的宋義將軍？嗯！果然是英雄出少年，很好，很好，本帥一定要奏請皇上好好爲你請功！」

宋義比自憑欄失蹤的斷州軍將領宋真只長一歲，今年二十三，比李無憂卻大了五歲之多，聽後者老氣橫秋地說什麼「英雄出少年」，心下暗暗好笑，卻不敢反駁，只是謙遜道：「破流平定計是元帥您，調度是張元帥，末將只是依令行事，不敢居功！」

李無憂微笑頷首：「很好，很好！少年人居功不傲，不像某些人身居高位，還那麼不知進退，真是難得。」

「元帥所言甚是！」一旁的寒士倫附和道。

馬大力再也忍耐不住，猛然站起，指著李無憂大聲道：「李無憂，你他媽少在那裏裝腔作勢！冷言冷語地指桑罵槐做什麼？不就是想替你那土匪帳房出氣嗎？儘管放馬過來！老子麾下三十萬士兵怕過誰來？」

說時，腰刀出鞘，退到馬家軍陣營之前，舉刀向天，身後軍士立時手按弓刀。無憂軍將士齊齊色變，各自後撤，王定微一抬手，軍士們紛紛劍拔弩張。

張承宗倏然變色，令本在無憂軍與馬家軍中間的二十萬斷州軍後撤，手指兩軍中間的開闊地帶，冷喝道：「斷州軍聽令，任誰先跨入此地，殺無赦！」

斷州軍眾人沒有絲毫猶豫，前鋒立時一字排開，三千張勁弩引弓搭箭，對準了中間。

李無憂驀然變色，冷喝道：「張元帥，你這是什麼意思？還嫌不夠亂嗎？我令你立刻下令斷州軍放下兵刃。」

張承宗當仁不讓地與李無憂對視，大步向前道：「李元帥，值此北伐成敗之秋，還望元帥莫以私誼而壞了公義！」

李無憂冷笑道：「好，好，好，張承宗，你這是抗令不遵了？」

此言一出，眾皆色變。

張承宗雖與李無憂一般同為軍團級的元帥，但後者卻是楚問的欽差大臣，非但擁有先斬後奏的權力，同時還總攬西北軍務，是以才出現先前憑張承宗的老資格向李無憂拜倒行禮的一幕。此時李無憂給張承宗扣下一頂「抗令不遵」的大帽子，那就是找到了藉口，就地誅殺後者也無人能為其出頭。

眼見李無憂眼光似刀，滿是寒氣，朱義等數名斷州軍將領都是一驚，齊齊護到張承宗身邊。

張承宗喝令諸人退下，大步走到李無憂身前丈許，手中大刀遙指寒士倫，李無憂微微皺眉，若蝶、唐思二女不動聲色地側跨半步，隱隱護住了寒士倫。

卻見張承宗猛地將大刀摜地，一膝跪倒，再抬頭時已是雙眼含淚，大聲道：「承宗一人生死不足懼，但請元帥誅此搬弄是非之徒，免寒三軍之心！」

李無憂冷笑道：「張元帥果然是精忠爲國，卻不知收了馬大力多少銀子？幾名美女呢？」

「小鬼奸詐！你這是想置老夫於死地嗎？」張承宗心頭暗罵，表面卻是一副義烈神色，橫刀頸前，朗聲道：「屬下爲揚州王說話，全是一片公心。元帥若是不信，屬下這就自刎在此。」

李無憂只是冷笑，不再言語。

馬家軍軍師虛若無忽地忙快步走到李無憂身前，復又拜倒，道：「張元帥確屬一片公心，元帥明鑒。馬將軍年少氣盛，一時衝動胡言亂語，冒犯了寒參謀與元帥閣下，若無在此向兩位賠個不是，兩位大人大量，千萬莫要放在心上！」

夏日的空氣，炎熱而沉悶，場中幾乎每個人的手心都滿已是汗。

虛若無話已說完，三方軍隊的將士都望向李無憂，只要他稍有異動，立時此地便要血流成河。只是當事人對此周遭一切似視若無睹，面無表情，只是望著虛若無，微微詫異道：「這位先生是？」

張承宗見事有緩和，忙道：「元帥，這位就是馬大王手下第一謀士虛若無先生，向來頗有謀略，此次我軍不費吹灰之力拿下鵬羽城，便多賴他智計！」

李無憂恍然大悟：「哦，原來這位就是虛先生啊！失敬失敬！」

「裝模作樣！」馬大力冷冷哼了一聲。

此言一出，場中空氣似又是一緊，捨李無憂外，人人色變，無憂軍和斷州軍諸人都是狠狠瞪了他一眼，只恨不能生吞之。便是馬家軍中人，也有暗自憤恨其不識大體者。

李無憂卻不甩他，只是過去攙扶起虛若無，笑道：「在下聞虛先生之名久矣，不想今日方得相見！來來來，陪無憂去喝幾杯，今天咱們不醉不歸！」說時，竟再不理場中三路大軍僵持，拉著虛若無的手便朝城內走去。

諸軍將士眼見二人竟真的就此入城，都是面面相覷，盡皆呆住。

寒士倫遙指著馬大力冷聲道：「算你走運！」也徑直入城。

「我呸！」馬大力重重朝地上吐了口唾沫，冷笑道：「死山賊，當老子怕你嗎？」

張承宗雖是眉關緊鎖，此時卻也暗自鬆了口氣。此時誰對誰錯已然不重要了，關鍵是一旦真的打起來，三軍損失必然慘重，此次北伐必然就此終結。起身站起，才發現汗已濕透重甲。

李無憂三人方走至城門口，忽聽西北方向一聲炮響，喊殺聲鋪天蓋地一般掩了過來。

虛若無才覺手中一空，再抬眼時，李無憂人已回到無憂軍陣前，他剛想說什麼，寒士倫已然伸手過來，笑道：「估計是隧陽城那邊又來攻城了，有李元帥在，一切皆可放心，虛先生先隨我入城吧！」

虛若無還想說什麼時，寒士倫已然帶他進入城內，城門驀地落了下來。前方煙塵滾滾，蹄聲如雷，一面上書一個大大「蕭」字的大旗倏然而近。

眼見敵軍來犯，張承宗忙令斷州軍轉換箭頭方向對準西北方向，而無憂軍則和馬家軍依舊僵持。

一騎漸近，秦鳳雛落馬，報道：「稟報元帥，蕭國耶律楚材率十萬大軍來攻！」

三軍將士齊齊譁然，又驚又憂。驚的是，此時新楚三路大軍會師於此，耶律楚材竟然膽敢只率十萬大軍來攻；憂的是此時三軍各自有立場，敵軍此時來攻，能否團結迎敵尚是未知。

李無憂拿出御賜金牌令箭，遙示向馬大力，朗聲道：「敵軍來襲，還請馬將軍先放下成見，與無憂一起抗敵，戰事過後再論對錯如何？」

馬大力遲疑起來，一直到現在，李無憂的態度都還很不明朗，表面是偏向袒護寒士倫，對自己態度傲慢，但似乎對自己卻是恐嚇居多，而並無殺意。但安知他此時所爲不是形勢所逼，蕭軍退後他再和我秋後算賬？

李無憂見他猶豫，手指盔上紅纓，誠摯道：「李某願用項上頂戴擔保，馬將軍若能捐棄前嫌，我與寒參謀、在場諸位將士，都會將馬將軍之前的無禮忘得一乾二淨。」

此次他暗中運上了玄心大法，落在衆人耳裏，自有一種說不出的真誠，但馬大力聽來卻沒來由地心情一亂，當即冷哼道：「項上頂戴？你項上頂戴又能擔保什麼？」說時尚不覺如何，話一出口卻猛地警醒過來。

果然，斷州、無憂兩軍同時色變，望向他的眼睛中頓時充滿了寒光，而馬家軍卻都露出惶恐神色。

便在此時，遠方旌旗飄揚，蕭國大軍已然近在二十丈開外，卻忽地停下，一個憤怒的聲音遠遠傳來：「馬大力，你這狗賊和你那反覆無常的大哥一般言而無信！明明說好我們裏應外合擒殺李無憂，爲何我人馬已到，你卻還無動靜？」

「是耶律豪歌！」有無憂軍將士認得那怒吼的蕭國領軍將領，叫出聲來。

斷州、無憂兩軍同時譁然。

自當日馬大力帶兵協助張承宗輕鬆拿下鵬羽城後，天下早有傳言說馬大刀是蕭如故一手扶植起來的人，此時不過假意歸順新楚，早晚要反。

消息傳到潼關，李無憂當時正與蕭如故對峙，當即下令將報信的人杖責三十，放於城外示眾三日，傳言立止。萬不料此時，馬家軍剛抵達煙州，耶律楚材便率軍來此，並當眾責問馬大力。

楚軍雖驚不亂，張承宗令斷州軍列陣迎敵，而王定手一揚，無憂軍數萬張弓已然一起對上了馬大力。馬家軍卻是自馬大力以下，一片惶恐，渾不知如何是好。

李無憂望著馬大力也不言語，只是長長地嘆息了一聲。

馬大力又驚又恐，大聲道：「李元帥，你千萬不要聽他的，這一定是有人陷害我！什麼人在那裏胡言亂語，有膽上前……」

他最後一句責問本是指著那蕭軍將領發問，但話才說一半，眼前已是一亮，緊接著人事不知。

馬大力近身將領只覺眼前一片寒氣閃過，緊接著便見一片血光沖天而起，再定睛時，卻只見那血光是從一具無頭屍中冒出！

屍身旁邊，李無憂左手正提住一顆人頭，右手無憂劍上血跡猶燙，呼呼向外冒著熱氣。饒是這些人都是刀口舔血之輩，卻亦自覺得驚心動魄，李無憂殺氣騰騰，神威凜然，人莫敢視。

驚魂未定，李無憂忽將馬大力人頭舉起，朗聲喝道：「馬大力圖謀叛變，已被本帥一劍誅殺！首惡既除，餘者附逆，一概不究！」

馬家軍眾人多是貧民出身，少受任何正規訓練，此時馬大力死，虛若無又不在，正是群龍無首，而李無憂雷神之名早已天下皆知，眼見他一劍便將馬大力誅殺，神威蓋世，都是莫敢與爭，聽他說「一概不究」哪裏還敢抵抗？三十萬大軍，齊齊將兵刃擲地，跪下求饒。

那邊，耶律豪歌似是才知曉自己犯下了一個巨大錯誤，恨恨不已，帶軍離去。

楚軍內亂方平，不敢追趕，各自收隊回城。

「煙州自古繁華。十三朝古都，人物風流，雄關險城。但蕭國的開國皇帝蕭峰連下煙雲十八州後，並未選擇此處作爲國都，而是選了另一座名城雲州，即便是到今天，天下人仍以爲蕭峰是瘋子，你怎麼看？」李無憂淡淡問這話的時候，一襲藍衫便服，正立於煙州城頭觀看下方王定和張承宗對馬家軍的善後整編。

夏夜的涼風和牆頭的燈籠將他的影子斜斜地延展，落在他身後的夜夢書眼裏，分外的孤傲不群。

沉吟半晌，夜夢書答道：「蕭峰此人，極有魄力，敢於創新，但太過好強。他選雲州，不是不喜煙州奢華，而是一心想另建一處新都，將此地比下去。」

李無憂點點頭，道：「他就是憑藉那爭強好勝之心，才在亂世開闢出自己的一番天地。只是他一心想將煙州比下去，卻沒想到，兩百年後，雲州果然超過了煙州，但這大片國土卻已落入我大楚囊中。有時候啊，人太好強了，未必是好事。」

夜夢書一嘆：「元帥所言甚是！」

李無憂笑道：「呵，你嘴裏這麼說。心頭一定在怪我剛才打你太重了？」

夜夢書搖頭道：「元帥如此說，未免太小覷夢書了。自接到你的密令讓我隨馬大力北來，我便料到你可能會對付他，那個時候就有了隨時喪命的覺悟，一點皮肉傷又算得了什麼？再說，當日被你從捉月樓中推下來讓滿街父老毒打，全無法運功抵抗，那次所受的傷可比這次重多了！」

「哈哈！你倒記得清楚。」想起那次的事，李無憂也不禁大笑，末了，卻又正色道：「你嘴上不說，心裏是不是在怪我不講信義，如此對付馬大力？」

夜夢書詫異道：「不是馬大力謀反在前，元帥平亂而已，怎麼是元帥你不講信義了？」

「媽的！你小子就給老子裝傻吧！」李無憂笑罵道，「我大軍之中，知道我策劃這齣戲的有兩人，而能看出這場戲的，有三個……嗯，或者是三個半人，你卻算是其中一人！」

夜夢書這次卻真的詫異起來：「末將只知道寒參謀是一定知道你策劃的，而能看出的有張元帥和我，另一策劃之人和一個半看破的人又是誰？」

李無憂笑道：「這齣戲，自然是我和寒參謀策劃的，但具體執行卻是我新任命的霄泉統領秦鳳雛。」

「就是單騎來報信的那位？」夜夢書恍然，臉上露出佩服神色，「耶律豪歌直來直去，不過是個蠢材，要騙他來配合倒並非什麼難事。難的卻是如何將信送入隧陽城而不被耶律楚材發覺，並在耶律豪歌出征之前將耶律楚材調走。短短兩日間，此人便能成功，倒是一個奇才！」

李無憂點了點頭，淡淡道：「奇才是奇才，但僅找人扮刺客引開耶律楚材這一項行動，就耗去我剛放進去沒幾天的數名好手……不過好在成功了，不然我得親自找人去假扮耶律豪歌，事後被揭穿的可能性倒是大得多了！」

夜夢書聽到此處，已經開始爲耶律豪歌默哀了，隧陽城下之日，耶律楚材或者可以活命，而這位勇猛的豪歌將軍則已被李無憂判了死刑。

但夜夢書就是夜夢書，這點他也不揭破，只是岔開話題道：「那元帥所說能看破的另外一個半人是誰？」

「王定不事張揚，看似迂腐，其實卻聰明內斂。當時沒有發覺，事後卻一定會看破的！」李無憂微微皺眉，心頭卻在想如何向這位手下大將交代才好，「另外半個人嘛，卻是原張承宗麾下的趙虎。這個人是捨你與王定之外，我軍中第一將才。我猜他也多半能看透，只是此人也是內斂得很，即便看穿也是不會說出來的，所以算半個人吧！」

說到此處，他轉過身來，卻見夜夢書滿臉皆是敬畏，不禁失笑，復道：「說了半天，你對我如此對付馬大刀，到底是怎麼看的？」

夜夢書字斟句酌道：「馬大刀狼子野心，早晚會再次謀逆，元帥要對付他，那也沒什麼。」

李無憂盯著夜夢書眼睛，道：「那不過是你的臆測！沒有任何證據，你怎就知道他會謀逆？但若他馬大刀就此安分，不再謀逆呢？我是不是就不該對付他？」

夜夢書為之一滯，一時無語。才短短二十餘日不見，李無憂身上不經意間流露出的莫名氣勢似乎又增強了不少，他自不知道這是後者功力精進之故。

李無憂嘆了口氣，道：「自古『飛鳥盡，良弓藏』，即便我今日不對付他，翌日皇上依舊會對付他！皇上不會喜歡一個人坐擁三州，帶甲數十萬之眾，更何況這人還曾經是揭竿而起的亂賊。只不過他的手段，也許會比我現在柔和些，更君子些！嘿嘿，杯酒釋兵權也許是個不錯的選擇！但如今，我冒不起這個險啊！若我不能在進攻雲州前讓馬大刀徹底消失戰鬥力，三軍將士如何能睡得安穩？」

夜夢書點頭無語。

李無憂仰起了頭，看那滿天星斗。靜夜的長風拂在人身上，說不出的舒服，兩個人一時誰也沒有說話。

也不知過了多久，夜夢書忽道：「元帥，此次北伐若成功，你功勞之高，當世罕見，卻不知功成之後你何以自處？」

李無憂輕輕嘆息了一聲，道：「這點你放心，我不是楚問。」

這句話答得風馬牛不相及，但夜夢書卻聽懂了，欣然之外略起悲傷之意。

細微的腳步聲響起，秦鳳雛拾級而上，見到夜夢書，微微愣了一愣。

李無憂笑道：「有什麼事直接說吧！」

便是這麼一句話，秦夜二人立時確認對方果然都是李無憂的心腹，各自對望一眼，都是點了點頭。

見左右再無他人，秦鳳雛以僅三人能聽清楚的聲音道：「三條消息。一，潼關那邊，軍師回話說，他已準備妥當！」

「嗯！」李無憂點頭。

「下一條卻是個壞消息，手下人剛剛截獲一隻信鴿，請元帥過目！」

李無憂接過，一眼掃去，面色頓時變了，隨即卻慢慢緩和，嘴角卻露出了一絲冷笑：「看來馬大力的人也不淨是吃白飯的！」

秦鳳雛點頭道：「這隻信鴿只是三隻中的一隻，馬大力叛亂一事，想必已通過馬家軍軍中的奸細傳了過去，最遲明晨馬大刀就能得到消息，而按之前我們和軍師約定的那個時候，他正領兵到雅州城外，馬大力雖然帶出了馬家軍主力，雅州帶甲卻依舊有五萬之眾……這樣一來，形勢大大不妙。」

李無憂皺了皺眉，果斷道：「給他調集附近幾州兵馬的權力，如此若還不能三日內給我拿下雅州，就給我一兵不動，圍而不殲！」

聽到這兩個極端的處理方式，秦夜二人都是一驚，隨即卻都露出了佩服神色。

秦鳳雛又道：「第三個卻是個好消息，我剛收到慕容國師的傳書，說是慕容小姐已由他安全帶回慕容山莊，一切不必憂慮！」

「小蘭回家了？」李無憂先是一驚，隨即大喜，但隨即卻什麼也沒有再說，只是點了點頭。

秦鳳雛與夜夢書對望一眼，都是一嘆：英雄無奈是多情啊！元帥什麼都好，就是太兒女情長了些。

李無憂迅即恢復正常，復問道：「國師還說別的了嗎？」

「國師還說，希望你派個幹練的手下，到潼關外與波哥達峰相連的蒼瀾河邊去看一看，因爲潼關夜戰的當日，那裏曾發生了一件驚天動地的大事！」

「大事？」李無憂不禁皺了皺眉。這個老傢伙，有什麼事是不能說的，還非要叫我派人去看一下！

「夢書，這件事麻煩你幫我跑一趟吧，別的人去我不放心。」

夜夢書面露難色：「元帥，我跑一趟那是沒什麼關係，只是小子武功低微，路上要是隨便碰到個山賊什麼的，丟了性命是小，影響到元帥的大事，那可就大大的不妙了是不？」

「滾你媽的吧！你武功低微？武功低微你敢在馬大刀朝堂之上裝瘋賣傻？敢劫持戲弄別人手下謀士？」李無憂笑罵道。

夜夢書嘻嘻一笑，沒再說話，心頭卻已翻起滔天巨浪。自己回報當日出使議和事宜，只是淡淡一句「成了」，卻不想李無憂人不在卻一切仿如目睹，不禁又驚又佩。

李無憂見他不語，便道：「你放心去吧，我會派人暗中保護你的！」

「靠！又是這句……」

「呵呵！那這樣吧，我派若蝶保護你去一趟。這總行了吧？」李無憂見空頭支票終究難以騙得這廝成行，最後不得不使出了殺手鐧。

若蝶法力之高，軍中人人皆知，有她隨行，自然勝過千軍萬馬。

誰知夜夢書沉吟良久，末了卻道：「算了，若蝶姑娘留在元帥身邊助力更大，波哥達峰還是我一個人去吧！」

「這麼爽快？」李無憂大奇。

「嘿嘿！當然沒那麼便宜！」夜夢書忽然笑得很詭詐，「聽說正氣盟的文少俠都曾拜您爲師，夢書不想讓其專美於前，也想效仿一二！請師父成全！」

同一時間，雅州正細雨飛絲。

東大街上燈火通明，細雨在昏黃的燈火映照下，自有一種說不出的淒美風韻。

一名白衣長衫的書生，正瀟灑地佇立在雅州大街的一側，手中無傘，摺扇輕搖，一任那煙雨侵犯，並不時地向大街上那些紙傘弄衣的美女微笑致意，若非身後斜扛著一面寫著「知天改命」的大旗，怎麼看怎麼像一翩翩佳公子。

「這位先生，生得太笨並不是你的錯，無知也不是不可以原諒，但你就這麼在我們府門站著，妨礙交通達一個時辰之久，這就是你的不對了！」

書生轉身，一名紅衣俏婢映入眼眶，燦爛星眸中卻不無譏諷，婢女的身後，朱漆大門正自洞開，兩名侍衛中間，一名中年貴婦正抿嘴微笑，婦人的上方，是一面大大的匾額，匾上兩個金漆大字，蒼勁雄渾，在陰沉的天氣下，看來依舊是金光粲然，透著一種說不出的華貴之氣。

「失禮，失禮！」書生玉面一紅，俯身衝俏婢賠了個禮，但下面的話，卻讓她莫名驚詫，「學生只顧欣賞對街上的依依垂柳，漠漠雨色，卻連姐姐這般佳人的絕色都未曾顧及，真是慚愧，慚愧！」

「呸！油嘴滑舌！」那俏婢正是少女懷春年紀，聽書生如此說，驚詫之餘卻是一喜，當即啐了一口，眉宇間已滿是悅色。

這個時候，那婦人輕搖蓮步，婀娜多姿地行了過來，書生禮畢抬頭，眼光正撞到那婦人如水眸光，頓時一滯，再也動不得分毫。

「呆子！魂魄都被勾走了吧？」俏婢促狹道。

「沒有！三魂雖丟了，七魄卻還留著聆聽姐姐和夫人的教誨呢！」書生忙坦白。

「撲哧！」那婦人忍俊不禁，笑出聲來，末了卻道：「看先生一襲書生長衫，卻扛了這麼一面大旗，莫非竟還精通相理？」

書生這似才記起自己的另一身分，傲然道：「學生自幼研習八卦易理之術，於此道本已頗有研究，五年前更是得蒙當世高人太虛子老神仙指點，前知一千年，後知五百年。與人禍福吉凶，未嘗不準。」

那主僕二人見他雖然法螺吹得溜溜轉，但眼光卻閃爍不定，呼吸斷續無律，顯然是底氣不足，均是莞爾，那俏婢本要取笑兩句，但被那少婦一瞪，頓時吐了吐舌頭，不敢再說。

卻聽那婦人道：「先生既然如此神準，不妨算一算本夫人這是要向何處？」

書生裝模作樣看了半晌，卻終於嘆了口氣：「夫人天姿國色，本是仙子臨凡，學生雖然能洞悉人世種種，卻獨獨難以揣測夫人之心。慚愧，慚愧！這便告辭！」

「呵，你這小鬼，算命的本事馬馬虎虎，一張小嘴倒是如抹了蜜一般！好吧，看在你這麼會說話，就賞你點東西，跟紅兒進來吧！」

婦人說完這句話，風情萬種地看了書生一眼，朝府門走去，臨進門時候，對兩名侍衛道：「那位先生精通算術，本夫人請他入府問話，不可為難！知道嗎？」

「可是夫人，王爺嚴令不得讓閒人入府，您這不是讓小的難做嗎？」一名侍衛為難道。

婦人咦了一聲，隨即淡淡道：「好，好，很好。你們眼裏只有王爺，已經沒有我這個王妃了！果然紀律嚴明，盡忠職守啊！」

「屬下不敢！」兩名侍衛被嚇了一跳。

一人精乖道：「夫人但請無妨，令表兄屬下一定會好好看待！」

婦人滿意點頭，回眸看了那書生一眼，自進府去了。

「呆子，看什麼看？走了！」俏婢紅兒嗔罵道，伸手去抓那書生的手。

「哦！哦……」被紅兒纖手一碰，書生如遭電噬，回過神來，便要提手甩開，卻終究不捨，半推半就間，被紅兒強牽著進了那扇朱漆大門。

兩名守衛這才輕輕舒了口氣，各自對望一眼，搖頭苦笑。

見三人已走遠，一人罵道：「奶奶的，這些當主子的還要不要老子活了。一個說堅決不許閒人入內，另一個死活要朝裏面領人，只是為難老子夾在中間難做人。」

另一人神秘笑道：「你就沒看出點明堂？」

「你……你是說……」

「嘿！得了吧哥們！老大不小的人了，還裝什麼雛啊？王妃葉三娘，嘿，那是什麼人？未嫁給大王之前，江湖人送綽號『綠娘子』，那是專給老公戴綠帽子的主！嫁給我們大王後，是收斂了不少，裝了幾天節婦，但如今那小白臉相士自己送上門來，王爺正出去辦差了，這樣的天賜良機如不好好把握，對得起自己的良心嗎？你卻不識相，這不自討苦吃嗎？」

「哦～～」罵的那人至此總算是恍然大悟，本想再戲謔幾句，神情猛變嚴肅，目光平視前方。

腳步聲響，雨幕裏，一人氣沖沖撲進門來，行動之間，蟒袍激蕩，玉帶牽風。轉朱閣，低綺戶，穿迴廊，書生眼見府中建築得美輪美奐，卻五步一崗，十步一哨，不禁嚇得直哆嗦，問紅兒道：「紅兒姐姐，敢問貴府主人是哪位啊？」

「嘻嘻，怕了？」

「才……才不是，學生只是見貴府氣派堂堂，非富即貴，有些好奇而已！」

「嘿，實話告訴你吧，我家主上就是當今雅州王，這裏就是王府了。」

「什麼?雅州王!」書生嚇了一人跳,「難怪,難怪,那匾上的『馬府』兩字,原來說的就是雅州馬大王啊!啊,紅兒姐姐,賞賜我先不要了,學生這就告辭!」當即轉身欲走,卻被紅兒一把抓住,後者嘻嘻笑道:

「小騙子,何必那麼著急?進去領完賞再走不遲!」說時手上用力一推,書生身不由已地朝一間廂房撞去,眼見就要撞到大門,門霍地洞開,身子方投入一個綿軟所在,那兩扇門卻已無風自閉。

「啊!」他輕輕叫了一聲,一團溫潤已封住他的嘴。抵死纏綿,銷魂滋味。

良久唇分,一隻凝脂般的玉手已白衣襟插入,摸上胸膛,彷佛是明鏡的水面蕩了個淡淡的圈,卻舒癢進了骨子裏,陣陣酥麻,止自一蕩,點點濕潤已雨點般落了下來,胸潮幾乎沒有決堤,陣陣呢喃自唇膚相觸處傳來:「冤家,你……你叫什麼?」

「學生柳……」話說一半,唇再次被封上。

「冤家……」女人顫聲說了一句,忽地雙掌使勁,書生立時飛了起來,落下時候已在一張鋪得軟綿綿的鵝絨毯的大床上。

那女人如影隨形一般黏過來,兩人一接觸,只如一場夢,書生呻吟起來:「不……不……這樣不好,你會後悔的!」

「老娘後悔沒早遇到你！」女人恨恨道。

「哐噹」一聲，門猛地開了。

「姦夫淫婦！」一碩大暗器朝二人砸了過來，同一時間，刀光一閃，一名蟒袍玉帶的漢子破進門來。

女人側身一避，身形前起，一道雪亮光華朝刀光迎去。腥風刺鼻，書生如夢方醒，就床一個狼狽打滾，險險避開那暗器，倉惶中側身回顧，卻嚇得驚叫一聲，昏死過去——哪裏是什麼暗器？卻是那俏婢紅兒的人頭！

屋中頓時罡風激烈，刀光霍霍。

「王爺，且聽奴家解釋！」婦人邊打邊求饒。

「賤人！你之前趁我不在就去外面勾引漢子，老子睜一隻眼閉一隻眼也就罷了，現在竟然引狼入室，你當真以爲老子殺不了你嗎？」

那漢子卻寸步不讓，一柄五尺長的大刀在這狹小空間內居然也使得大開大闔，卻渾無半絲不暢，一如水銀瀉地，無孔不入。

婦人雖然功力不弱，但比之這漢子卻終究是相去甚遠，幾回合已然渾身是傷，血漬灑滿褻衣，落在那漢子眼裏，平添了幾分詭異的香豔，卻也心神更加激蕩，刀勢更漲。

婦人被逼得急了，怒道：「馬大刀，拿刀砍人你比誰都兇，在床上你怎麼就兇不起來了？如果不是你那玩意兒不行，老娘又怎麼會去偷人？」

「你……你……」漢子又怒又恨，一時語塞。

這後進來的蟒袍玉帶的漢子卻正是絕代梟雄楚問御封的雅州王馬大刀，而婦人自然就是王妃葉二娘。聽到葉三娘的指責，馬大刀頓時如一個泄了氣的皮球，刀法隨之一亂，被葉三娘拖出刀氣籠罩之外。

見馬大刀不再進攻，臉色慘白的葉三娘倚牆喘氣，口中卻不忘譏諷：「老娘是天性淫蕩，喜歡給你戴綠帽子，那又怎樣？嘿嘿，你不是有絕世霸刀嗎？有種就殺了老娘！」

馬大刀怒恨交集，鬚眉皆張，猛地一揚手，大刀如電朝葉三娘射去，刀來得又快又狠，後者閃避不及，知道必死，冷笑合眼，卻只覺臉頰一片冰涼，耳際已是一片嗡嗡巨響，睜眼卻見左頰邊一張滿是血跡的臉正對自己冷笑不止，定神時，才發覺那人正是自己。

原來是馬大刀一刀自她臉旁射過，深深釘入牆壁，刀氣卻已然劃過她護體真氣，在臉頰劃出一道血痕，而刀光如鏡，鑒人眉髮，自是看得清楚。

大刀顫抖一陣，漸漸細微，終於止息。

屋內打鬥激烈，門外卻一片寂然，並無人敢來張望。一時屋內屋外都是靜寂，呼吸可聞。

良久之後，馬大刀迎上葉三娘睥睨眼光，一步步上前，蹲下身來，輕撫後者臉頰，柔聲道：「三娘，是我對不起你！我不該學那霸刀之術。你且多忍耐一時，我答應你，待三年之後，大事抵定，我便廢去功力，與你長相廝守！」

「三年？哈哈！又是一個三年！」葉三娘頻頻冷笑，「我自跟你時，便是三年，之後三年，你說要起事，又是一個三年，轉眼已是九年，如今起事成功，卻已是十年過去，你……你卻還要我再等三年，馬大刀，女人的青春有幾個三年？」

馬大刀看了看面前伊人的臉，未留意間，紅顏流逝，昔日小兒女模樣依稀宛在，卻已幾多滄桑，眼眶微微濕潤：「三娘，我……」

「我知道你是個做大事的人，不想終老於江湖，自嫁給你後，我千方百計地幫你，爲你操心，卻從無怨言。但現在你已是一州之王，手握數十萬雄兵，難道還不夠嗎？你還怕什麼？還留著你的霸刀做什麼？怕朝廷會對付你？嘿嘿，說句不客氣的話！你那點微末功夫，在我一個婦道人家面前自可逞威，但能對付得了李無憂還是慕容軒？」

馬大刀一滯，隨即卻是一嘆：「三娘，你說得沒錯！他們我誰也對付不了，可是人在江湖，身不由己，多一分本領，便多一分求存之機，不是嗎？」

「藉口！都是藉口！」葉三娘驀地大怒，一個耳光狠狠自馬大刀臉上甩了過去，「你心裏根本沒有我！我葉三娘不是節婦，但自嫁你以來，我卻為你足足守了十年活寡，這是怎樣的十年啊……每一次午夜夢迴，摟著身邊男人，卻等於抱著一塊乾木頭，那是怎樣的一種感受，你明白嗎？你人前人後地寵我，似乎事事都由著我，但你越是這樣，我越是痛苦，這些，你又都明白嗎？」

她初時還是憤然不平，說到後來，卻已是語帶哭腔，潸然淚下。馬大刀手足無措，忙柔聲安慰。

哭了一陣，葉三娘忽地止聲，一把抹乾眼淚，冷笑道：「姓馬的，你少給老娘惺惺作態，你現在作個決定吧！要不現在就廢了霸刀功力，要不就放我和他走，今日之後咱們各不相干！」

馬大刀不屑地看了看依舊昏迷的書生一眼，不無悲傷道：「三娘，咱們十年夫妻情分，難道竟抵不過這個只有一面之緣的膿包？」

「他見血就暈，是個膿包沒錯！若是以前，老娘也看他不上，但現在，我卻覺得他比你好百倍千倍。哈哈，至少他還算個男人！」葉三娘驀地一把將馬大刀推開，放聲大笑，「而這一切，一切都是你逼我的，都是你逼我的……」

馬大刀頹然坐地，望著披頭散髮的葉三娘狂笑不止，心頭一片冰涼。

他一直不願去觸碰兩人之間的隔膜，只道自己大業得成，功力廢去，便有千般冰雪也當一笑消融，卻不想那層薄薄的隔膜卻已在不知覺間長成一面厚厚的冰牆，他雖不想去觸，那牆卻自己壓了過來。

一時之間，絕代之梟雄軟如爛泥，喃喃問道：「三娘，三娘，難道真的無可挽回了嗎？」

葉三娘冷笑道：「覆水難收！」

「你……你走吧！」馬大刀說出這話時似蒼老了十歲，臥倒在地，抬頭望那天花板，卻淚眼婆娑，入目盡是蒼涼。

葉三娘冷笑三聲，直起身來，顫顫巍巍朝床走去。

「啊！」刀光閃處，忽地一聲慘哼，葉三娘捂著胸口，血自指縫間滲了出來，轉身過來，望向手持大刀的馬大刀，眼神中滿是不能置信：「御刀術！你……你竟然早已練成御刀術？」卻是她轉身之際，牆上大刀於瞬間脫落，化作一片刀光自她七經八脈間穿了過去，穩穩落到了馬大刀手裏。

馬大刀輕輕拭去刀上血跡，嘆了口氣，道：「兩年前我就已練至御刀之境，煉氣還虛之下，已能人道。但你口口聲聲說愛我，能為我犧牲一切，我就想試試你究竟能堅持多久，這兩年來你無怨無悔，一如既往地對我，我心存感激，本打算就是今夜向你公開一切，誰知你卻終究等不了這一刻，就差這麼一刻……不過不要緊，我現在廢了你的武功，從今往後，你永遠不會再離開我了，永遠不會……」

「哈哈哈！馬大刀，馬大刀，你他媽是豬……是豬……哈哈，哈……」葉三娘越笑越是大聲，馬大刀才覺不妥時，卻已遲了，面前一熱，隨即一股巨力傳來，只將他推出丈許開外，驚愕下凝目，卻見葉三娘全身已是火焰熊熊，大笑面容說不出的猙獰。

須臾，笑聲止息，活生活色的葉三娘已化作一地灰燼。

「三娘！」馬大刀淒呼一聲，淚如雨下。但剛哭三聲，驀然胸口一緊，狂嘔出一口鮮血來，「落葉知秋！葉三娘，你……你這個婊子，居然對我下毒！」

他終於明白葉三娘死前為何說自己是豬了，憤恨之餘，一拳狠狠砸下，拳風激蕩，地上餘灰滿室飛舞，彷似一隻隻黑蝴蝶。

請續看《笑傲至尊6龍游淺水》

笑破蒼穹 ⑤豔絕天下 (原名：笑傲至尊)

作　　者：易 刀
發 行 人：陳曉林
出 版 所：風雲時代出版股份有限公司
地　　址：105台北市民生東路五段178號7樓之3
風雲書網：http://www.eastbooks.com.tw
官方部落格：http://eastbooks.pixnet.net/blog
信　　箱：h7560949@ms15.hinet.net
郵撥帳號：12043291
服務專線：(02)27560949
傳眞專線：(02)27653799
執行主編：朱墨菲
美術編輯：吳宗潔

法律顧問：永然法律事務所　李永然律師
　　　　　北辰著作權事務所　蕭雄淋律師
版權授權：蔡雷平
初版換封：2015年4月

ISBN：978-986-352-127-3

總 經 銷：成信文化事業股份有限公司
地　　址：新北市新店區中正路四維巷二弄2號4樓
電　　話：(02)2219-2080

行政院新聞局局版台業字第3595號
營利事業統一編號22759935
©2015 by Storm & Stress Publishing Co.Printed in Taiwan

定 價：280元　特價：199元
版權所有　翻印必究
◎ 如有缺頁或裝訂錯誤，請退回本社更換

國家圖書館出版品預行編目資料

笑破蒼穹 / 易刀著. — 初版. —
臺北市 : 風雲時代, 2014.12
冊 ;　公分

ISBN 978-986-352-127-3 (第5冊：平裝)—

857.9　　103024454

有華人的地方就有

龍人的作品